UN

COEUR PUR

PARIS. — IMPRIMÉ PAR CHARLES NOBLET, RUE SOUFFLOT, 18.

ADOLPHE ARCHIER

UN

COEUR PUR

PARIS

VICTOR PALMÉ, LIBRAIRE-ÉDITEUR

25, RUE DE GRENELLE, 25.

1874

UN CŒUR PUR

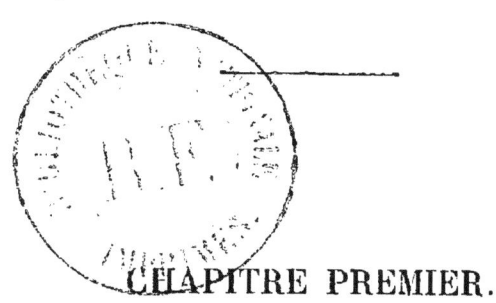

CHAPITRE PREMIER.

Au milieu de Paris, près l'église Saint-Germain-l'Auxerrois, et dans l'ancienne petite rue Chilpéric, qui n'existe plus aujourd'hui, vivaient, dans les derniers jours de la Restauration, deux humbles femmes, la mère et la fille. Leur position bien médiocre, qu'elles acceptaient sans nulle pensée de plainte ou d'envie, les eût mises sans doute à l'abri de toute observation particulière, s'il eût été possible à ceux qui avaient quelques rapports suivis avec elles de ne pas les remarquer comme deux femmes de mérite et d'une rare vertu.

Madame Germont, issue d'une très-honorable famille ruinée par la grande révolution, était veuve depuis bien des années. Son mari, brave officier, qui avait été son dévoué protecteur, était mort prématurément sans lui laisser aucune fortune ; et elle n'avait d'autre ressource qu'une pension militaire et viagère d'environ cinq cents francs et ce qu'un travail opiniâtre pouvait y ajouter. Mais son courage tout chrétien ne s'effrayait pas de la pauvreté, ayant d'ailleurs la pieuse confiance que Dieu n'abandonnerait pas deux faibles créatures dont il était maintenant l'unique soutien. Elle avait eu d'abord à passer quelques années très-difficiles, parce que, sans rien retrancher de son rude labeur, elle s'était encore appliquée avec le plus grand soin à l'éducation de sa fille, désirant la mettre à même, un jour, de se placer honorablement si elle venait à lui manquer. Et la santé délicate et fort éprouvée de madame Germont ne justifiait que trop sa prévoyante sollicitude. Aussi n'avait-elle rien épargné pour faire pénétrer dans le cœur de sa fille tout ce qu'elle tenait elle-même d'une excellente éducation.

Cependant, à mesure que sa fille grandissait, elle en était si bien comprise, si bien secondée, que, avec la joie de voir se développer pleinement l'esprit et le cœur de cette unique et chère enfant, elle trouvait encore un grand soulagement dans son travail assidu, dont elle portait jusque-là tout le poids. Un peu moins de gêne, un peu plus de repos, le contentement de l'âme qui se sent soutenue et l'intime satisfaction d'un grand devoir conscien-

cieusement accompli, toutes ces causes semblaient
faire oublier à madame Germont et ses anciennes
fatigues et ses souffrances habituelles. Elle avait
alors de quarante-six à quarante-huit ans. Quoique
très-simplement vêtue, il y avait dans sa personne
une certaine distinction qui inspirait le respect, et
son visage, comme ennobli par les empreintes toujours souriantes des luttes soutenues et surmontées,
respirait une douceur et une sérénité peu communes.

Au jour où commence ce récit, Clotilde Germont
touchait à sa vingtième année. Elle avait déjà
franchi ce temps de l'adolescence où l'âme, trop
souvent incertaine, s'isole et s'égare dans la région
des rêves. Grâce à sa bonne mère, elle savait depuis
longtemps le véritable mot de l'existence ; elle
savait que la vie est une épreuve à soutenir sous le
regard de Dieu ; et loin de s'attrister des difficultés
à vaincre, elle se sentait toute pénétrée du désir de
bien faire et de se rendre ainsi agréable à ce Père
qui est aux cieux. Aussi tout avait toujours paru
facile à la pieuse enfant : elle avait aimé le travail
sous quelque forme qu'il se présentât. Appliquée à
l'étude, et sans avoir jamais eu d'autre maîtresse
que sa mère, elle avait acquis une bonne et solide
instruction et un véritable talent de musicienne.
Non moins vive aux travaux de l'aiguille et du ménage, toute sa joie était de doubler sa tâche et de
contraindre ainsi sa mère à prendre quelque ménagement ou quelque distraction. Madame Germont

voulait-elle, à son tour, contenir l'inaltérable
ardeur de sa fille :

— Bonne mère, lui disait celle-ci en souriant, tu
vois bien que rien ne me fatigue : je m'amuse à
travailler.

Et véritablement, le travail ne semblait qu'un
exercice pour Clotilde. La fraîcheur de la santé sur
le visage, une douce gaieté dans le regard, une
aimable parole sur les lèvres : telle on la voyait un
moment, telle on la voyait tous les jours.

Le 10 juin 1830, d'où nous datons cette histoire,
Clotilde, toujours matinale, était debout dès cinq
heures du matin : elle terminait rapidement sa modeste toilette ; puis, ouvrant tout doucement la
fenêtre, pour ne pas réveiller sa mère, elle arrosait
avec précaution un beau rosier du Roi tout en fleurs
et soigneusement enveloppé de papier blanc. Elle
contemplait un moment, avec une joyeuse admiration, la perfection et l'éclat de la plante embaumée.
A cette heure matinale, les premiers rayons du
soleil doraient les combles de Saint-Germain-
l'Auxerrois, dont la nef septentrionale formait
l'autre côté de la rue Chilpéric. L'*Angelus* sonnait
au clocher. Clotilde leva les yeux vers la croix qui
dominait le grand portail et récita pieusement la
Salutation angélique ; puis elle demeura quelques
instants plongée dans un profond recueillement.
C'était le jour de la fête de sa mère, et elle appelait
de tous ses vœux la protection du ciel sur cette tête
chérie. Sa mère, hélas ! était toujours si délicate et

parfois si souffrante, qu'elle ne se pouvait rassurer qu'en priant Dieu de tout son cœur; et il lui semblait qu'en ce beau jour surtout elle ne pouvait trop solliciter et supplier. N'était-ce pas le jour privilégié de sa mère, et n'y avait-il pas au ciel une sainte qui s'unissait intimement à ses vœux ?

Confiante en sa fervente prière, Clotilde respira un moment avec bonheur la fraîche brise du matin. Quelques passants encore rares se montraient dans la rue toujours si paisible, et le roulement des voitures déjà recommencé ne lui arrivait que bien affaibli par la distance. De sa fenêtre, au quatrième, son regard embrassait une perspective qui toujours la charmait : toute sa rue d'abord, sa chère église Saint-Germain-l'Auxerrois, avec sa petite porte près de la rue de l'Arbre-Sec et son portail septentrional plus rapproché ; puis une partie de la place jusqu'au pied de la colonnade du Louvre, qui formait le fond du tableau. La saillie très-prononcée d'une maison qui terminait la rue Chilpéric, de ce côté, diminuait un peu l'étendue de la vue, mais avec des compensations qui faisaient encore la joie de Clotilde : c'était d'abord un abri contre la poussière et le vent ; mais, de plus, au coin de cette maison, où un marchand de bouteilles emballait force marchandises avec un grand renfort de paille, il y avait de temps à autre quelques poules, échappées du fond d'une cour, qui furetaient, picoraient et s'ébattaient au soleil. Et quelle satisfaction, au milieu de Paris, d'entendre caqueter des poules et

de les attirer parfois sous sa fenêtre en émiettant un
peu de pain! Sa petite revue terminée, Clotilde
prit son beau rosier, ferma sa croisée et vint toute
radieuse se présenter devant sa mère, qui s'é-
veillait.

— Qu'est-ce donc? fit celle-ci... Ah! chère
enfant!

— Ta fête! bonne mère, que je te souhaite de
tout mon cœur.

Et Clotilde se jeta au cou de sa mère, lui témoignant ainsi cette vive et tendre affection qui surpasse toutes les paroles. Un tel moment faisait
oublier les fatigues et les peines d'une vie bien
éprouvée ; et devant sa fille si aimante et si dévouée
madame Germont se trouvait la plus heureuse des
mères.

— Les belles roses! dit enfin madame Germont,
et quel doux parfum! Nous en avons pour tout l'été
à réjouir nos yeux... Et ce petit paquet au milieu
des branches, qu'est-ce encore?

Clotilde sourit, et sa mère, ayant déplié l'enve-
loppe, y trouva un col de batiste admirablement
brodé et un petit livre de piété qu'elle désirait
depuis longtemps.

— Toujours des surprises! ma chère enfant...
mais aux dépens de tes yeux et de ton sommeil.

— Moins que rien, bonne mère. J'étais si heureuse de te ménager ce petit plaisir!

— C'en est un bien grand pour moi de lire jusqu'au fond de ton cœur et d'y voir tout ce qu'il y a

de tendresse et de dévouement pour ta mère. Aussi, chère enfant, je ne demande qu'une chose à Dieu, c'est qu'il nous garde ainsi toutes deux.

— Et moi donc! s'écria Clotilde qui s'était assise sur le rebord du lit de sa mère et qui tenait ses mains affectueusement serrées ; et moi, quel autre vœu pourrais-je former? Avec ma bonne mère, tout me suffit, tout me contente, tout me ravit, et je ne souhaite rien de plus. Oui, bonne mère, quand nous sortons toutes deux, mon bras appuyé sur le tien, dans ce Paris si magnifique, rien ne me fait envie : ce monde si brillant, ces jeunes filles si parées, ce luxe qui s'étale de toutes parts, ces fêtes qui bruissent autour de nous et semblent si splendides, tout cet enchantement glisse sur mon cœur, qui se dit et se répète : J'ai mieux que tout cela, j'ai ma mère, ma bonne mère !

Et Clotilde pressait sur son cœur les mains de sa mère et les couvrait de larmes.

— Chère enfant, ma fille bien-aimée, répétait madame Germont les yeux humides de larmes qu'elle s'efforçait de retenir ; Dieu seul te rendra ces heures et ces années si consolantes pour moi : allons lui demander ses grâces et ses bénédictions, sans lesquelles tout demeure en nous stérile. C'est un grand jour pour moi, tu le sais, et ma sainte patronne s'associera à mes vœux pour le bonheur de mon enfant.

Madame Germont fut bientôt prête, et, descendant avec sa fille, elles traversèrent la rue et entrèrent dans Saint-Germain-l'Auxerrois. Il était environ six heures et demie du matin : le soleil brillait dans les grandes croisées du sanctuaire et répandait encore inégalement ses clartés dans les basses nefs. Un calme profond régnait dans l'église où quelques rares fidèles entraient un à un, se dirigeant vers la chapelle de la Sainte-Vierge, où la première messe allait commencer. Madame Germont et Clotilde, humblement prosternées, s'unirent de tout leur cœur au divin sacrifice ; et au moment de la communion, elles s'approchèrent de la sainte table et y reçurent la divine Eucharistie avec la plus angélique ferveur. Aussi dans ces deux âmes si pures et si aimantes, quels élans de reconnaissance et quels sentiments de filiale affection !

La mère disait : « Seigneur, mon Dieu, je crois à votre tendresse, j'espère en vos bontés ; je sais que nous ne sommes pas faites pour ce monde périssable, mais bien pour ce beau ciel où vous vous manifestez. Heureuse donc l'heure où vous appellerez votre servante ! et je pressens qu'elle ne peut être tardive. Mais, Seigneur, vous m'avez donné une pieuse et chère enfant ; et la nature se trouble en pensant à la séparation. Soutenez mon courage, ranimez, élevez ma foi ; donnez-moi l'inébranlable espérance que du ciel, où j'aspire, je veillerai encore et plus efficacement sur ma fille ; ô mon Dieu et mon père, je vous la confie ; votre volonté soit faite ! »

Et Clotilde, les mains jointes et les yeux fixés

sur le tabernacle, de son côté disait : « Mon Dieu, mon père, veillez sur nous ; vous savez mes filiales inquiétudes ; la santé de ma bonne mère est toujours si chancelante ! Je tremble pour cette existence si chère, conservez-la-moi ; c'est le seul bien que je souhaite ici-bas. C'est elle, ô mon Dieu, c'est cette pieuse mère qui m'a conduite dans la voie de salut, m'apprenant par-dessus tout à vous servir et à vous aimer ; ah ! que volontiers je vous offrirais ma vie pour la sienne, si je ne devais aussi veiller sur elle et lui rendre les soins qu'elle m'a prodigués. Bénissez mes efforts, ô mon Dieu, et que votre sainte volonté s'accomplisse ! »

La messe était depuis un moment terminée, madame Germont se leva et sortit avec sa fille. Elles traversèrent silencieusement la rue, leurs bras entrelacés ; une indicible expression de paix et de bonheur se peignait sur leurs doux visages. Étant arrivées devant la maison, Clotilde y entra pour prendre un panier qu'elle avait déposé chez le portier, et elles se rendirent au marché où elles firent quelques provisions extraordinaires ; car, à l'occasion de la fête de madame Germont, on avait deux ou trois amis à dîner. On retourna donc promptement au logis, où il y avait beaucoup à faire pour mettre tout en ordre.

L'appartement de madame Germont, au quatrième, comme nous l'avons dit, d'une maison de modeste apparence, dans la rue Chilpéric, se composait uniquement de deux pièces et d'une très-petite cuisine. Non-seulement tout y avait l'aspect d'une admirable propreté, mais l'ameublement, quoique ancien, y rappelait le souvenir d'une première aisance et d'une condition meilleure. La première pièce en entrant, assez étroite, servait d'atelier pour le travail et de salle à manger; on y remarquait avec plaisir quelques anciennes gravures régulièrement disposées tout autour. La seconde pièce, plus grande, était en même temps salon et chambre à coucher; une alcôve, à gauche en entrant, opposée à la cheminée et fermée par des rideaux blancs, renfermait deux petits lits jumeaux. Le reste de l'ameublement se composait de quelques fauteuils en plein acajou, couverts de soie antique et chamarrée, d'une commode et d'un secrétaire de même bois et de forme pareille, et de quelques portraits de famille dans leurs cadres mi-partis noir et doré. Tout cela parfaitement tenu contrastait bien un peu avec ce que l'on connaissait de l'humble position des dames Germont. Mais c'était comme les précieuses reliques d'un passé plus heureux; et il semblait d'ailleurs que c'était aussi le légitime entourage de ces deux femmes si distinguées dans leur modestie et leur trop réelle pauvreté. Malgré de bien pénibles circonstances, madame Germont avait voulu conserver ces derniers souvenirs des jours bénis où père, mère, époux, lui souriaient au foyer domestique.

Tandis que Clotilde s'appliquait activement aux soins du ménage et qu'elle donnait partout un petit air de fête, un coup de sonnette se fit entendre; elle ouvrit, et leur bon voisin, M. Florentin, entra. C'était un homme d'une soixantaine d'années, grand, très-droit, fort soigné dans sa mise un peu antique, et d'une physionomie habituellement souriante. Il tenait en main un fort joli bouquet de fleurs où dominaient les roses, et vint amicalement l'offrir à madame Germont.

— Vous permettez, très-chère dame, lui disait-il avec le ton de la plus respectueuse courtoisie, que je prenne part à la fête, et que je vous offre avec ces fleurs mes vœux les plus sincères.

— Vous êtes mille fois trop bon, monsieur Florentin, répondit madame Germont, et je suis bien touchée de votre aimable attention.

— Ce n'est pas ce que vous méritez, madame; mais je connais toute votre indulgence et comme vous appréciez une bonne intention.

— M. Florentin est trop modeste, n'est-ce pas, maman? reprit Clotilde, car on ne peut rien voir de plus joli que ce bouquet.

— Peut-être, mademoiselle, si on ne vous avait pas sous les yeux. Et véritablement vos joues vermeilles font en ce moment un grand tort à mes pauvres roses. Mais patience! il viendra peut-être quelque jour où nous vous verrons un autre bouquet que vous n'éclipserez pas si aisément; il sera d'une autre couleur celui-là, et les roses s'humilieront devant sa simple blancheur.

— Eh bien! qu'allez-vous dire maintenant? reprit Clotilde en souriant avec quelque embarras.

— Suffit, suffit, ajouta mystérieusement le bon Florentin, qui avait son idée, et rêvait souvent d'un bon mariage pour la digne enfant.

— Quelque malice, sans doute, reprit Clotilde avec gaieté. Mais votre punition est toute prête : nous vous attendons ce soir pour dîner, et vous savez avec qui?

— Je m'en doute bien un peu, répondit le digne voisin d'un air assez perplexe; mais, au surplus, rien ne me fait peur en votre compagnie, pas même une soutane, vous en avez déjà eu la preuve.

— Et le digne abbé Gervais est si respectable et si bon, ajouta madame Germont, que tout le monde est à l'aise avec lui.

— J'en conviens, madame, ajouta sérieusement Florentin, et si tous les prêtres lui ressemblaient, il serait beaucoup plus facile de s'entendre.

— A la bonne heure! dit Clotilde, j'aime à vous entendre ainsi parler, et j'espère, toute pénitence à part, que nous passerons ensemble une bonne soirée.

— Je m'en fais un véritable plaisir, répondit Florentin, et, dût-il m'en coûter quelque chose, je n'y renoncerais pas volontiers.

— Vous allez maintenant mériter une récompense, repartit Clotilde. Eh bien, je tâcherai d'être irréprochable ce soir en vous accompagnant ; car nous comptons sur votre violon ; et, de plus, je dirai une dizaine de chapelet à votre intention... Vous riez...

— Dites, dites toujours ; cela ne peut pas me faire de mal, et je crois sans peine à la vertu de vos prières. Adieu, mesdames, et à bientôt.

Florentin se retira avec un sourire de bonne humeur, ce qui n'était pas chez lui chose habituelle lorsqu'on entamait le grand chapitre de la religion. Ce digne homme avait été élevé dans cette triste fin du dix-huitième siècle, où il était bien difficile de se préserver de l'esprit d'impiété si fatalement devenu la mode du jour. Ayant à peine une vingtaine d'années au début de la Révolution, il l'avait accueillie avec un enthousiasme des plus sincères. Né dans la classe moyenne et d'honnêtes commerçants qui lui avaient fait donner quelque instruction, il croyait avoir tout à gagner à une régénération sociale qui pulvérisait en un jour toutes les distinctions de rang et faisait appel à toutes les ambitions. Florentin suivit donc le mouvement et, quittant le magasin, en ce moment peu prospère, de la famille, grâce à ses opinions démocratiques et à quelques notions d'orthographe et de calcul, il obtint une place d'employé au ministère de l'intérieur.

Mais il eut peu de succès dans cette carrière, pour deux raisons qu'il avouait très-hautement. D'abord son honnêteté naturelle s'était révoltée des excès de cruauté qui déshonoraient la France, et il n'avait jamais reculé, dans son modeste emploi, à rendre tous les services possibles aux malheureuses victimes d'une sauvage politique. Au milieu

de tant de désastres, le digne Florentin avait obs-
curément accompli des actes d'un véritable hé-
roïsme; car c'était au prix de sa vie qu'il avait dé-
robé plus d'une tête au bourreau, soit en donnant
de secrets avis à des familles menacées, soit en re-
tenant ou en égarant même dans son bureau certaines pièces décisives. De tout cela on avait du
moins soupçonné un défaut de zèle qui avait nui à
l'avancement de l'honnête employé. Mais, en outre,
le bon Florentin avait une tête d'artiste qui s'accom-
modait assez peu du travail administratif. Il rem-
plissait strictement sa tâche, parce qu'il n'aimait
pas à subir de reproches, mais d'ailleurs sans empressement ni zèle intéressé. Tout au contraire, il
n'aspirait qu'à l'heure de la sortie des bureaux
pour se livrer avec passion à l'étude de la musique.
Son violon était véritablement l'idole de son âme...
Avec quel respect il le retirait de son étui, et cet
étui même, avec quelle attention n'était-il pas déposé sur le marbre du secrétaire, qui lui servait de
piédestal!... L'excellent homme avait ainsi traversé
le cours si agité de la République et de l'Empire en
consolant ses mécomptes avec la sublime harmonie
des Haydn et des Mozart; et, de printemps en printemps, toujours exact au service de l'État, quel
qu'il fût, il avait atteint d'un pied encore agile les
difficiles hauteurs de la soixantaine, et les premiers
jours de cette histoire, où nous le rencontrons si
agréablement un bouquet à la main. Il faut ajouter
que, depuis quelques années déjà, Florentin avait

obtenu sa retraite et vivait paisiblement de sa pension et de quelques économies dans la même maison que madame et mademoiselle Germont.

Mais comment, avec des idées si différentes, était-
il devenu l'ami dévoué de ces pieuses dames?...
Cela s'explique très-naturellement : il était leur
voisin et séparé d'elles seulement par le carré de
l'escalier. Il les rencontrait souvent, et la modeste
distinction de leurs manières l'avait frappé.....
quelques saluts, quelques mots échangés au passage, la paisible régularité de leurs habitudes lui
avaient révélé le solide caractère de ses bonnes
voisines. Il avait aussi bientôt appris leur grande
dévotion, et non sans humeur et froissement. Mais
déjà il leur avait donné son estime et, au fond de
sa conscience, il s'avouait que ce n'était pas un
motif suffisant pour la leur retirer. Puis, enfin, il
avait entendu un piano : il avait découvert que
madame Germont était excellente musicienne et que
sa fille avait aussi les plus grandes dispositions. Oh !
alors, plus de dévotion qui tienne... il brûla de
leur faire visite et de faire admettre avec lui son
bien-aimé violon. Il y réussit pleinement ; car on
le reçut avec beaucoup d'égards, et il fut de plus
en plus enchanté de tout ce qu'il vit et entendit
chez ses nouvelles connaissances. Elles étaient ave-
nantes de leurs personnes, agréables d'esprit, sincères et dévouées dans leurs affections et même
très-conciliantes sur tout ce qui touchait aux diverses opinions. Elles écoutaient sans impatience

toutes les controverses politico-religieuses qui naissaient alors de tous les événements du jour, et savaient heureusement les terminer par quelques bonnes paroles de paix et de charité.

Florentin sut apprécier des qualités si peu communes; et quand il avait passé une grande partie de la matinée, l'archet en main, dans ses études musicales; quand il avait partagé son après-midi entre une longue séance de cabinet de lecture et une non moins longue promenade aux Tuileries ou aux Champs-Élysées, voire même au Champ-de-Mars, où il aimait à suivre les manœuvres militaires, après son dîner, le soir, il était heureux de venir raconter les nouvelles du jour à ses voisines; de parler raison, comme il disait, à des personnes sensées; et finalement, de faire un peu de musique avec l'aimable Clotilde. Déjà plusieurs années cimentaient ce pacte de cordiale amitié, et ce n'était pas la première fois que Florentin s'asseyait à la modeste table de madame Germont. Deux fois l'an, aux deux fêtes de la mère et de la fille, il recevait une gracieuse invitation, et toujours, malgré la présence inévitable de l'abbé Gervais, il se montrait très-sensible à cette marque d'affectueuse considération. Aussi avait-il réclamé et obtenu le privilège d'offrir, pour le dessert, le plat du milieu, et il s'y distinguait.

Ce jour-là, donc, à l'heure précise et en grande tenue, le bon Florentin se présentait de nouveau chez madame Germont. Il traversa la petite salle, où le couvert était déjà mis, et Clotilde, qui avait ouvert la porte, l'introduisit dans la chambre en lui disant :

— Ma mère est là. Je retourne à mon poste, près du rôti : je veux que vous m'en fassiez des compliments.

Florentin sourit en lui faisant un geste d'encouragement, et il salua madame Germont qui lui offrait un siége.

— Ah ! madame, que vous avez une charmante fille ! s'écria le digne Florentin en s'asseyant ; rien ne déconcerte sa bonne humeur, et on dirait, à la voir, qu'elle n'a pas moins de plaisir à vaquer aux soins de la cuisine qu'à déchiffrer les plus belles pages de Mozart. Education vraiment parfaite, et qui vous fait grand honneur.

— Il est vrai, dit madame Germont, que je ne puis trop remercier Dieu de m'avoir donné une aussi courageuse et aimable enfant. Elle a toujours docilement suivi mes leçons, et du moment où Clotilde a pu comprendre le mérite d'une entière adhésion à la volonté divine, qui seule fixe les rangs et les conditions de la vie, tout lui a paru bon, agréable et facile, et elle est devenue ce que vous la voyez, prête à tout, heureuse de tout.

Florentin s'inclina. Malgré son ignorance des choses religieuses, il voyait bien que ses deux voisines devaient, en effet, beaucoup à ces salutaires principes.

— Quoi qu'il en soit, reprit-il avec une anima-

tion qui était comme le fond de son caractère enthousiaste, je vous déclare, madame, que je n'ai jamais
rencontré une jeune personne aussi accomplie que
mademoiselle Clotilde, et si je connaissais quelque
honnête jeune homme qui me parût lui convenir,
fût-il millionnaire, je n'hésiterais pas à lui conseiller une alliance dont il aurait encore à me remercier.

— Vous avez trop bonne opinion de nous, reprit
madame Germont : pauvres comme nous sommes,
nous n'avons pas à concevoir de telles destinées ;
mais d'ailleurs, je vous le dis sincèrement, nous
sommes heureuses dans notre obscurité, et nous
savons que la Providence ne nous y oublie pas.

— Sans doute, s'écria Florentin ; mais le dernier mot n'est pas dit, et à défaut de millionnaire
on peut encore trouver quelque jeune homme bien
établi et j'ai quelque idée...

Il fut interrompu par l'arrivée de l'abbé Gervais.
Cet ecclésiastique, qui avait bien une quarantaine
d'années, frappait tout d'abord par cet air de douce
gravité qui inspire à la fois la confiance et le respect. Depuis quinze ans au moins, il exerçait son
pieux ministère dans Paris, et au milieu de l'indifférence ou des haines de cette triste époque, son
zèle avait été mis à de rudes épreuves. Mais il était
de ces âmes véritablement apostoliques qui ne se
découragent jamais. Si les fidèles étaient en petit
nombre, il n'en mettait que plus d'ardeur à les instruire, à les affermir et à les animer surtout aux

pieuses entreprises de la charité. Pour lui, il ne s'appartenait plus, et s'il fallait arriver auprès d'un malade, accéder à quelque personne qui lui était recommandée, quelle que fût d'ailleurs sa position, rien ne lui coûtait, rien ne l'arrêtait : il y avait un peu de bien à faire. Et plus d'une fois, grâce à Dieu, sa patience et sa douceur devant les dernières injures lui avaient conquis et attaché des cœurs jusque-là intraitables. Il était humble ; mais il connaissait bien la force du prêtre de Jésus-Christ. Aussi, malgré les préventions et les clameurs de ce triste temps, il avait, une à une, ramené bien des âmes au bercail de l'Eglise ; et au milieu même des triomphes apparents de l'esprit du mal, ce prêtre obscur répandait et multipliait autour de lui les germes déjà bénis d'un meilleur avenir.

L'abbé Gervais était depuis plusieurs années le directeur de madame Germont et de Clotilde ; il n'avait pas été le dernier à les apprécier, et il aimait à leur témoigner, en toute rencontre, une aussi respectueuse estime, que si elles eussent été les plus grandes dames de la paroisse. Il se rendait donc avec empressement à l'invitation qui lui avait été adressée. Après avoir salué madame Germont et s'être informé avec le plus vif intérêt de sa santé toujours si délicate, il s'approcha de Florentin en lui tendant amicalement la main et engageant gaiement la conversation.

Florentin eût été à peindre en ce moment : tout

d'abord la vue de la soutane le suffoquait ; puis il rendait avec quelque effort, quoique très-profondément, le salut qui lui était adressé, et finalement il tendait une main craintive au prévenant abbé, à peu près comme l'enfant au magister armé de la férule. Mais peu à peu, au son véritablement affectueux et sympathique de la voix de son aimable interlocuteur, il se remettait, se dilatait et reprenait bientôt sa rondeur habituelle, quoique aiguisée de temps à autre de quelque causticité et du désir d'étaler ses opinions libérales. Cependant, sur ce point, Florentin avait appris déjà, en quelques rencontres, à se montrer prudent. Il n'avait jamais bataillé avec beaucoup d'avantage sur le terrain religieux, et il avait dû plus d'une fois reconnaître, *in petto*, que ce modeste abbé en savait beaucoup plus long que lui, non-seulement en théologie, mais en bien d'autres choses encore. Il en fût venu même à éviter soigneusement toute discussion sérieuse, s'il n'eût été quotidiennement remonté par les tirades du vieux *Constitutionnel* et du *Courrier français*, et entraîné, souvent malgré lui, par l'échauffement de cette pathétique lecture.

— C'est un vrai plaisir pour moi chaque fois que je vous rencontre ici, lui disait l'abbé Gervais, en s'asseyant cordialement auprès de lui.

— Vous êtes trop bon, monsieur l'abbé, trop bon, répondait Florentin, et certainement je ne suis pas moins charmé de me trouver en si digne compagnie. Et votre santé, monsieur l'abbé...

— Parfaite : et j'en remercie Dieu, n'ayant guère le temps d'être malade. Mais vous-même, monsieur Florentin, vous n'avez rien à désirer sur ce point.

— C'est vrai, monsieur l'abbé, mais grâce à l'hygiène. La grande affaire à mon âge est de veiller à sa conservation ; et l'hygiène, pour cela, est une science admirable. C'est toute la médecine à mes yeux ; aussi, j'en fais une sérieuse étude et une stricte application. Avec cela, voyez-vous, on marche, et on dure autant que... faire se peut.

— Sans doute, reprit l'abbé ; et j'admire comme l'homme a le sentiment profond de son éternité ! Convenez, monsieur Florentin, que vous ne voudriez jamais finir.

— Ah ! mais, j'en conviens, par exemple ! s'écria Florentin en souriant : le malheur est que bon gré mal gré la fin arrive.

— Eh bien, ne trouvez-vous pas étrange qu'il y ait en nous, créatures périssables, cet instinct obstiné d'une impérissable existence ? Aucune autre créature ne le partage avec nous : seul, l'homme, a l'idée et le désir de l'infini.

— Et c'est là son tourment, dit Florentin ; c'est ce qui nous fait tant appréhender de mourir.

— Oui, reprit l'abbé, mais c'est aussi le signe de notre grandeur : car ce désir de l'infini nous révèle et nous assure une destinée plus haute où la mort nous conduit : sans quoi il y aurait une contradiction manifeste dans notre nature, et cela ne se peut, le but se trouvant toujours conforme aux tendances.

— Je... le crois, répondit Florentin avec quelque hésitation ; malheureusement il y a un passage terriblement obscur...

— Comme la nuit qui nous mène au jour, reprit l'abbé en souriant ; le point essentiel est d'être préparé au passage ; car tout changement veut qu'on y songe. Mais il y a temps pour tout, et voici mademoiselle Clotilde qui vient nous prêcher toute autre chose que la pénitence.

— Très-certainement, monsieur l'abbé, dit Clotilde qui venait annoncer le dîner, et je prétends bien qu'on fasse honneur à mon modeste menu ; car je vous préviens que j'ai sur ce point un terrible amour-propre d'auteur.

— Eh bien ! Messieurs, dit madame Germont en se levant, passons à table et jugeons en conscience des talents de cette jeune personne.

Véritablement ce modeste dîner ne laissait rien à désirer ni pour le fond ni pour la forme : et quoiqu'il n'y eût ni riche vaisselle, ni mets recherchés sur la table, tout y était agréablement disposé pour les yeux et excellemment préparé pour le goût. Le bouquet de roses offert dans la matinée y avait aussi trouvé sa place et faisait pendant à un très-beau biscuit de Savoie artistement décoré et également envoyé par Florentin. Les convives de leur côté se montraient en parfaite disposition, et ce fut au milieu d'une agréable causerie et des plus délicates attentions que l'on arriva au dessert.

— Il faut que vous me permettiez, s'écriait alors

Florentin avec tout l'entrain d'un homme qui a bien dîné, de boire à la santé de mademoiselle Clotilde : moi qui applaudis si souvent à son talent de musicienne, je tiens à lui montrer combien j'estime aussi ses talents de bonne ménagère.

— Je me joins volontiers à vous, dit l'abbé Gervais, et j'y ajoute la santé de madame Germont qui a si bien, en toutes choses, dirigé les heureuses dispositions de sa fille.

Les verres se touchèrent avec le plus cordial empressement, et Florentin, ayant bien essuyé ses lèvres de sa serviette, ajouta avec cette sorte d'accent enthousiaste qui lui était propre :

— Ah! monsieur l'abbé, il n'y a qu'une mère, voyez-vous, pour bien élever ses enfants : rien ne peut remplacer les soins, la vigilance et la tendresse d'une mère. La nature a fait son chef-d'œuvre en créant le cœur maternel. Et c'est à mes yeux une sorte de sacrilége que de vouloir arrêter les épanchements d'une source si pure, en éloignant les enfants du sein de la famille, pour les livrer à des mains étrangères et souvent ennemies.

— Je suis tout à fait de votre avis, monsieur Florentin, dit l'abbé Gervais, et chaque fois qu'il se rencontrera une mère soucieuse de ses devoirs comme madame Germont, qu'elle éloigne ses enfants le moins qu'elle pourra; elle serait toujours bien imparfaitement remplacée. Mais connaissez-vous beaucoup de mères de famille qui veuillent consciencieusement remplir ce grand devoir de

l'éducation et qui s'y préparent sérieusement? ou
bien qui puissent écarter les obstacles de toute nature qui s'opposent souvent à leur bonne volonté?
Et nous parlons de l'éducation des jeunes filles, car
dès qu'il s'agit de garçons, les maîtres sont évidemment nécessaires.

— Sans doute, reprit Florentin, mais comme les
enfants, quels qu'ils soient, sont destinés à vivre
dans le monde, je demande avant tout que l'instruction et l'éducation leur soient données par des
hommes du monde, des pères de famille, des
citoyens qui connaissent et servent leur pays.

— Hélas! mon cher monsieur Florentin, répondit l'abbé Gervais avec un air de tristesse, vous
devez être satisfait : toutes les maisons religieuses
sont fermées depuis plus de deux ans; la jeunesse
française est à peu près sans exception élevée par
des hommes du monde, comme vous le désirez;
nous en verrons les résultats. Pour moi, je suis
intimement convaincu que cette génération élevée
sans convictions religieuses réserve un avenir
orageux à la France.

— Ah! par exemple, monsieur l'abbé, vous me
permettrez de dire que voilà de l'exagération. Car
enfin des pères de famille chargés de l'enseigne-
ment ne sont-ils pas les premiers intéressés à donner
une direction morale à la jeunesse?

— Cela devrait être, mon bon monsieur Florentin. Mais pour donner une direction morale, il faut
avoir soi-même une loi morale bien arrêtée. Or,

parmi les hommes du monde, et je parle même des honnêtes gens, est-on bien fixé sur ce point essentiel ? Que de faiblesses ! que de lacunes ! que de contradictions ! Et l'écolier si habile à saisir les imperfections de ses maîtres, n'étant pas atteint dans sa conscience par l'invariable vérité, ne connaîtra plus de loi que ses propres caprices et voudra les satisfaire à tout prix. Et de là, plus tard, dans le secret des familles, que de cuisants chagrins, que d'amers regrets !

— Il me semble, monsieur l'abbé, que vous avez trop mauvaise opinion de la nature humaine ; et d'ordinaire elle ne méconnaît pas si aisément les plus doux sentiments du cœur.

— Ah ! la nature humaine, cher monsieur, l'avait-on exaltée dans les années qui précédèrent 89 ; et cependant vous savez de quels prodiges de férocité elle couvrit la France. Non, ne vous fiez pas à dame nature ; car si elle n'est éclairée par la grâce et la loi divine, elle est sujette à de terribles écarts.

— Oh ! fit Florentin en se renversant sur sa chaise, nous avons bien changé depuis ce temps-là ; les mœurs se sont fort adoucies ; et nous marchons évidemment vers une ère de paix et de félicité générales.

— Savez-vous où nous marchons ? dit l'abbé Gervais avec un accent d'intime conviction qui pénétra l'honnête Florentin, nous marchons à une révolution, et ce ne sera pas la dernière.

Il y eut un moment de silence, car chacun dans

ce petit cercle comprenait toute la portée de ce mot,
et ne l'entendait pas d'ailleurs pour la première
fois. On le répétait souvent à cette époque avec des
pensées et des espérances diverses. Il semblait que
le voile de l'avenir se soulevait par instants, et qu'il
était donné à tous d'entrevoir les funestes vicissitudes qui menaçaient la patrie. C'était comme un
avertissement d'en haut pour prémunir les âmes
contre des entraînements passionnés, et pour faire
peser la responsabilité des événements au sanctuaire
de la conscience.

— Croyez-vous, vraiment, que nous soyons si
près d'une catastrophe? dit madame Germont d'une
voix altérée.

— L'heure nous est toujours inconnue, répondit
l'abbé; mais il est trop certain que nous devons
nous préparer à quelque explosion plus ou moins
décisive.

— Mais enfin, dit Clotilde qui cherchait à rassurer sa mère, qu'est-ce qui vous rend si affirmatif?
On dit le roi si bon.

Florentin hochait la tête comme un homme qui
aurait beaucoup à dire, mais qui veut se tenir sur
la réserve.

— Il est évident pour tous qu'il y a une guerre
déclarée au pouvoir, reprit l'abbé Gervais. Or, en
temps de guerre, on ne frappe jamais sur les siens;
on n'a jamais trop de soldats dévoués. Et le chef
qui livre ses meilleurs appuis aux clameurs de
l'ennemi, en décourageant son armée, assure sa

propre défaite. Mais tout cela devient bien sérieux
pour ces dames. Mon cher monsieur Florentin, un
jour viendra peut-être où nous serons plus d'accord.
Mais en attendant je réclame de votre obligeance,
ainsi que de mademoiselle Clotilde, quelques-unes
de vos belles pages de Mozart ou d'Haydn : cette
délicieuse harmonie est bien faite pour en préparer
une autre.

On se leva aussitôt avec un égal empressement,
et on entra dans la chambre de madame Germont.
Florentin pardonnait beaucoup à quiconque se
montrait, je ne dis pas connaisseur en bonne musique, mais seulement intelligent auditeur ; aussi
devint-il tout à fait charmant à l'égard du digne
abbé. Il lui joua ses meilleurs morceaux en avouant
d'ailleurs qu'ils gagnaient beaucoup à l'accompagnement de mademoiselle Clotilde. Le fait est que
le violon et le piano étaient également bien conduits, et que ce n'était que justice d'applaudir au
talent des deux musiciens. Madame Germont et
l'abbé Gervais s'acquittèrent de cette tâche en bons
juges ; et ce fut avec un mutuel regret et en échangeant les plus affectueux compliments que l'on se
sépara, en entendant dix heures sonner à l'hor-
loge de Saint-Germain-l'Auxerrois.

CHAPITRE II

Florentin était trop sincèrement attaché aux dames Germont pour ne pas se préoccuper un peu de leur situation et de leur avenir. Hélas! pour l'une d'elles cet avenir lui paraissait bien précaire et bien limité. Il n'était que trop visible que madame Germont s'affaiblissait de plus en plus, et que, malgré son grand courage, elle ne résisterait pas longtemps encore aux atteintes du mal intérieur qui la consumait. Aussi le bon Florentin pensait-il, avec quelque raison, que ce serait un grand service à rendre à cette excellente mère que d'assurer le sort de sa fille, de l'aimable Clotilde, en la mariant. Sans doute! mais l'aimable Clotilde était pauvre et de la plus absolue pauvreté. Florentin ne l'ignorait pas; cependant son rêve était de la marier et de la marier même avantageusement. Il avait une telle opinion des qualités et des talents de Clotilde, qu'il n'y avait à ses yeux rien de trop relevé pour elle. Le difficile néanmoins était de rencontrer ou de faire naître une occasion favorable où cette petite merveille pût être appréciée. Or, les relations de Florentin n'étaient guère étendues ; et dans Paris on pouvait vivre et mourir, sans que personne s'occupât des rares perfections d'une jeune fille modeste et humble autant qu'elle était pauvre.

Il y avait déjà longtemps que Florentin poursuivait obstinément cette idée, faisant et défaisant mille combinaisons également impossibles, lorsqu'il lui vint tout à coup à la pensée un jeune homme de vingt-huit à vingt-neuf ans qui se nommait Maurice, et qu'il avait connu au ministère de l'intérieur. Il lui avait été de quelque utilité au temps de son surnumérariat, lorsqu'il arrivait de province, et n'était encore soutenu que par les sacrifices de sa mère et de ses sœurs. Mais depuis, grâce à des relations dans le journalisme où le jeune homme figurait avec quelque talent, il était promptement arrivé à un emploi important et largement rétribué. Quoique fasciné par l'éclat de la vie parisienne et dès lors assez négligent envers sa famille, qui ne vivait pourtant que pour lui, Maurice avait cet esprit d'ordre qui caractérise la province, et une certaine modération de conduite qui lui attirait les éloges des hommes rangés. Florentin le retrouvait habituellement au restaurant où ils prenaient tous deux leurs repas ; et ils étaient demeurés en très-bons termes, devisant assez volontiers, fourchette en main, des nouvelles du jour.

Un autre thème fut donc habilement amené sur le tapis, et Florentin entreprit bientôt assez vivement le jeune chef de bureau sur la question du mariage ; il lui insinua qu'il connaissait un type de toutes les perfections, et il en parla si chaudement que, tout en avouant qu'il y avait malheureusement une lacune sur le positif, il réussit pourtant à éveiller la curiosité du jeune homme. Florentin ne laissa pas languir cette première lueur d'espérance, et il proposa tout aussitôt de faire rencontrer par hasard ces dames Germont, un dimanche, aux Tuileries, sur la terrasse du bord de l'eau. Et le jeune homme, sans trop savoir pourquoi, y consentit. — Cela, d'ailleurs, ne vous engage à rien, répétait le brave Florentin. — Je l'entends bien ainsi, répliquait Maurice.

Le dimanche suivant, après dîner, vers sept heures, au moment où le soleil déclinait, madame Germont et Clotilde, accompagnées de Florentin, traversaient la cour du Louvre et se dirigeaient par l'avenue du Carrousel vers les Tuileries. Il y avait beaucoup de monde de ce côté, car à cette époque l'espace compris entre le Louvre inachevé et les Tuileries, enchevêtré de ruelles et de bicoques, ouvert seulement d'une large chaussée, ressemblait assez à un champ de foire où toutes sortes d'étalagistes, de faiseurs de tours, de chanteurs et de musiciens ambulants faisaient appel au public et le divertissaient à grands cris et à bon marché. Nos amis se dégagèrent au plus tôt de cette foule, et, ayant franchi sans encombre la place du Carrousel sillonnée d'innombrables voitures, ils entrèrent par

la grande grille du palais, en traversant la cour et
le palais lui-même, comme on le faisait alors à
toute heure du jour : il semblait que cette demeure
des rois appartenait à tous, et que chacun, comme
si c'eût été un bien de famille, y avait droit d'usage.
Mais cette communauté touchante n'était plus qu'un
souvenir de l'union autrefois si étroite des Français
avec leurs souverains. Au moment, en effet, où
madame Germont, sa fille et Florentin allaient traverser sous la voûte du palais, le tambour battit
aux champs.

— Le roi va passer, s'écria-t-on.

Nos amis s'étaient arrêtés avec la foule des promeneurs, la royale voiture traversa au petit pas
entre deux haies de curieux : mais c'est à peine si
quelques rares vivats se firent entendre, et beaucoup de spectateurs gardaient avec affectation leurs
chapeaux, malgré les gracieux saluts du monarque
à la tête blanchie.

— Eloignons-nous, s'écria madame Germont,
éloignons-nous, cela fait mal !

— Et le roi a l'air si bon, répétait Clotilde !

— Certainement, dit Florentin, mais la bonté ne
suffit pas pour gouverner.

— Elle devrait suffire au moins, répondit madame Germont en soupirant, pour rendre respectable la vieillesse d'un roi.

Florentin garda le silence, car il eût été désolé
de contrister son excellente voisine, et il avait
d'ailleurs en tête des idées plus riantes que celles

de la politique. Aussi, après avoir traversé les parterres et gagné la terrasse du bord de l'eau, fit-il remarquer avec empressement les belles teintes du soleil qui empourprait le couchant, couvrait de ses feux la nappe unie de la Seine, en illuminant de ses chauds rayons le profil des grands édifices qui bordaient la rivière, depuis le péristyle de la Chambre des députés jusqu'aux tours lointaines de Notre-Dame. Madame Germont et Clotilde, appréciant la délicate réserve de leur digne ami, contemplèrent un moment avec admiration ces magnificences de la nature, au milieu desquelles toutes les grandeurs de Paris se fondaient comme les accessoires ou les ombres d'une scène supérieure et seule digne, en ce moment, d'attirer les regards.

On continua lentement la promenade le long de la terrasse où l'on ne rencontrait habituellement que peu de monde. Puis on s'assit sur un banc qui faisait face à la place Louis XV et aux Champs-Elysées, et d'où tranquillement on contemplait les lignes tumultueuses de la foule et des voitures qui se croisaient dans toutes les directions et se renouvelaient sans cesse. Florentin aperçut bientôt un jeune homme qui se dirigeait sans affectation de son côté : c'était Maurice en grande tenue.

— Quelle heureuse rencontre ! s'écria Florentin en se levant avec empressement, et faisant deux ou trois pas vers le jeune homme dont il serrait cordialement les mains ; et vous vous portez toujours bien ? Cela se lit sur votre visage ; à votre âge, peut-il en être autrement? Mais arrêtez-vous donc un moment, si vous n'êtes pas trop pressé. Vous permettez, mesdames? Pardon, je vous présente M. Maurice, un ancien et jeune collègue au ministère de l'intérieur.

Madame Germont et Clotilde s'inclinèrent. Maurice salua courtoisement ces dames, prit une chaise et se plaça près de Florentin, faisant face à madame et à mademoiselle Germont. Il pouvait les examiner tout à l'aise; d'autant mieux que ces dames, bien loin de supposer qu'on s'occupât d'elles, se montraient, comme toujours, simples et naturelles. Aussi, tout en répondant aux politesses de Florentin, le jeune homme considérait curieusement et madame Germont et sa jeune fille tant vantée; qu'en pensait-il? il ne l'eût pas dit facilement. Au premier abord, il avait paru désappointé de l'extérieur si modeste de ces dames; mais cependant leur distinction et l'agrément particulier à l'aimable physionomie de Clotilde ne lui échappaient pas; et il les examinait de nouveau avec un intérêt dont il ne démêlait pas bien la cause, mais qui se rattachait peut-être aux paisibles souvenirs du pays et de la famille absente où il était tant aimé. Il demeurait rêveur. Mais ce n'était pas précisément l'affaire de Florentin qui, en bon ami, voulait faire briller l'esprit de son jeune homme et donner de lui une haute idée.

— Eh bien, lui demanda-t-il, y a-t-il du nouveau? Vous qui êtes un peu du gouvernement et qui écrivez dans les journaux du pouvoir, dites-nous donc un peu comment vont les choses?

— Pas trop bien, répondit Maurice, et je ne suis pas sans inquiétude.

— Ah! vous aussi, vous croyez à une révolution!

— Je crois tout possible, mon cher Florentin, excepté l'ordre et la paix véritables en ce pays, parce que nous n'avons pas plus de foi politique que de foi religieuse. Il n'y a plus aujourd'hui que des opinions et des intérêts qui s'entrebattent indéfiniment. Quant au pouvoir, il voit le mal, pressent le remède, mais sans avoir cette haute et ferme volonté qui rassure les honnêtes gens et déconcerte les factieux. Aussi faut-il songer à l'avenir et mettre sa petite barque à l'abri du naufrage... Je suis assez tranquille de ce côté, car j'ai des amis dans la presse de l'opposition qui m'ont déjà fait des offres très-convenables.

Bien qu'il fût un ardent libéral, Florentin se mordit les lèvres; il comprenait que cette facilité d'opinions n'était pas propre à donner une haute idée du caractère de Maurice. Il s'empressa de changer de conversation.

— Et à propos, mon cher Maurice, reprit-il, les Muses vous sont-elles toujours propices, et avez-vous mené à bonne fin ce poème lyrique dont vous me proposiez jadis la musique, et qui m'a causé bien des insomnies pendant que ma pauvre tête s'agitait en travail de rhythmes et de mélodies?

— Folies de jeunesse! mon cher Florentin, répondit Maurice en souriant; et je m'estime heureux d'avoir été arrêté sur ce triste chemin par les nécessités de la vie. Vous ne pouvez pas vous figurer les misères de cette carrière tant vantée de la littérature et des arts. Songez donc : ce n'est plus, comme autrefois, la haute société qui se fait la noble protectrice du talent et du travail, et qui lui ouvre la glorieuse arène ; non, c'est aujourd'hui la troupe mercenaire des artistes de tout emploi qui s'est industrieusement constituée pour l'exploitation du public. Jugez de quelle souplesse il faut être capable pour prendre place dans cette habile confrérie. Ah ! je pourrais vous en dire de belles : tenez...

Florentin s'agitait, toussait, faisait des yeux au jeune homme pour lui faire comprendre qu'il était là sur un terrain bien scabreux, et qu'il allait donner à penser à ces bonnes et pieuses dames Germont. Maurice comprit et s'arrêta.

— Tenez, reprit-il, il vaut mieux parler d'autre chose.

— Vous avez bien raison, dit Florentin. Mais il me semble que la fraîcheur du soir se fait sentir ; ne serait-il pas temps de nous retirer ?

On se leva, et Maurice hésitant à prendre congé, on revint lentement et en compagnie vers les grilles du jardin. Florentin avait changé de rôle, et il s'étudiait à faire parler madame Germont et Clotilde; et celles-ci, ne se croyant pas le moins du monde en cause, lui répondaient avec leur enjouement

habituel. Maurice écoutait, et il avait du moins
assez de tact pour apprécier le bon esprit et le noble
cœur de ces deux dames, d'ailleurs si modestes et si
réservées. Etant arrivés près de la grille du pont
Royal, une petite halte fit comprendre à Maurice
qu'il ne pouvait aller plus loin ; il salua respectueusement ces dames, serra la main de Florentin
et se retira du côté de la rue de Rivoli.

Il marcha quelque temps tout pensif et les yeux
fixés en terre, comme pour ne pas se laisser distraire des idées qui le remuaient ou des images qui
le captivaient encore; un rêve de vie paisible et
heureuse se formulait clairement dans son esprit,
il se voyait avec sa mère et ses sœurs, madame
Germont et Clotilde, sous un même toit verdoyant,
aux portes de Paris... Son travail suffisait grandement à leur modeste existence, et dans ce calme
salutaire, loin des plaisirs énervants, ses talents se
développaient dans toute leur plénitude, et il s'é-
levait laborieusement au rang des hommes de
mérite et d'honneur. Quelles que fussent les chances
de l'avenir, il goûtait du moins cet humble et véritable bonheur que le monde et les passions ignore-
ront toujours... Sages et aimables projets que dictait la conscience dans une de ces heures si rares
où l'âme daigne l'écouter, mais qui, pour se réaliser, eussent voulu un cœur pur et droit, ou un de
ces retours assez courageux pour s'arracher définitivement aux prestiges d'un monde trop aimé.
Maurice poursuivit capricieusement son rêve le

long des rues de Rivoli et de la Paix, jusque sur les boulevards ; là, le mouvement, le bruit, les lumières, — il était neuf heures du soir, — le ramenèrent à une tout autre réalité. Il se passa la main sur le front, fit un soupir, accéléra sa marche, et, ayant allumé un cigare, il se prit à sourire de son innocence pastorale ; enfin, pour couper court à ce dangereux accès de sentiment, il alla se pâmer le reste du soir aux farces du théâtre des Variétés.

Le lendemain, en se retrouvant avec Florentin, il lui prit amicalement les mains et lui dit avec un accent des plus prononcés :

— Vous êtes un excellent homme, mais n'allons pas plus loin, j'ai d'autres idées.

Florentin tressaillit, balbutia quelques mots en l'air et s'inclina. Le digne homme cependant, bien qu'assez déconcerté de cet échec, ne renonçait pas à son idée ; il se reprochait de s'être laissé prendre à de vaines apparences, et d'avoir pu croire qu'une belle âme serait mieux et plutôt appréciée par un homme d'esprit.

« J'ai visé trop haut, se disait-il, et il me faut désormais chercher dans une position plus modeste quelque brave garçon qui s'estime heureux d'être courageusement secondé par une femme aussi aimable que vertueuse. Cela n'est pas introuvable peut-être. »

Florentin recommença donc ses recherches, et il eut sans doute plusieurs pages à ajouter au chapitre de ses déconvenues. Nous n'en fatiguerons pas le lecteur, qui n'apprendrait rien de bien nouveau quand nous lui dirions encore, par exemple, que Florentin, ayant derechef tourné ses batteries sur un sien neveu qui était en train de faire fortune dans le commerce des laines et qui, à trente-cinq ou trente-six ans, n'avait pas eu le temps de songer au mariage, et qu'après bien des circonlocutions, ayant enfin rompu la glace et très-complaisamment décrit tout ce qu'il admirait dans Clotilde Germont, son neveu, grand lecteur aussi du *Constitutionnel,* libéral renforcé (mais qu'un peu de comptant eût fort apprivoisé), le regardant dans le blanc des yeux, lui fit cette foudroyante réponse :

— Y pensez-vous, mon oncle! Mais c'est une dévote que vous me proposez... à moi !

— Eh bien, balbutia le pauvre Florentin en rougissant jusqu'aux oreilles, une dévote... pourquoi pas? Enfin, toutes les opinions sont libres, et la dévotion chez une femme est bien permise. Et qu'est-ce que cela fait après tout?

— Cela me fait, mon oncle, que vous me mettriez là sur le chemin du confessionnal ; merci bien !

— Est-ce qu'on y va malgré soi, nigaud ?

— Tu, tu, tu, tu... votre sirène m'y conduirait : serviteur !

Des événements plus graves vinrent alors arracher l'excellent Florentin à ses préoccupations matrimoniales; il avait du reste suffisamment compris ce qui lui manquait pour réaliser le mariage de Clotilde : « Eh! parbleu, se disait-il avec humeur, je savais très-bien qu'un ménage ne se fait pas comme un roman ; mais, quand on a le nécessaire, préférer un sac d'écus à un noble cœur, c'est ce qui me passe ! » On touchait à la fin de juillet 1830, et nul n'ignore les vicissitudes politiques qui se déroulèrent alors en quelques jours ; une insurrection formidable éclatait tout à coup contre le gouvernement de la Restauration ; en quelques heures Paris était tout en feu, et les environs du Louvre devinrent surtout le théâtre d'une lutte acharnée.

De la maison de madame Germont, on entendait tout le tumulte du combat, et on en eût pu voir toutes les horreurs ; tantôt c'était le pas régulier et précipité de la troupe, et, par intervalles, les cris saccadés des commandants ; puis de longues fusillades et le retentissement du canon qui faisaient trembler les murailles et bondir affreusement les cœurs des habitants inoffensifs ; tantôt des rumeurs violentes et désordonnées annonçaient le passage du peuple en armes et criant : Ouvrez les portes ! Ouvrez les portes ! voulant de la sorte s'assurer un abri en cas d'échec ; et avec la fougue populaire menaçant de la voix et brandissant les armes contre les maisons où l'on ne se pressait pas d'ouvrir. Selon les vicissitudes d'un combat de trois jours, les sinistres clameurs s'éloignaient ou se rapprochaient, mais sans jamais accorder une heure de répit. A tous moments d'ailleurs, on apportait des blessés et des mourants sous les vestibules des maisons jonchés de paille, où chacun s'empressait alors de donner tous les secours d'une généreuse compassion.

Malgré l'inquiétude profonde que lui causait le triste état de sa mère, bien aggravé par les angoisses de ces poignantes journées, Clotilde descendit souvent dans la rue pour porter de la charpie, du linge, du pain, du bouillon pour les blessés, et aussi, enhardie par les circonstances, pour faire entendre de pieuses paroles aux mourants. A la vue de ces jeunes gens ou de ces pauvres soldats mutilés, couverts de sang et se débattant sur la paille étendue contre les étreintes de la mort, elle ne songeait plus qu'à les secourir en leur adoucissant cette heure suprème. Agenouillée près d'eux, essuyant d'un linge tantôt le sang des blessures, tantôt la sueur de leur visage ou l'écume de leurs lèvres serrées, elle leur montrait la petite croix de son chapelet, l'appliquait doucement à leur bouche en leur suggérant quelques mots de prière... heureuse de voir comme un sourire d'espérance s'épanouir sur ces visages glacés! Certes, en agissant ainsi, elle n'était guère alors dans les idées du jour, mais sa touchante charité fit respecter sa foi, et bien loin de l'inquiéter, plusieurs parmi ces rudes combattants la saluèrent d'un sympathique regard.

Florentin, lui, ne savait trop encore s'il devait se réjouir ou s'attrister des événements qui s'accomplissaient. Malgré son libéralisme, le mot de révolution lui rappelait toujours 93, et il redoutait

presque autant le triomphe du peuple que sa défaite. A mesure cependant qu'il lisait les procla-
mations des journaux et qu'il entendait le récit des
exploits populaires, sa tête s'échauffait et il ne fut
pas des derniers à répéter : Vive la Charte ! Cependant il se montrait souvent aussi auprès de ses
voisines, et il s'efforçait de rassurer de son mieux
la pauvre dame Germont, abattue et brisée par la
violence même qu'elle se faisait pour dissimuler ses
douleurs et son effroi. Lorsque enfin le bruit des
armes cessa dans la ville par la retraite des troupes
et la victoire du peuple, Florentin, tout animé, accourut pour annoncer la grande nouvelle. Hélas ! il
trouva madame Germont étendue sur un fauteuil,
la pâleur de la mort sur le visage, et Clotilde auprès d'elle lui réchauffant les mains et lui faisant
respirer un linge mouillé de vinaigre.

— Oh ! veuillez aller bien vite chercher le médecin, lui dit Clotilde, et prier aussi l'abbé Gervais de
venir ; je sais qu'il n'a pas quitté le presbytère, et
qu'il s'est joint à ce digne abbé Paravey (1) pour
visiter les ambulances et enterrer les morts.

— J'y vais, j'y vais, s'écria Florentin, tout bouleversé lui-même.

Madame Germont le remercia du regard, puis
ajouta d'une voix affaiblie : « Il y en a de plus à

(1) L'abbé Paravey alla au-devant du peuple qui envahissait le
presbytère de Saint-Germain-l'Auxerrois, et par son active charité
se vit aussitôt entouré des sympathies publiques.

plaindre que moi en ces malheureux jours : et la
France trouvera-t-elle le bonheur dans les révolu-
tions ? »

Le médecin, qui ne tarda pas à paraître, examina
la malade avec beaucoup d'attention, la fit mettre
au lit, et, ayant écrit ses prescriptions, se retira en
recommandant les plus grands soins. Florentin le
rejoignit aussitôt sur l'escalier et lui demanda ce
qu'il pensait de madame Germont. « Rien de bien
rassurant, lui dit le docteur ; il y a longtemps que
la maladie mine cette pauvre dame, et la crise d'aujourd'hui me paraît trop significative. Allons cependant, au jour le jour, et espérons, s'il se peut,
contre toute attente. »

. En effet, les meilleurs soins et un grand calme
redonnèrent quelque apparence de vie à la chère
malade, qui cependant se trouvait elle-même très-
faible et ne se levait plus que quelques heures au
milieu du jour. Alors Clotilde l'installait dans un
fauteuil, près de la fenêtre, au soleil, et cherchait
à l'égayer par ses doux propos ou à la fortifier par
quelque pieuse lecture. Madame Germont parut
goûter durant quelques jours avec une sorte de
tranquille recueillement les tendres sollicitudes de
sa fille ; au fond, elle ne se faisait plus aucune illusion sur son état, et elle réfléchissait beaucoup sur
tout ce qui allait suivre. Une après-midi donc, Clotilde étant assise sur un tabouret à ses pieds, elle
lui dit avec un calme que Dieu seul peut donner à
ses amis :

— Voyons, ma chère enfant, que penses-tu de moi, de ma santé ?

— Chère maman, j'espère qu'avec la grâce de Dieu, je vous conserverai longtemps encore, se hâta de répondre Clotilde, tout alarmée de cette question.

— Le crois-tu vraiment, et ne le dis-tu pas un peu pour me rassurer ?

— Oh ! mère, s'écria Clotilde en tournant vers elle ses yeux humides.

— Ecoute-moi, chère enfant : le bon Dieu me fait la grâce de bien connaître ma situation ; c'est donc un devoir pour moi de mettre à profit ce temps si précieux. Ne t'inquiète pas, ma Clotilde, nous sommes chrétiennes toutes les deux, nous savons que la terre n'est qu'un lieu d'épreuve et de passage, et qu'à chaque instant notre Dieu peut nous rappeler à lui. Si le moment allait bientôt venir pour moi, voyons, ne sais-tu pas que ce serait l'heure de la délivrance, et qu'ayant toujours voulu la volonté de ce bon Père qui est aux cieux, il ne m'appellerait à lui que pour mon bonheur ?...Tu le sais bien, c'est ta ferme croyance, et toute ma vie je t'ai tenu ce même langage. Ah ! sans doute, il faudra se séparer.... Mais, écoute-moi bien, plus ce sacrifice sera grand, plus il nous coûtera, et plus aussi il nous unira au sacrifice de notre Dieu et nous méritera ses grâces et ses récompenses. Puis le jour de l'éternelle réunion, de la joie pure et sans mélange, viendra pour nous deux ; et comme nous nous réjouirons alors d'avoir été dociles, fidèles et même un peu éprouvées ! Tu le crois, ma chère enfant, comme je le crois moi-même, n'est-ce pas?

— Oh! oui, mère, comme toi-même, s'écria Clotilde tout en pleurs, et j'offre à Dieu ma vie pour que nous soyons en lui inséparables.

—Non, ma chère enfant, non, reprit madame Germont; il faut accepter pieusement la volonté de Dieu et rester courageusement à la place où nous pouvons encore le servir. Il m'a conservée près de toi tant que j'ai été utile à ses desseins; maintenant que tu es bien préparée, c'est de toi qu'il entend se servir, et tu lui diras comme la sainte Vierge : Voici votre servante, ô mon Dieu!.... Je puis donc aujourd'hui réclamer de toi un grand service, c'est que tu m'aides à bien mourir. Je comprends tes larmes, chère Clotilde, mais je crois connaître ton cœur et ne lui rien demander de trop. Tu vois d'ailleurs que je ne suis pas encore bien mal, je me sens même un peu plus forte en ce moment, et c'est pourquoi j'en profite pour causer tranquillement avec toi. Employons bien ces jours, et leur souvenir fera ta force et ta consolation, car tu pourras te dire aussi qu'ils ont été la force et la consolation de ta mère.

Clotilde comprit ce pieux langage, et, malgré les brisements de son cœur qui, néanmoins, voulait espérer encore, elle résolut de se donner entièrement à toutes les instructions de sa mère, et de lui ménager, s'il le fallait, cette suprême satisfaction d'une soumission absolue de sa fille à la volonté du ciel. Quelques jours se passèrent ainsi dans un calme profond et presque incompréhensible à des yeux étrangers. Le bon Florentin, qui partageait avec tant de dévouement toutes les sollicitudes de ses chères voisines, ne pouvait s'expliquer leur sérénité dans un tel moment, et il n'entrait dans la chambre de madame Germont qu'avec un religieux recueillement. Il demeurait le plus souvent debout, bien qu'on lui fît signe de s'asseoir ; et il écoutait silencieusement les tendres et saintes paroles que la mère et la fille continuaient à échanger en sa présence.

— Pardon, mon digne ami, lui disait madame Germont, ces moments sont bien précieux pour nous, et vous permettrez que nous les employions de notre mieux : mais restez, restez, un ami tel que vous peut tout entendre.

Florentin restait tant que son cœur y pouvait tenir ; mais venait bientôt un moment où, se sentant tout bouleversé d'émotion, il sortait précipitamment sans dire une parole et ne saluant ses amies que du regard et de la main. Cependant il revenait plusieurs fois le jour pour savoir des nouvelles hélas ! trop faciles à deviner, car les progrès du mal ne s'arrêtaient pas.

L'abbé Gervais multipliait aussi ses visites que l'on recevait toujours avec bonheur, et où lui-même, en apportant les sublimes consolations de la foi, trouvait grandement à s'édifier. Madame Germont, Clotilde (et parfois Florentin non moins at-

tentif) écoutaient avec une pieuse avidité les saintes
paroles du prêtre qui n'hésitait pas à les entretenir
des incomparables félicités que Dieu réservait à ses
élus et des éternelles merveilles de l'amour divin,
comme si déjà tous les voiles du temps avaient
disparu, et qu'il eût dès à présent à les investir des
gloires du ciel. Sans doute, il devinait bien tous les
déchirements intérieurs du cœur de Clotilde, mais
quelle autre consolation plus puissante eût-il pu lui
donner que de lui faire entrevoir le bonheur certain
de celle qu'elle aimait tant? Quant à madame Germont, par une de ces grâces si admirables que Dieu
fait souvent à ceux qui se confient pleinement en
lui, elle demeurait dans une paix profonde, n'ayant
plus devant les yeux que la miséricordieuse volonté
du Père céleste qui l'appelait à lui.

Aussi quand parurent les derniers symptômes de
la maladie, quand le médecin eut annoncé à l'abbé
Gervais que l'heure suprême allait venir, tout prit
autour de madame Germont un caractère de religieuse solennité qui semblait écarter les marques
de la douleur et du deuil. Une petite table avait
reçu les ornements et le divin trésor de l'autel. Clotilde était à genoux du côté qui la rapprochait du lit
de sa mère; et de l'autre, Florentin, également pros-
terné, ne pouvait détacher ses regards de la figure
toujours souriante de sa sainte amie. L'abbé Gervais prononça les sublimes prières de l'agonie et
donna les divins sacrements avec les mêmes marques
de vénération qu'il eût montrées pour une créature

céleste ; puis il se mit à genoux lui-même sans plus rien ajouter ; toute parole eût en ce moment tari sur ses lèvres émues, et Dieu parlait assez visiblement au cœur de sa fidèle servante..... Madame Germont cependant releva la tête et remercia bien affectueusement l'abbé Gervais de toutes ses bontés et de son long dévouement ; puis, attirant sa fille d'une main tremblante et refroidie :

— Chère enfant, lui dit-elle, sois bénie une dernière fois pour toutes les consolations dont tu as rempli ma vie, j'étais bien avec toi la plus heureuse des mères : mais je vais dans un monde meilleur rejoindre tous ceux qui nous manquent ici, et t'y garder une bonne place. Le bonheur assuré n'est que là, et tu sauras le mériter en demeurant fidèle à Dieu et à sa religion sainte. Tout le reste brille un moment et s'éteint dans une amère tristesse. La pureté du cœur et la paix de la conscience seules nous méritent cette vie heureuse et impérissable ; Dieu te la donnera un jour, chère enfant, et tu auras tout gagné. Encore sois bénie, ma chère, chère enfant !

La pieuse mère demeura encore quelques instants comme absorbée dans une ardente prière....., à laquelle s'unissaient étroitement sa fille et ses amis ; tournant alors ses regards vers le bon Florentin :

— Comment vous remercierai-je, lui dit-elle, de votre attachement si sincère et si délicat pour nous ? Ah ! croyez-bien, digne ami, que je ne vous oublierai pas devant Dieu, et que je ne cesserai de lui demander pour vous ses grâces les plus précieuses, afin que nous nous retrouvions encore au ciel.

— Oh ! merci, merci, chère dame, s'écria Florentin en mouillant de ses pleurs la main qui lui était
tendue ; mais j'en ai trop vu pour ne pas croire avec
vous et comme vous : oui, désormais, votre Dieu
est mon Dieu !

Une ineffable joie brilla sur le visage pâli de madame Germont : ses yeux se fixèrent sur le crucifix
qu'elle pressait sur sa poitrine ne pouvant plus le
soutenir de ses mains, et la pure et sainte charité
soulevant encore une fois son cœur qui déjà ne bat-
tait plus, elle rendit son âme à Dieu.

CHAPITRE III

Elle n'était plus pour Clotilde, cette mère si bonne et si dévouée ; du moins, elle n'était plus là, compagne assidue et guide fidèle dans toutes les heures pesantes de la vie. Car si elle existait toujours dans une région supérieure où sa fille élevait sans cesse ses pensées et ses vœux, elle manquait, et bien amèrement, aux plus doux épanchements de son cœur : ne plus la voir, ne plus l'entendre, ne plus lui parler, ne plus lui confier ses joies ou ses peines et ne plus recevoir ni lui rendre ses chers embrassements, quel vide et quelle privation ! Mais Clotilde, qui ressentait si profondément cette séparation déchirante, était sincèrement chrétienne, et en tournant ses tristes regards vers le ciel, elle dut reconnaître que cette épreuve si désolante entrait néanmoins dans les desseins de Dieu sur elle ; et que, si elle pouvait justement pleurer une mère tant aimée et si digne de sa tendresse, elle devait accepter aussi avec résignation et courage le calice d'amertume, en invoquant avec ferveur et confiance le Dieu des affligés.

Aussi chaque matin, après avoir mis sa chambre en ordre, elle se rendait, comme de coutume, seule il est vrai, à la première messe où, en s'unissant pieusement au divin sacrifice, elle puisait des forces pour soutenir généreusement toutes les fatigues et même toutes les tristesses de la journée. Puis elle rentrait de bonne heure encore pour se livrer à un travail assidu. Les soins si prévenants qu'elle avait constamment prodigués à sa bonne mère n'avaient jamais permis de réaliser d'économies ; et les derniers jours avaient même nécessité quelques dettes que Clotilde voulut acquitter sans retard en vendant quelques pièces d'argenterie. Elle désirait pourtant conserver les objets et les meubles qui avaient spécialement appartenu à sa mère ; mais le loyer de son petit appartement était une grande charge, maintenant qu'elle n'avait plus l'aide de la pension militaire éteinte avec madame Germont. Elle prit aussitôt la résolution de se restreindre et de monter au cinquième étage, où une assez grande chambre en mansarde et d'un prix modéré pouvait recevoir à peu près tout son mobilier. Quoique Clotilde fût d'une rare habileté en toute sorte d'ouvrages de broderie et de tapisserie, il lui fallait une application très-soutenue pour obtenir un franc et demi à deux francs par jour ; aussi n'avait-elle que le strict nécessaire pour s'entretenir et pour vivre. Mais avec beaucoup d'ordre elle faisait face à tout ; et

comme elle ne faisait rien paraître de ses privations, et que ses très-simples vêtements étaient
toujours parfaitement tenus, elle était encore pour
tous mademoiselle Germont, et traitée avec beaucoup d'égards dans les maisons mêmes où elle allait
recevoir et porter son ouvrage. Il était difficile de
ne pas considérer avec respect cette jeune personne
si modeste, si réservée, si droite dans sa conduite,
si délicate dans tous les rapports d'intérêt, et que
l'on voyait toujours comme entourée d'une auréole
d'honneur et de vertu, qui l'élevait bien au-dessus
de son humble situation.

Cependant Florentin s'inquiétait de cet état précaire ; il remarquait avec peine ce travail prolongé
au-delà des habitudes déjà très-laborieuses de Clotilde, et il craignait les suites d'une telle application
qui devait user promptement la santé la plus ro-
buste. Il fit donc quelques observations et les ap-
puya avec beaucoup de délicatesse en priant Clotilde d'accepter, de temps à autre, quelques petites
sommes qui ne lui étaient pas nécessaires ; mais
celle-ci, bien que très-touchée, refusa péremptoi-
rement ; car elle savait que l'excellent homme avait
peu de superflu, et qu'à son âge il lui serait trop
pénible de se réduire au strict nécessaire. Florentin
alors faisait part de ses inquiétudes à l'abbé Gervais
et ils cherchaient ensemble avec une grande sollicitude comment on pourrait assurer l'avenir de
mademoiselle Germont.

— C'est une excellente musicienne, disait Florentin, et si on pouvait lui trouver quelques élèves, sa situation serait bien meilleure : seulement, dans ce Paris où tant de monde se coudoie sans se connaître, les débuts sont d'une difficulté désespérante.

— Que vous dites vrai ! reprit l'abbé. Aussi pour ne pas trop souffrir d'une longue attente, faudrait-il commencer sans abandonner les ressources de l'aiguille. Mademoiselle Germont n'eût-elle qu'une seule élève, ce lui serait toujours une très-utile diversité d'occupation. Mais ce qui me paraîtrait le plus convenable pour elle, ce serait d'entrer comme institutrice dans quelque bonne maison : on y apprécierait bientôt son mérite et je crois que nous n'aurions plus à nous inquiéter de son avenir.

— Soyez sûr qu'on nous remerciera d'avoir fait connaître un si rare sujet, s'écria Florentin, qui ne voyait rien au-dessus de Clotilde.

— J'en ai déjà parlé de divers côtés, ajouta l'abbé, mais je vais faire tout au monde pour arriver à un heureux résultat.

— Et je vous seconderai de mon mieux, dit Florentin ; après tout il ne s'agit pas ici d'un mariage.

Néanmoins les dévoués protecteurs de Clotilde multiplièrent longtemps encore leurs démarches, car l'occasion tant désirée ne se présentait pas : on leur promettait bien de s'intéresser à mademoiselle Germont, mais la plupart oubliaient leurs promesses, ou attendaient paisiblement l'heure propice ou commode de se les rappeler. Florentin bouillonnait d'impatience et se plaignait amèrement à l'abbé Gervais de l'égoïsme et de l'injustice des hommes. « Ne perdons pas confiance, lui répondait le digne abbé. Croyez-vous que la Providence demeure indifférente devant la courageuse résignation de cette jeune fille? Elle permet l'épreuve, parce que celle qui la supporte si chrétiennement s'ennoblit à ses yeux, et gagne ainsi des couronnes qui lui seront un jour généreusement accordées. »

Clotilde, en effet, ne s'inquiétait nullement de son avenir : elle accomplissait laborieusement chaque jour sa tâche accoutumée, satisfaite du modique fruit de son travail et très-persuadée que le nécessaire ne lui serait jamais refusé. Mais quant à rechercher curieusement quelle pourrait être plus tard sa destinée, et si quelque circonstance heureuse ne la tirerait pas tout à coup de son obscure position, c'est ce qu'elle eût repoussé comme une pensée de défiance ou d'orgueil. Elle se confiait pleinement en la Providence, et elle ne se croyait ni malheureuse, ni humiliée de vivre en travaillant. N'avait-elle pas été la plus heureuse des créatures tant d'années avec sa bonne mère, au sein de la plus humble pauvreté? Et ni la fortune, ni un rang plus élevé ne pourraient lui rendre ce bonheur. Seule maintenant et aux prises avec toutes les difficultés de la vie, elle ne pouvait plus chercher d'autre satisfaction que dans la paix d'une conscience pure et le filial amour du Dieu très-bon qui ne l'abandonnerait pas. Et, disons-le, il ne lui fallait rien moins que ce noble et sérieux amour du devoir et

du bien suprême pour inspirer à Clotilde toute l'é-
nergie nécessaire au milieu des épreuves et des périls de toute nature où elle devait marcher. Sans
doute, elle avait obtenu les sympathies de la plupart
des personnes qui lui confiaient quelque ouvrage ;
mais il y avait aussi des rapports journaliers plus
fréquents encore avec des subalternes parfois dé-
daigneux, revêches ou même grossiers. C'étaient
de malheureuses jeunes filles dont le cœur s'était
flétri au souffle égoïste des frivoles plaisirs et qui,
s'offensant presque des grâces modestes de la douce
orpheline, se plaisaient bassement à la desservir
et à la railler. Clotilde les laissait dire, ne paraissait
pas s'apercevoir de leur triste humeur et ne leur
opposait jamais qu'un visage calme et souriant.

Elle eut des persécutions plus graves à repousser : des jeunes gens la suivaient parfois obstinément
dans la rue : les uns sans mœurs et dès là sans
cœur, la reconnaissant à son digne maintien pour
une honnête jeune fille, se donnaient l'odieux plaisir de l'insulter par de vils propos ; d'autres moins
abrutis, plus obséquieux, mais au fond non moins
misérables, l'obsédaient de leur présence et de leurs
fades attentions. Clotilde alors hâtait le pas en invoquant son ange gardien, et comme elle ne sortait
jamais seule, une fois la nuit venue, elle finissait
par déconcerter ces lâches coureurs d'aventure.
L'un d'eux cependant, beau jeune homme de vingt
ans, plus romanesque encore que vicieux, mais
détourné du travail et de l'honneur par une in-

croyante éducation et par de mauvaises lectures,
s'obstina très-longtemps sur les traces de Clotilde.
Comme il demeurait dans son voisinage, il perdait
follement son temps à l'épier, et dès qu'il la voyait
sortir il paraissait à ses côtés et la suivait silencieusement, mais en faisant tout ce qui dépendait de lui
pour attirer son attention. Clotilde, inquiète et fati-
guée de cette injurieuse persistance, se demandait
comment elle pourrait la faire cesser, lorsqu'un
jour, en rentrant chez elle, elle vit ce jeune homme
qui l'avait devancée et l'attendait, au bas de l'escalier, une lettre à la main. Clotilde s'arrêta pâle,
mais ferme et indignée, devant le jeune homme qui
paraissait aussi très-ému :

—Permettez, mademoiselle, balbutia-t-il en pré-
sentant son papier....

Clotilde l'écarta du geste et, avec un accent qui
révélait toute la noblesse de son âme, elle lui dit :

— Vous vous trompez, monsieur : et vous ne
voudriez pas insulter au malheur d'une orpheline !
Allez,, je vous prie, et que Dieu vous pardonne !

Le jeune homme, interdit sous cet angélique regard, laissa tomber un mot de regret, se retira
aussitôt et ne reparut plus.

Un événement d'une autre nature vint jeter un
grand trouble dans la paisible rue Chilpéric, et
mettre en grave péril l'antique église de Saint-
Germain-l'Auxerrois. On y avait célébré un service
funèbre à l'intention de Louis XVI et, dit-on,
quelques manifestations politiques ayant eu lieu à

cette occasion, un tumulte s'ensuivit qui attira bientôt une populace égarée dans l'église, où elle se livra aux derniers excès de vandalisme et d'impiété. Pourtant quelques courageux citoyens, et Florentin était du nombre, avaient pu se grouper dans le sanctuaire et y défendre résolùment le tabernacle et les objets les plus précieux contre de fanatiques profanations. Mais ce ne fut qu'après un immense saccagement qu'une autorité incertaine ou imprévoyante fit évacuer l'église, qui demeura pour longtemps fermée et interdite au culte religieux. On juge de la douleur de l'abbé Gervais et de l'effroi de Clotilde devant ces scènes de dévastation. Que n'était pas pour eux cette maison de Dieu où l'on s'inspirait à tous les dévouements, où l'autre se résignait à tous les sacrifices! « Patience! disait Florentin hors de lui, ils laissent profaner les temples et les croix, ils verront comme on respectera les sceptres et les trônes! » Quelques jours après l'abbé Gervais apprenait à ses amis qu'il était attaché à l'église Saint-Germain-des-Prés, de l'autre côté de la Seine, mais à une distance encore très-rapprochée de leur quartier.

C'est au milieu de ces pénibles circonstances, qu'un matin l'infatigable Florentin vint avec empressement frapper à la porte de Clotilde :

— Ma chère enfant, s'écria-t-il en entrant, j'ai enfin une bonne nouvelle à vous annoncer, un ami (c'était Maurice qu'il ne nomma pas) m'a donné une lettre de recommandation pour M. et madame de

Bellencour, qui veulent donner une institutrice à leurs deux petites filles de huit à dix ans à peine. Comme il importe de ne pas se laisser devancer, je viens vous prendre à l'instant même pour vous présenter à cette famille que l'on dit très-haut placée.

— Que vous êtes bon de songer ainsi à moi, répondit Clotilde, très-troublée cependant, au moment d'une détermination qui devait changer toute son existence. Et vous pensez que je puis convenir dans une aussi grande maison ? ajouta-t-elle d'un air préoccupé.

— Certes, si je le crois ! et beaucoup d'autres choses encore.

— Mon digne ami, vous avez trop bonne opinion de moi, dit Clotilde avec un accent très-convaincu ; car il me semble qu'il faut d'assez rares qualités pour faire une bonne institutrice.

— Vous aurez toutes celles qui vous seront nécessaires, ma chère enfant ; et songez d'ailleurs qu'il s'agit de deux petites filles, avec lesquelles vous aurez le temps de vous initier à votre nouvelle situation.

— Allons, dit Clotilde, et Dieu nous inspire ! Je ne vous demande que quelques minutes pour m'apprêter.

Quelques instants après, Clotilde et Florentin sortaient ensemble et se dirigeaient silencieusement vers la Chaussée-d'Antin ; ils étaient tous les deux également préoccupés non-seulement de l'issue de leur démarche, mais encore de la pénible séparation qui en pourrait résulter ; car, si Florentin considérait Clotilde comme sa fille, celle-ci ne lui portait pas un moindre attachement ; et ils eussent été l'un et l'autre très-heureux de pouvoir s'abriter toujours sous le même toit. Les exigences de'la vie le voulaient autrement. Mais ce n'était pas sans amertume ni tristesse qu'ils cédaient à cette impérieuse nécessité. Parmi ces inquiètes pensées, ils atteignirent la magnifique maison où demeuraient M. et madame de Bellencour, riches propriétaires ou capitalistes, il est vrai, mais, nous devons le dire, uniquement anoblis par une de ces fantaisies d'amour-propre qui n'élèvent pas aussi facilement les caractères que les lettres du nom. Le concierge leur indiqua le deuxième étage; ils montèrent donc, et ayant sonné, un domestique en demi-livrée du matin (il était dix heures) leur ouvrit, les toisa d'un air assez narquois en attendant leur interpellation.

— M. et madame de Bellencour sont-ils visibles? demanda Florentin après avoir respiré un moment.

— Certainement non, à cette heure!.... répondit le valet.

— Sont-ils déjà sortis?

— Ah bien oui, sortis! on va probablement se lever.

— Dans ce cas, dit Florentin, comme nous tenons beaucoup à les voir, nous allons attendre.

— Attendez, dit le domestique en souriant; seulement vous pourriez attendre assez longtemps.

— Mais nous avons une lettre pour monsieur et madame, dit Florentin, ne pourrait-on pas la leur remettre ?

— Donnez : je vais la porter à la femme de chambre qui vous rendra réponse.

Florentin remit sa lettre, et le domestique sortit. Un quart d'heure se passa, et il parut long à nos solliciteurs, qui éprouvaient déjà une certaine gêne dans cette somptueuse antichambre, où s'étalaient assez prétentieusement quelques pièces de vieilles armures, de grands portraits redorés, entre des vases plus ou moins étrusques et des porcelaines de Chine et du Japon. La femme de chambre, jeune fille de vingt-deux ans, svelte et pimpante, se montra enfin, et regardant avec dédain nos deux modestes amis :

— Madame vous recevra, dit-elle, dès qu'elle aura fait un peu de toilette.

Et, pirouettant, elle disparut. Florentin laissa échapper un geste d'impatience, et il murmura à l'oreille de Clotilde :

— Quand les domestiques ont cet air insolent, il n'y a rien de bon à attendre des maîtres. Nous ferions peut-être aussi bien de nous retirer.

— Ne jugeons pas trop vite, répondit Clotilde avec douceur ; nous allons bientôt savoir à quoi nous en tenir.

— Allons donc jusqu'au bout, dit Florentin en soupirant comme un homme qui s'impose une pénitence.

Après une heure d'attente au moins, on les introduisit dans la chambre même de madame de
Bellencour, qui s'y tenait, en léger peignoir, étendue dans un vaste fauteuil, et devant une table
chargée de rubans, de dentelles, de bijoux de toute
sorte et d'une foule de petits journaux de mode
ou de littérature. M. de Bellencour était debout
devant la cheminée, un grand journal à la main.
Madame de Bellencour, qui était une femme d'un
peu plus de trente ans, de beaucoup d'éclat et d'un
plus rare aplomb, leva la tête, considéra un moment
Clotilde et Florentin avec une sorte d'étonnement;
puis, prenant la lettre de recommandation, qu'elle
parcourut de nouveau :

— Vous êtes donc la personne que nous annonce
M. Maurice? dit-elle en s'adressant à Clotilde avec
une expression légèrement ironique.

. Clotilde regarda Florentin, qui se hâta de répondre :

— C'est moi, madame, qui suis un ancien ami de
M. Maurice et qui en ai reçu cette lettre de recommandation : il connaît à peine mademoiselle Germont; mais il sait que je lui porte autant d'intérêt
qu'à une parente, et que je puis, mieux que
personne, vous attester son mérite et ses
talents.

— Je suis bien aise de savoir cela, dit assez sèchement madame de Bellencour, peu favorablement
disposée déjà par la mise et la tenue si simples de
Clotilde; et quels sont vos titres, mademoiselle,

pour cet emploi d'institutrice, qui n'est pas, à mes yeux, sans importance?

— Mes titres, madame, en dehors de ma bonne volonté, sont bien peu de chose, et j'aurai certainement besoin de beaucoup d'indulgence pour répondre, avec le temps , à ce que vous êtes en droit de me demander.

— Mais encore, mademoiselle, reprit madame de Bellencour avec une certaine impatience, que seriez-vous à même de faire pour l'éducation de mes filles?

M. de Bellencour montra poliment des siéges aux deux patients, en les invitant à s'asseoir.

— J'espère, madame, reprit modestement Clotilde, après avoir remercié M. de Bellencour, pouvoir les diriger dans l'étude du français, de l'arithmétique, de la géographie, de l'histoire ; leur enseigner un peu de musique, un peu d'anglais et.....

— Oh! l'anglais! s'écria madame de Bellencour en secouant la tête avec un suprême dédain, c'est fort inutile : mes filles n'auront aucun rapport avec l'industrie ou le commerce.

— Je pourrai alors leur apprendre l'italien, ajouta Clotilde un peu intimidée.

— L'italien, fit madame de Bellencour, c'est acceptable et assez commode pour la musique ; puis il y a de belles poésies italiennes... Mais après, ne savez-vous pas un peu de botanique, de géologie, d'astronomie ou tout au moins d'économie politique?

4

— Je ne connais guère ces sciences que de nom, répondit Clotilde.

— Tant pis, mademoiselle, car votre bagage me paraît assez léger et bien vulgaire ; je voudrais beaucoup plus pour l'éducation de mes filles.

— Je ne saurais rien de plus, madame, si ce n'est de les initier à la connaissance de la religion par l'histoire sainte, l'histoire de l'Église et le catéchisme.

— Oh ! pour cela, mademoiselle, c'est très-superflu, reprit vivement madame de Bellencour, et nullement de votre compétence. Mes filles s'occuperont de religion quand il sera question de leur première communion, et encore si ce n'était pas une chose de convenance, je voudrais qu'on ne leur parlât religion que quand elles seraient à même de choisir celle qui pourrait leur convenir.

— Mais, madame, répondit aussitôt Clotilde avec une visible émotion, c'est la religion qui forme le cœur et la conscience, et comment, sans elle, les enfants jugeraient-ils un peu sûrement du bien et du mal ?

— Tout cela est fort bien, reprit avec dépit la belle madame, mais encore faudrait-il savoir où est la vérité dans toutes ces religions qui nous entourent... Qu'en pensez-vous, mademoiselle ?

— Je pense, madame, qu'en religion comme en toute chose, il n'y a qu'une vérité, qui se fait toujours connaître à ceux qui la cherchent avec un esprit droit.

— Possible, mademoiselle! reprit, comme du bout des lèvres, madame de Bellencour, mais cela n'est pas mon affaire : j'ai d'autres idées pour mes filles, des vues plus élevées que vous ne paraissez le comprendre.

Et du geste elle semblait ajouter : « Rompons là, c'est assez. » Clotilde se leva ainsi que Florentin, qui s'agitait déjà sur son siége et comprimait avec peine une sourde irritation.

— Je regrette de vous avoir dérangés, dit humblement la douce orpheline, veuillez recevoir mes excuses.

Florentin, raide et bouffi, se dirigea vers la porte.

— Mais ce n'est peut-être pas le dernier mot, reprit alors M. de Bellencour avec plus de ménagements, madame prendra quelques heures pour réfléchir et vous adressera sa réponse par M. Maurice.

Ces paroles furent accompagnées d'un salut poli pour Florentin et Clotilde qui se retiraient, et d'un regard impérieux pour sa femme.

— Par exemple! s'écria celle-ci, la porte à peine fermée, allez-vous exiger que je me coiffe de cette dévote?

— Non, madame, je ne l'exigerai pas, reprit le mari avec humeur, parce que vous lui rendriez la vie trop dure. Mais si vous aviez un peu de bon sens vous auriez vu deux choses : que cette jeune personne a tout ce qu'il faut d'instruction et de caractère pour bien élever deux enfants; et ensuite qu'elle eût été peu exigeante sur les appointements, ce qui n'est pas à dédaigner avec vos folles dépenses. Dans tous les cas, vous faites une sottise, sachez-le bien.

— Toujours le pot-au-feu, répondit en ricanant madame de Bellencour, qui pourtant n'affrontait pas volontiers les accès d'humeur de son mari. Eh bien! prenez cette fille par économie si ça vous convient.

— Je vous l'ai dit : elle serait ici trop malheureuse. Mais je vous déclare formellement que, si vous ne confiez pas vos filles à des mains respectables, je les fais aussitôt partir pour le couvent. Quant à vous, je vous signifie pour la dernière fois que, si nos dépenses excèdent encore nos revenus, rien ne se fera plus ici que sur mon ordre exprès. Il est incroyable qu'avec plus de soixante mille livres de rente nous soyons gênés et couverts de dettes.

Madame de Bellencour jugea prudent de laisser passer cet orage et se plongea sérieusement dans les grands détails de sa toilette.

Cependant Clotilde et Florentin étaient sortis de cette brillante et triste maison, sans pouvoir regretter beaucoup leur inutile démarche.

— Une seule chose me pèse sur le cœur, s'écria Florentin, c'est de n'avoir pas dit à cette madame le cas que je fais de ses grands airs ; mais j'ai cru voir que le mari souffrait des sottises de cette pimbèche, cela seul m'a retenu.

Ce fut avec un véritable bonheur que Clotilde rentra dans sa paisible mansarde et reprit son tra-

vail accoutumé. Là, du moins, tout était en harmonie avec le calme et la pureté de son âme : l'ordre
et la propreté brillaient partout; les meubles étaient
rangés autant que possible comme elle les voyait
autrefois dans l'appartement de sa mère; quelques
portraits de famille en miniature entouraient la
petite glace au-dessus de la cheminée; deux ou
trois pots de fleurs faisaient verdure sur chacune
des deux croisées qui éclairaient la chambre, et les
oiseaux du bon Dieu, attirés par le feuillage et
aussi par les miettes de pain souvent renouvelées,
y gazouillaient une partie du jour. Quand Clotilde
avait parcouru du regard ce petit cercle béni, elle
ne manquait pas de porter ses yeux reconnaissants
vers le crucifix et l'image de la sainte Vierge qui
ornaient son alcôve, et elle ne demandait rien de
plus que de vivre humblement, sous ce modeste
toit, du fruit de son travail.

Mais Florentin, qui avait autant d'ambition que
de sollicitude pour celle qu'il considérait comme sa
fille adoptive, cherchait avec anxiété quelque poste
où elle pût mieux utiliser ses talents, et il eut enfin
la petite satisfaction de lui trouver une première
élève pour le piano. Elle devait donner trois leçons
par semaine à une jeune fille de dix à onze ans dont
le père, M. Limeret, veuf depuis quelques années,
s'était retiré des affaires avec une jolie fortune. Ce
monsieur demeurait fort loin du quartier de Clotilde,
à l'extrémité du faubourg Montmartre, et il fallait
une bonne heure pour se rendre à pied chez lui.

Clotilde, positivement agréée, partait donc à huit
heures du matin et arrivait à neuf heures pour
donner sa première leçon. En entrant dans un appartement bien tenu, elle vit venir à elle une charmante petite fille dont la figure éveillée s'encadrait
sous d'abondants cheveux noirs : l'enfant s'arrêta
un moment indécise, et, considérant sa future maîtresse, elle courut bientôt à elle en se jetant dans ses
bras.

— Je ne vous fais donc pas peur? lui dit Clotilde en l'embrassant.

— Oh! non, bien sûr, répondit la petite fille, en
la couvrant de ses regards tout joyeux.

M. Limeret parut alors : c'était un homme de
quarante-huit ans, au regard doucereux et scruta-
teur, très-soigné dans toute sa personne et d'une
politesse insinuante, qui ne pouvait guère qu'embarrasser la droite simplicité de Clotilde.

— Je vois, dit-il avec son plus gracieux sourire,
qu'on a déjà fait connaissance, j'en suis charmé. C'est
mon unique enfant, mademoiselle, et je la remets
entre vos mains, bien persuadé qu'elle n'aura, de
toutes les manières, qu'à gagner auprès de vous. Je
vous laisse maintenant à vos fonctions.

Clotilde vit avec bonheur que son élève, la petite Agnès, avec beaucoup de facilités, avait surtout
une docilité parfaite et le plus grand désir de la
contenter. Le fait est que cette enfant lui témoignait
tout d'un coup une confiance et une affection qui la
touchaient extrêmement. Dès qu'elle arrivait, Agnès

quittait aussitôt ses jeux, la couvrait de ses enfantines caresses et demeurait comme suspendue à toutes ses paroles ; mais au moment du départ la petite fille souvent pleurait et ne la voulait pas laisser aller, la suppliant de revenir tous les jours, ce qu'elle priait instamment son père de lui accorder. M. Limeret ne parut pas fâché de cette demande et il invita en effet Clotilde, avec force compliments sur tous ses talents, à vouloir bien venir les autres jours de la semaine en consacrant l'heure de la leçon à l'instruction de sa petite fille. Clotilde accepta consciencieusement cette nouvelle tâche, d'autant plus qu'en admirant les bonnes dispositions d'Agnès elle avait reconnu que tout avait été très-négligé jusque-là dans son éducation.

Elle s'appliqua donc à réparer le temps perdu en habituant la petite Agnès à un travail réglé et qui, justement entremêlé de récréations, embrassait toutes les heures du jour. Mais comme elle ne pouvait elle-même surveiller l'exactitude de l'enfant, elle chercha surtout à la bien pénétrer de cette pensée que le bon Dieu était témoin de toutes ses actions et qu'il fallait toujours chercher à lui plaire et à le contenter. Agnès se souvenait que sa mère lui avait tenu le même langage, et il réveillait alors dans son cœur un grand désir de s'y conformer. Clotilde lui parlait beaucoup aussi de sa première communion et du soin avec lequel elle devait s'y préparer. Elle obtint de M. Limeret que la petite Agnès serait très-exactement conduite au caté-

chisme de la paroisse, et elle lui en faisait répéter
les leçons, en y ajoutant toutes les explications qui
pouvaient les faire bien pénétrer dans l'esprit et
le cœur de l'enfant. Celle-ci écoutait avec une attention empressée : elle était heureuse de penser
qu'elle avait un Père tout bon et tout-puissant dans
le ciel, qui veillait sur elle, entendait ses prières et
les exauçait; elle pensait aussi avec bonheur qu'elle
retrouvait une mère dans la sainte Vierge, à laquelle le divin et doux Jésus mourant nous avait
confiés.

Agnès devint ainsi une petite fille pieuse et charmante, attentive à tous ses devoirs et qui, d'elle-
même, prenait ses livres pour étudier, allait au-
devant de son père, soir et matin, pour l'embrasser,
et qui, pour rien au monde, n'eût manqué à faire
ses prières ou à rappeler à sa bonne, le dimanche,
l'heure de la messe, tenant à y arriver toujours une
des premières. Grande aussi eût été la joie de Clotilde, en voyant les sérieux progrès de l'aimable
enfant si, à mesure qu'elle s'y attachait avec la plus
tendre affection, elle n'avait malheureusement compris qu'elle allait être obligée de s'en séparer. Clotilde, en effet, était devenue l'objet des fades assi-
duités de M. Limeret, qui prenait tous les prétextes
pour la complimenter, l'obséder de ses attentions,
l'humilier même de ses cadeaux et de ses largesses.
Car le noble cœur de l'orpheline, qui acceptait si
allégrement la rémunération de son travail, s'indi-
gnait à la vue d'un don qui ne lui était offert que

pour l'éblouir et la séduire. Dès qu'elle eut remarqué cet odieux manége, son premier mouvement, en refusant tout ce qui ne lui était pas dû, avait été de se retirer pour ne plus reparaître. Mais chaque jour, en quittant sa chère petite Agnès, elle entendait sa douce voix qui lui répétait vingt fois en l'embrassant : « A demain, à demain, n'est-ce pas ? et de bonne heure ! » Emportant alors avec elle ces vœux de l'innocente enfant, elle n'avait pas la force de les repousser et de ne plus la revoir.

Cependant il lui fallait prendre un parti : M. Limeret, après avoir épuisé ses vils préliminaires de fadeurs et de petits soins, rompit un jour la glace, avec une hypocrite candeur, devant sa fille elle-même, qui devait, dans son odieuse pensée, devenir l'instrument de sa vile entreprise. « Il avait, disait-il, depuis longtemps remarqué, avec une haute satisfaction, la confiance et l'affection de sa fille pour son aimable maîtresse, qui se prodiguait d'ailleurs avec le plus absolu dévouement. Aussi avait-il pensé, après y avoir sérieusement réfléchi, qu'il ne pouvait rien faire de mieux, pour le bonheur de sa chère enfant, que de lui assurer complétement une si parfaite institutrice. Il suppliait donc mademoiselle Germont, aux conditions qu'elle fixerait elle-même, de vouloir bien entrer définitivement dans sa maison, de s'y considérer désormais comme étant chez elle, trop heureux qu'il serait de lui témoigner le premier sa profonde reconnaissance. » Dès que son père eut achevé de parler, la petite Agnès, trans-

portée de joie, se jeta au cou de Clotilde en s'é-
criant : « Quel bonheur! quel bonheur! vous ne
nous quitterez plus! Oh! comme je vais être, avec
vous , sage et contente !... Quel bonheur! »

Clotilde, tour à tour rouge, pâle et tremblante,
gardait le silence dans une inexprimable angoisse,
et la petite Agnès redoublait ses caresses. M. Limeret se hâta d'ajouter paroles sur paroles et promesses sur promesses au sujet de tout ce qu'il voulait
faire pour assurer à Clotilde dans sa maison une
situation des plus heureuses et des plus brillantes.
A ce dernier mot, Clotilde se leva, et, refoulant les
larmes qui mouillaient ses yeux, elle dit avec fermeté qu'elle ferait connaître sous peu sa réponse.
Elle embrassa tendrement la douce Agnès en la
recommandant à Dieu, et sortit.

Il lui fallut apprendre à Florentin ce qui venait
de se passer et sa résolution de ne plus paraître
chez M. Limeret. Le digne homme bondissait d'indignation.

— Quelle infamie! s'écria-t-il. Mais où sera donc
le sentiment de l'honneur, si on ne le trouve même
plus dans le cœur d'un père! Ah! je prie Dieu qu'il
ne m'amène pas ce monsieur-là sous la main ; car
il saurait tout crûment le dégoût qu'il m'inspire.
Quel temps que celui où nous vivons!... Pauvre
Clotilde! Et c'est maintenant que j'ai l'honneur
d'être chrétien, que je sonde à fond ces ténèbres
morales que l'incrédulité fait dans les âmes. Dès
que la loi de Dieu n'est plus notre lumière, notre

raison, malgré ses grands airs, se fait l'humble servante de nos passions et, sous mille déguisements, la corruption domine les hommes. Eh bien, tournons le dos à ce triste monde, et gardons du moins inviolablement le dépôt de la foi et de l'honneur dans notre obscurité.

— Grâce à Dieu, l'obscurité n'est pas un obstacle au bonheur, reprit Clotilde, et pour le peu que j'en ai vu, il me paraît que toutes les splendeurs de la fortune ne valent pas la sérénité d'un cœur sans envie.

— Je le crois comme vous, chère enfant ; cependant, je voudrais vous voir plus à même de faire apprécier vos talents, ce qui n'est pas défendu. Mais, en vérité, je suis le plus malheureux des hommes dans toutes mes tentatives ; et je commence sérieusement à croire que je vous porte malheur en m'occupant de votre avenir.

En ce moment l'abbé Gervais entra et sa figure épanouie éveilla tout d'abord la curiosité de Florentin.

— Qu'y a-t-il de nouveau, mon cher abbé ? lui dit-il en lui tendant la main. Etes-vous le messager de la Providence et nous apportez-vous quelque bonne nouvelle ? Car pour moi je ne sais plus à quel saint me recommander : il suffit que je me mêle d'une chose pour qu'elle tourne mal.

Et il raconta ce qui venait de se passer chez M. Limeret.

— Je connais ce type-là depuis longtemps, reprit l'abbé ; et c'est un mal aussi profond qu'o lieux

que celui qui se fait sur les âmes faibles ou frivoles
par l'or des corrupteurs. Mais ce malheureux a
rencontré une chrétienne ; puisse-t-il comprendre
la leçon de dignité qu'il en a reçue ! Quant à nous,
ne perdons pas courage : car je viens en effet avec
une espérance qui se réalisera peut-être pour
le bonheur de mademoiselle Germont. Un excellent confrère de Saint-Germain-des-Prés vient de
m'apprendre qu'il y aurait en ce moment à remplacer une institutrice dans une très-opulente famille de sa paroisse : la personne qui occupait cet
emploi venant de mourir, et l'ayant lui-même as-
sistée dans une assez longue maladie, il pouvait
nous recommander auprès de M. et de madame
Daurival. Je sais en deux mots qu'il s'agit d'une
jeune fille de seize à dix-sept ans dont la première
éducation serait à peu près terminée, et pour laquelle on désire une demoiselle de compagnie plus
encore peut-être qu'une institutrice. Je me persuade
que mademoiselle Germont pourra parfaitement
convenir à cette situation. Je vous annonce donc
que, sur ce qui a déjà été dit par le vicaire de
Saint-Germain-des-Prés, nous pourrons nous présenter lundi prochain, à une heure, chez M. et madame Daurival. Or, puisque c'est demain dimanche,
profitons tous de cette sainte journée pour bien recommander cette affaire au bon Dieu.

— Elle est avec vous en bonne main, mon cher
abbé, s'écria Florentin, et certainement Dieu fera
le reste.

Clotilde, très-émue de cette grande nouvelle, exprima toute sa reconnaissance au digne abbé ; et le lendemain, profondément recueillie au pied des autels, elle demandait à Dieu de la diriger uniquement selon sa sainte volonté.

CHAPITRE IV

L'abbé Gervais fut très-exact; et le lundi, à
l'heure convenue, il venait prendre Clotilde pour
la conduire chez M. et madame Daurival, qui demeuraient à l'entrée du faubourg Saint-Germain.
Florentin les accompagna jusqu'au bout du pont
des Arts, et, après avoir bien des fois répété ses
souhaits de bonne réussite, il les quitta, très-impa-
tient de connaître le résultat de leur démarche.
L'abbé Gervais et Clotilde entraient bientôt dans
l'hôtel Daurival : c'était une belle construction en
pierre de taille, du milieu du dix-huitième siècle,
avec fronton, armoirie, pilastres, guirlandes de
sculptures et vaste perron orné de belles rampes en
fer ouvragé ; une large cour précédait la maison,
dont l'autre façade se développait sur un magnifique jardin tout luxuriant d'arbustes rares et de
grands arbres groupés en bosquet. Un domestique
en livrée ouvrit la porte vitrée du vestibule et in_
troduisit aussitôt l'abbé Gervais et Clotilde dans
le salon où se tenait madame Daurival. Ils furent

accueillis avec politesse par cette dame et ses deux filles qui étaient auprès d'elle. Madame Daurival pouvait avoir une cinquantaine d'années : d'une physionomie régulière et ouverte, elle plaisait par une grande franchise d'expression. Tout, d'ailleurs, révélait en elle l'habitude de l'ordre, de l'activité et le plein exercice de l'autorité domestique ; très-positive dans ses goûts, elle aimait le beau solide et méprisait le clinquant, se faisant très-réellement honneur de sa fortune sans étalage calculé, mais avec cette confiance absolue qui connaît toute la valeur de l'argent et ne suppose pas qu'il puisse rien exister au-dessus de sa puissance.

La comtesse de Verceil, sa fille aînée, mariée depuis sept à huit ans et mère de deux jeunes enfants, était une tout autre personne : très-remarquable par sa beauté et l'élégance de sa tournure, il y avait cependant dans ses traits fins et distingués une expression de fierté ou de dédain qui la rendait peu sympathique. Un regard attentif devinait bien quelque souffrance cachée au fond de cette âme, mais comprimée par la pression d'un orgueil qui ne voulait ni s'épancher ni se plaindre. Henriette Daurival était tout l'opposé de sa sœur : moins régulièrement belle, mais vive, enjouée et cordiale, un sourire de bienveillance se peignait habituellement sur son gracieux visage. Entourée de tous les agréments de la vie, elle ne paraissait occupée que d'en jouir avec un abandon qui ne touchait que trop à la frivolité. M. et madame Daurival avaient aussi un fils aîné, alors attaché comme capitaine d'état-major à l'armée d'Afrique.

— Monsieur l'abbé, dit madame Daurival en prenant aussitôt la parole, soyez le bienvenu : je ne doute pas que la jeune personne que vous venez vous-même nous présenter ne mérite tout notre confiance. Ce qu'on nous a déjà dit de son caractère et de ses talents répond sans doute à une objection que je serais tentée de faire en la voyant : je ne puis dissimuler que mademoiselle me paraît un peu plus jeune que je n'aurais souhaité : je ne lui donnerais pas vingt ans.

— J'en aurai bientôt vingt et un, madame, répondit Clotilde, c'est presque être majeure.

— Et j'ose répéter avec plus d'assurance encore ce que l'on vous a déjà dit, ajouta l'abbé Gervais : que vous trouverez dans les qualités de mademoiselle Germont des garanties plus sérieuses que celles que l'âge pourrait vous promettre.

— Je t'assure, maman, dit Henriette à demi-voix en se penchant vers sa mère, que mademoiselle me plaît infiniment mieux que si elle avait dix ans de plus.

— Oh ! sans doute, reprit en souriant madame Daurival ; mais laissons ce chapitre, car j'accepte avec confiance les assurances que me donne M. l'abbé. On m'a dit, mademoiselle, que vous étiez très-bonne musicienne : c'est un talent que j'apprécie beaucoup, parce qu'il permettra à ma fille, tout en ayant un excellent maître, de faire ha-

bituellement de la musique d'ensemble et d'acqué-
rir la mesure et la solidité qui lui manquent encore.
Voudriez-vous nous jouer quelque chose ? Nous
vous écouterions avec le plus grand plaisir.

— Je suis à vos ordres, madame, répondit Clotilde en se dirigeant vers le piano.

Henriette accourut près d'elle et lui montra une
foule de morceaux :

— Voici celui que j'étudie en ce moment, une
fantaisie de Herz, je serais charmée de l'entendre.

Clotilde parcourut un moment cette musique des
yeux ; puis elle la joua avec une correction et un
goût qui laissaient peu à désirer.

— Parfaitement bien, mademoiselle, dit madame
Daurival, vous nous avez fait le plus grand plaisir.
Et toi, Amélie, qu'en penses-tu ? ajouta-t-elle en se
tournant vers madame de Verceil qui avait la répu-
tation d'une musicienne accomplie.

— Il n'y a rien à reprendre, mère, répondit madame de Verceil, si ce n'est peut-être un peu de
lenteur dans le mouvement.

— C'est très-juste, madame, dit Clotilde ; et j'a-
voue que j'avais un peu ralenti la mesure pour déchiffrer plus aisément.

— Si vous voyez pour la première fois ce morceau, mademoiselle, il n'y a plus que des compliments à vous adresser.

— J'étudie depuis assez longtemps, reprit modestement Clotilde, pour que je sache un peu lire
la musique.

— Pour moi, je suis enchantée, s'écria Henriette, vous me jouerez tous mes morceaux, n'est-ce pas ? Car je n'ose pas toujours en prier mon grand professeur.

— Eh bien, maintenant, mademoiselle, reprit madame Daurival, voudriez-vous jouer avec ma fille une de ces sonates de Mozart, à quatre mains ?

Clotilde se mit alors au piano avec Henriette qui faisait le chant, et elle l'accompagna avec la même aisance et le même goût.

— Très-bien, très-bien, mademoiselle ; je ne puis rien vous demander de plus sur ce point, et j'espère que nous aurons plus d'une fois le plaisir de vous entendre. Henriette, va prier ton père de venir ici quelques instants.

Henriette sortit et revint presque aussitôt avec son père. M. Daurival avait la physionomie sérieuse d'un homme que les grandes affaires absorbent ; il se plaisait pourtant à s'en délasser au milieu de sa famille, où il se montrait toujours avec une grande aménité. Il avait environ cinquante-huit ans ; sa taille était au-dessus de la moyenne, droite et dégagée ; sa figure régulière respirait l'intelligence et la réflexion, s'animant aisément d'un air de bienveillance qui la rendait alors aussi agréable que sympathique. M. Daurival, issu de bonne famille, s'était fait une très-grande position dans les hautes affaires industrielles par son activité et son rare bon sens ; et il eût pu, depuis longtemps, en laisser à d'autres les sollicitudes et les fatigues, s'il n'eût toujours été pour ainsi dire circonvenu par la confiance générale, et comme contraint d'accepter la direction de plusieurs entreprises aussi fructueuses que compliquées. Mais s'il accroissait ainsi une fortune déjà considérable, il savait généreusement répandre ses revenus, soit par d'utiles travaux sur de vastes propriétés, et par la manière honorable dont il recevait chez lui ; soit par des libéralités qu'il proportionnait dignement aux circonstances et à sa situation. Et pour le dire en passant, c'était toujours avec la meilleure grâce du monde qu'il recevait les appels et les visites du curé de la paroisse pour les pauvres.

— Mon ami, dit madame Daurival, en s'adressant à son mari, voici mademoiselle Germont qui nous est présentée comme institutrice par M. l'abbé Gervais ; nous avons déjà pu l'apprécier comme excellente musicienne, et je ne doute pas que nous n'ayons la même satisfaction sur des points plus sérieux.

M. Daurival salua l'abbé Gervais avec la plus grande courtoisie, ainsi que mademoiselle Germont, sur laquelle il fixa son regard observateur.

— Eh bien, mademoiselle, reprit madame Daurival, comment comprendriez-vous vos fonctions d'institutrice, avec une jeune personne qui a moins à apprendre qu'à développer ses premiers éléments d'instruction ?

— Je ne sais, madame, si j'ai bien tout ce qu'il faut pour cela. Mais enfin je proposerais l'étude de quelques bous ouvrages d'histoire et de littérature dont il me paraîtrait très-utile d'écrire des résumés. On pourrait s'occuper aussi de quelque langue étrangère, de l'anglais ou de l'italien.

— Connaissez-vous ces deux langues? demanda M. Daurival.

—A peu près, monsieur, répondit Clotilde, assez pour les comprendre et en expliquer les difficultés.

—Très-bien, mademoiselle; et c'est très-suffisant pour ma fille qui aura beaucoup à faire si elle veut profiter de tous vos talents.

— Et pourquoi pas, père, reprit Henriette, tu as donc bien mauvaise opinion de moi?

—Pas du tout, mon enfant, car je crois, au contraire, que tu pourras tout ce que tu voudras; mais faut vouloir.

— Nous verrons, nous verrons, ajouta Henriette en se retournant vers sa mère qui reprenait son entretien avec Clotilde.

M. Daurival, de son côté, prenait à part l'abbé Gervais.

— Vous avez connu la famille de mademoiselle Germont? lui demanda-t-il à demi-voix.

—Oh! parfaitement, monsieur, du moins sa mère qui était veuve depuis longtemps, lorsque je fis sa connaissance : j'ai su que le père était un digne officier mort prématurément. Quant à madame Germont, il me serait difficile d'exprimer la vénération qu'elle inspirait à tous ceux qui avaient l'honneur de la voir ; mais il me semble qu'on peut

juger du mérite de la mère par ce qu'elle a su faire
de sa fille.

— Il est vrai, dit M. Daurival; et rarement une
physionomie exprima mieux les qualités d'une belle
âme. Je serais très-heureux si ces dames en jugent
comme nous.

On se levait en ce moment, et madame Daurival,
prenant la main de mademoiselle Germont, lui dit
de l'air le plus aimable :

— A bientôt j'espère, mademoiselle : nous allons
causer un peu de tout cela en famille et j'aurai le
plaisir de vous écrire.

L'abbé Gervais et Clotilde se retirèrent alors,
charmés de l'excellent accueil qui leur avait été fait.

— Eh bien! dit madame Daurival en s'adressant à son mari, que pensez-vous de cette jeune
personne?

— Je crois que nous ne pouvons désirer mieux :
elle paraît fort instruite, très-modeste et d'un naturel qui doit la rendre agréable dans la vie de
famille.

— J'en ai la même opinion, ajouta madame Dau.
rival; et, bien que je la trouve un peu jeune, eu
égard à l'âge de ma fille, je suis disposée à m'entendre avec elle.

— Véritablement, dit M. Daurival, elle ne porte
même pas son âge : mais il y aura peut-être là un
motif d'attrait et d'émulation pour Henriette, qui
comprendra mieux que la jeunesse et le savoir ne
sont pas incompatibles. Mademoiselle Germont a

d'ailleurs dans toute sa personne quelque chose qui inspire l'intérêt et l'estime. Maintenant que je vous ai dit toute ma pensée, je vous laisse terminer cette affaire et la régler comme vous jugerez bon.

M. Daurival sortit.

— Et toi, Amélie, que dis-tu de notre institutrice? demanda madame Daurival à sa fille aînée.

— Mon Dieu! fit celle-ci avec cet air indifférent qui ne la quittait guère, elle me paraît très-convenable; et si elle avait un peu plus de toilette, on la trouverait même assez distinguée.

— Le fait est, reprit madame Daurival, que, malgré sa simplicité, elle a un fort bon air, et que sans être positivement une beauté, elle a quelque chose qui plaît,

— Assurément ce n'est pas une beauté, ajouta madame de Verceil qui avait surtout pour elle-même de grandes prétentions sur ce point.

— Je ne suis pas si difficile, moi, s'écria Henriette : je trouve mademoiselle Germont parfaitement bien, et mieux que plus belle.

— Explique-nous cela, dit madame de Verceil d'un air ironique.

— Certainement, reprit Henriette : parce que mademoiselle Germont pourrait être très-belle sans me plaire ; et comme elle me plaît beaucoup, je la préfère comme elle est.

— Pas trop mal raisonné, dit madame Daurival en souriant.

— Du reste, ajouta madame de Verceil, ce que

j'en dis n'est pas pour déprécier mademoiselle Germont qui paraît avoir du talent ; et ce n'est pas non plus chose très-commune.

— Aussi, dit madame Daurival en terminant cette conversation, je me décide pour cette jeune personne : elle convient à votre père et ne déplaît à aucune de nous, que voudrions-nous de plus ?

— Oh ! maman, que je suis contente ! s'écria Henriette en sautant au cou de sa mère.

Dans la soirée de ce même jour, Florentin commentait avec Clotilde toutes les circonstances de cette sérieuse entrevue ; et plus il voyait des probabilités pour une heureuse conclusion, plus il demeurait partagé entre la joie du succès et la douleur de la séparation. Vers huit heures on frappait à la porte de la chambre et la portière remettait une lettre pour mademoiselle Germont : elle avait été apportée, disait-elle, par un domestique en superbe livrée.

— C'est notre sort qui se décide, dit Florentin avec un profond soupir ; n'importe, pourvu que vous soyez heureuse !

Clotilde, non moins émue, lut à haute voix : « Mademoiselle, nous nous en tenons aux excellents témoignages et aux bonnes impressions que nous avons reçues dans votre visite ; et comme nous croyons inutile de réfléchir plus longtemps, je m'empresse de vous dire que notre maison vous est ouverte et que nous vous y recevrons aussitôt que vous le désirerez. Ma fille me prie d'ajouter le plus

tôt possible, ce que je fais pour la contenter, mais
en vous laissant tout le temps que vous jugerez
convenable pour votre installation. Je vous propose
quinze cents francs de traitement, du moins pour la
première année ; le même droit que nous à tout ce
qui est d'usage et d'entretien dans notre intérieur,
et une liberté entière en dehors des heures d'études
et de travail avec ma fille. En attendant votre réponse, mademoiselle, recevez nos affectueux compliments et croyez-moi votre bien dévouée, *Flavie
Daurival.* »

— Enfin, voilà des gens qui vous apprécient
comme vous le méritez ! s'écria Florentin ! Et que
je serais heureux de vous voir dans une si bonne situation, s'il ne fallait pas commencer par se quitter !
Mais remercions Dieu de ce qui nous arrive, ajouta-t-il en se maîtrisant non sans quelques efforts ; je
vous en félicite de grand cœur.

— Merci, mon bon ami, merci, répondit Clotilde,
en serrant les mains que l'excellent homme lui tendait. Vous voyez la liberté qui m'est laissée ; c'est
surtout pour vous que j'en veux profiter ; n'êtes-
vous pas un père pour moi ?

— Soyez tranquille ! si les choses sont réellement ce qu'elles paraissent, et nous le saurons
bientôt, vous me verrez souvent.

— Jamais trop, mon digne ami. Maintenant je
vais répondre, n'est-ce pas ?... Je crois pouvoir
être prête pour jeudi... Puisque c'est une chose dé-
cidée ! demain matin j'enverrai ma lettre.

— Bien qu'il m'en coûte, dit Florentin, si vous le permettez, je serai votre messager.

— Que je vous remercie ! s'écria Clotilde ; vous remettrez donc ma lettre, et vous parlerez en mon nom, absolument comme mon père.

— Comptez sur moi, répondit Florentin tout pénétré de cette aimable confiance.

Ils passèrent le reste de la soirée à échanger mille réflexions sur cette situation nouvelle et à prévoir toutes les dispositions qu'elle pouvait nécessiter. Clotilde tenait beaucoup à conserver tous les meubles qui venaient de sa mère, et comme il ne pouvait être question de les déplacer, elle se voyait obligée de garder la mansarde qui les abritait. Florentin fut ravi de cette circonstance et se proposa avec empressement pour veiller sur cet humble trésor.

— Comptez sur moi, répétait-il ; tout sera maintenu dans un ordre parfait. Ma femme de ménage fera de temps à autre cette chambre comme si vous deviez y revenir ; et ce me sera un vrai bonheur de revoir tout cela; il me semblera que vous n'êtes pas tout à fait partie.

Cet arrangement fit aussi le plus grand plaisir à Clotilde, et elle ne perdit pas un moment pour disposer toute chose avec le plus grand soin. Les journées du mardi et du mercredi se passèrent bien rapidement au milieu de ces apprêts, que le bon Florentin secondait de son mieux, ce qui ne lui permit guère de s'appesantir sur son prochain isolement. Le soir on prenait quelque repos en compagnie de l'abbé Gervais, qui venait s'entretenir avec ses amis du grand changement qui se préparait, et les ranimer l'un et l'autre par ses bonnes paroles et ses bons conseils :

— Confiance, disait-il en les quittant ; et soyez persuadée que c'est Dieu qui vous veut dans cette grande maison : il vous y soutiendra et permettra même que vous n'y soyez pas inutile à la gloire de son nom.

Enfin arriva cette matinée du jeudi que Clotilde n'appréhendait pas moins que le dévoué Florentin. On était au mois de mars, et un temps variable donnait à l'horizon les aspects les plus changeants ; tantôt le soleil éclatait entre deux nuages et colorait subitement l'atmosphère, les toits humides et les tourelles de Saint-Germain ; tantôt les nuées grisâtres voilaient rapidement la lumière et jetaient de froides et courtes averses sur la ville assombrie. Clotilde avait terminé ses derniers apprêts ; il était un peu moins de neuf heures, et elle allait descendre chez Florentin pour y partager avec lui un léger repas du matin. Mais elle avait grand'peine à quitter ce paisible abri. Depuis la mort de sa mère, elle y avait vécu de souvenirs, en présence de tout ce qui lui rappelait cette mère tant aimée, et avec elle dans une relation continuelle de pensées qui se dégageaient pour ainsi dire de tout ce qui frappait ses yeux. C'était le vieux fauteuil où cette bonne mère s'asseyait, non pour le repos, mais

pour un travail assidu ; c'était la petite table où le
livre de piété avait sa place près du panier à ouvrage ; le crucifix et l'image de la sainte Vierge,
vers laquelle ce regard doux et affaibli se levait si
souvent pour retrouver le courage et la force ; c'é-
taient, en un mot, tous ces chers témoins bénis où,
au-dessus des privations et des épreuves, rayon-
naient les plus douces inspirations de la tendresse
maternelle et de l'affection filiale. Il fallait encore
se séparer ! Une dernière fois, Clotilde contempla
lentement ce trésor de souvenirs, puis, tournant son
humide regard vers la croix de l'église voisine,
comme pour lui offrir son sacrifice , elle descendit.

Florentin, pâle et défait, vint au-devant d'elle,
lui serra la main et, sans pouvoir lui parler, la fit
asseoir devant le guéridon où fumaient le lait et le
café, s'assit en face d'elle, et la servit d'une main
tremblante. Ils parurent déjeuner ainsi silencieusement, comme pour se donner le temps de se remettre ; et Clotilde, enfin, hasarda quelques paroles
d'affectueuse consolation. Mais au son de cette voix,
Florentin éclata, et ses larmes coulèrent.

— Non, voyez-vous, cela me fait du bien, s'é-
cria-t-il, ne vous inquiétez pas, je suis un homme
sans raison. Car vous savez ce que je désirais tant
pour vous : je m'en suis assuré moi-même en remettant votre réponse à ces dames qui m'ont parfaitement accueilli ; tout paraît pour le mieux.
Pourquoi donc prendre du chagrin ? Allons, c'est

fini ; d'ailleurs, nous ne nous quittons pas encore,
puisque je vous accompagne.

— Et que nous nous reverrons souvent, ajouta
Clotilde, profondément touchée de cet attachement
vraiment paternel.

La portière vint avertir que la voiture demandée
était arrivée et les malles déjà chargées ; ils descendirent alors l'un et l'autre et furent bientôt conduits
à l'hôtel Daurival. Deux domestiques s'étant pré-
sentés pour prendre les malles, Clotilde et Florentin se séparèrent enfin en se promettant de se revoir bientôt.

Clotilde, tout émue, suivit un domestique qui la
conduisit par le vestibule, orné de lustres étince-
lants et de vases du Japon garnis de fleurs exoti-
ques, et par un vaste escalier à rampe de bronze,
couvert d'un moelleux tapis, jusqu'à sa chambre
située au premier sur le jardin. (Car les appartements de réception se trouvant au rez-de-chaussée,
toutes les chambres étaient au premier étage.)
Comme Clotilde ne pouvait voir en ce moment ni
madame ni mademoiselle Daurival que leur toilette
retenait encore, elle ouvrit ses malles et mit tout
en ordre dans les divers meubles qui ornaient sa
chambre, en s'étonnant cependant de l'élégance et
du luxe qui brillaient sur tout cet ameublement.
« Mais, se dit-elle avec simplicité, heureusement
que cette magnificence ne se déploie pas ici pour
moi, c'est l'uniforme de la maison ; un palais vraiment ! » Elle avait terminé ses premiers arrange-

ments, lorsqu'un rayon de soleil venant à dissiper
les nuages, un joyeux gazouillement d'oiseaux l'attira vers la fenêtre, où elle demeura un moment
dans un véritable ravissement ; elle avait sous ses
yeux une pelouse du plus fin gazon, des massifs
d'arbustes verts, de beaux arbres enlacés de lierres,
dont les cimes rougies par la séve nouvelle se con-
fondaient au loin avec les arbres des jardins envi-
ronnants dans une agreste et délicieuse perspective. Clotilde ne se lassait pas de contempler ce
riant parterre où déjà les premiers souffles du printemps et l'habile travail du jardinier avaient ré-
pandu mille fleurs charmantes, et elle goûtait avec
délices l'aimable tranquillité qui semblait la transporter si loin du bruit et des clameurs de la ville.
Dans tout ce qu'elle avait aperçu des splendeurs de
l'hôtel Daurival, il n'y avait rien pour elle au-dessus de ces fleurs, de cette verdure et de ces vieux
arbres parés de leurs bourgeons entr'ouverts.

Quelques coups frappés à la porte tirèrent Clotilde de cette douce rêverie ; une femme de chambre
se présenta et lui dit que mademoiselle la priait de
venir chez elle. Un petit cabinet de travail ou bibliothèque séparait seulement les deux chambres.
Mademoiselle Daurival avait ouvert sa porte et,
toute souriante, ses cheveux blonds encore flottant
sur ses épaules, venait au-devant de Clotilde :

— Excusez-moi de vous avoir fait déranger, lui
dit-elle en lui offrant un fauteuil, mais j'avais un si
grand désir de vous voir, que je n'ai pu attendre

d'avoir terminé ma toilette pour passer chez vous.

— Je vous remercie, au contraire, de cet aimable empressement, répondit Clotilde ; puis-je vous aider en quelque chose ?

— Du tout, j'ai fini en un clin d'œil. Nous ne sommes rentrés que bien après minuit, et il ne m'est pas facile d'être prête de bonne heure. N'importe, je suis très-contente que vous soyez décidément avec nous ; j'avais une si grande peur que maman vous trouvât trop jeune ! Car vous ne paraissez guère plus âgée que moi, excepté votre air beaucoup plus raisonnable. Ah ! je conviens que je suis un peu étourdie, et je crains d'exercer souvent votre patience, tout en étant disposée à vous aimer de tout mon cœur.

Et en parlant ainsi, Henriette tendait les mains à Clotilde et bientôt l'embrassait cordialement.

— Que dites-vous de moi ? ajouta-t-elle.

— Je dis que je suis charmée de votre franchise et de votre bon cœur, et je suis assurée que nous nous entendrons au mieux. Croyez aussi, mademoiselle, que rien ne me coûtera pour vous être agréable.

— Eh bien, ne m'appelez plus mademoiselle, mais tout simplement Henriette, car je veux être votre amie.

— Ma chère Henriette, reprit alors Clotilde avec un accent de douce gravité, comptez aussi sur ma plus tendre affection, car je suis bienheureuse de votre aimable accueil.

— C'est que je ne puis pas vous dire, ajouta Henriette avec le même élan, combien vous m'avez plu dès votre première visite à la maison ! Maintenant, je ne souhaite plus qu'une chose, qui est de ne pas trop vous déplaire moi-même par toutes mes étourderies. Vous verrez, vous verrez quand vous me connaîtrez mieux.

— Au moins vous ne vous flattez pas, et c'est la meilleure disposition pour arriver au bien.

— J'ai toujours grande envie de n'être point trop méchante avec vous.

Mais comme si cette conversation prenait une tournure un peu trop sérieuse, Henriette ajouta aussitôt :

— Vous savez bien qu'aujourd'hui je fête votre arrivée et, pour cette journée du moins, c'est moi qui dirige tout. Je vais d'abord vous montrer ma chambre en détail et mon petit trésor en attendant le déjeuner.

Et aussitôt elle se mit à ouvrir ses armoires, ses tiroirs, ses boîtes, et à faire la revue des innombrables bagatelles qui s'y trouvaient rangées, mais non sans contraindre Clotilde à en accepter plusieurs comme gages de son amitié. La clocle du déjeuner termina ce premier entretien : il était alors midi. Durant le repas, M. Daurival parut prendre plaisir à causer avec Clotilde sur ce qui pouvait la concerner relativement à sa famille et à sa situation jusqu'à ce jour, ne posant toutefois que des questions bien discrètes, mais écoutant avec intérêt les

réponses toujours très-naturelles et très-ouvertes
qui lui étaient faites. Puis il parla de ses vues pour
compléter, comme il l'entendait, l'éducation de sa
fille, demandant à Clotilde ce qu'elle pensait de ses
idées, et se montrant réellement satisfait des explications justes et sensées qu'elle donnait sans embarras comme sans prétention. Madame Daurival
n'avait rien perdu de cette conversation et se disait
alors à elle-même : « Cette jeune personne me paraît avoir un bon jugement et je puis être tranquille
avec elle sur ma fille. C'est un grand repos. »

En se levant de table M. Daurival dit à sa femme :

« Nous sommes en famille, ce soir, il faut envoyer
prier M. Florentin de dîner avec nous, car nous
avons remarqué, mademoiselle, lorsqu'il est venu
nous apporter votre réponse, combien il vous était
attaché, et comme il souffrait de votre séparation.
Mais nous tâcherons de la lui adoucir le plus possible.

Les yeux de Clotilde, plus encore que ses remerciements, exprimèrent toute la joie qu'elle ressentait
de cette bienveillante attention.

— Maintenant, s'écria Henriette, c'est mère et
moi qui nous emparons de vous et, comme c'est
convenu, nous allons sortir, faire quelques emplet-
tes et nous promener ensemble jusqu'au dîner.

Ces dames, en effet, montèrent bientôt en voiture,
visitèrent quelques magasins où, en choisissant divers objets de toilette, madame Daurival obligea
Clotilde à faire son choix pour elle-même, parce

qu'elle tenait à lui offrir un souvenir de bienvenue. Clotilde du moins sut résister à toutes les instances pour n'accepter que ce qui pouvait être en rapport avec sa modeste situation. « C'est bien, se dit encore madame Daurival, elle a du sérieux dans le caractère, on peut compter sur cette jeune personne. »

Comme le temps s'était remis au beau et que le soleil semblait fixé au moins pour quelques heures, sur la proposition d'Henriette, on se dirigea par les Champs-Élysées au bois de Boulogne. Il était trois heures, et une foule d'équipages prenaient la direction ; c'était tout le grand monde parisien qu'Henriette connaissait déjà à fond, et dont elle se mit à faire les honneurs à Clotilde avec une verve et une gaieté qui amusaient surtout madame Daurival. Car Clotilde ne remarquait pas, sans quelque peine, tout ce qu'une jeune fille de seize ans pouvait déjà savoir et redire sur les travers et les ridicules d'un public si mêlé. Au retour de la promenade, ces dames allaient s'ajuster pour le dîner où, le jeudi, quelques amis intimes étaient habituellement conviés, et après lequel quelques autres personnes survenaient pour passez familièrement la soirée.

Nous n'avons pas besoin de dire que notre ami Florentin se présentait sans trop d'embarras chez M. Daurival : outre qu'il ne songeait guère qu'au bonheur de se retrouver avec sa chère enfant d'adoption, il avait eu assez souvent l'occasion de voir le monde dans sa longue carrière administrative, et pouvait y paraître avec convenance, quand l'occasion l'exigeait ; puis une certaine verve d'imagination jointe à un excellent cœur le faisaient bientôt apprécier. Il fut parfaitement reçu par M. et madame Daurival, et Clotilde se montra si heureuse en le voyant, que, tout épanoui de cet aimable accueil, il plut lui-même à tout le monde par sa franche gaieté.

Il y avait alors dans le salon le comte et la comtesse de Verceil avec leurs enfants ; Anna, l'aînée, avait six ans, et son petit frère Armand en avait quatre. Nous connaissons déjà madame de Verceil. Son mari était un homme de trente-deux ans, d'un extérieur fort distingué, au ton vif et résolu, adouci cependant par des formes polies et une bonne humeur habituelle ; au fond c'était un esprit assez aventureux qui n'avait tiré aucun parti d'une excellente éducation, le goût des plaisirs bruyants l'ayant éloigné de toutes les carrières sérieuses où son caractère et ses talents habituels l'appelaient à réussir ; il gardait néanmoins, comme sous la cendre, toutes les traditions des races illustres, et parfois les mettait subitement au jour sous quelque choc imprévu. Ses dehors agréables et sa noblesse titrée avaient décidé son mariage avec mademoiselle Daurival, dont la fortune relevait un domaine assez délabré. Mais, bien qu'ils eussent l'un pour l'autre une très-réelle inclination, cependant ils n'avaient pas tardé à se froisser et à se refroidir : madame de Verceil, fière et adulée, tenait aux hommages

qu'elle croyait dus à son esprit et à sa beauté.
M. de Verceil, habitué à ses aises et à une grande
liberté d'action, tout en aimant sa femme, entendait garder ses relations de camarades et de jockey-
club. Très-indignée de ce partage, madame de Verceil jugea qu'elle était méconnue, et se renferma
bientôt dans une sorte de silencieux dédain où elle
était loin de se trouver heureuse. Les apparences
cependant étaient sauves, et M. de Verceil accompagnait ordinairement sa femme aux réunions de
famille, ne se gênant pas, il est vrai, pour se retirer assez souvent après le dîner, mais revenant
prendre sa femme entre onze heures et minuit.

Nous citerons parmi les invités de ce jour madame Aubry et son fils. Cette dame, dont le mari
avait été le camarade et l'ami de M. Daurival, était
veuve, fort pieuse, d'un excellent jugement et d'un
caractère assez ferme pour avoir voulu et su donner
à son fils Charles une éducation des plus chrétiennes. Avec un modeste patrimoine, elle tenait honorablement sa maison, et y recevait quelques amis
les plus choisis ; car elle désirait assurer à son fils
de bonnes et agréables relations pour qu'il ne se ré-
pandît pas trop au dehors. Mais, avec ce rare esprit
d'ordre et de prévoyance, elle s'était fait encore
tendrement aimer de son fils, en lui prodiguant ce
pur dévouement qui sait aussi parler au cœur,
même quand il réprimande ou impose un sacrifice.
Charles avait grandi de la sorte dans toute la plénitude des plus nobles sentiments ; il était modeste,

appliqué, loyal, courageux ; on pouvait donc facilement lui prédire un heureux avenir. Et de fait, à vingt-quatre ans il était auditeur au conseil d'Etat et fort remarqué parmi ses jeunes collègues. Son extérieur plaisait ; il avait la taille avantageuse, des traits réguliers, exprimant à la fois la franchise et la réflexion, nulle recherche d'ailleurs dans sa personne, mais une mise simplement convenable. Disons en passant que M. Daurival avait une affection marquée pour Charles, et que, assez dégoûté des brillants mariages qui étaient malheureusement dans les idées de sa femme, il pensait, à part lui, que ce jeune homme sérieusement distingué pourrait bien assurer un jour le bonheur de sa fille Henriette. Mais rien ne trahissait cette pensée que madame Daurival ne soupçonnait même pas. Toutefois madame Aubry et son fils n'étaient pas sans s'étonner par moments des prévenances si amicales dont ils étaient l'objet. Henriette ne tarderait pas à prendre dix-sept ans ; et on l'admirait déjà beaucoup pour sa grâce et son esprit, si relevés par les splendeurs de sa dot. Néanmoins Charles au fond de son cœur lui souhaitait plus de réserve et de modestie.

Deux ou trois autres amis de la maison assistaient au dîner qui, sans trop de profusion, était toujours servi avec la plus exquise recherche : madame Daurival avait à cet égard des connaissances très-approfondies, et en recevait volontiers les compliments. Systématiquement, elle ne voulait sur sa

table que ce qui venait des sources les plus pures
et les plus authentiques ; tout fournisseur qui se
fût permis un mélange ou une contrefaçon, eût été
immédiatement privé des lucratives fournitures de
l'hôtel. « J'y mets le prix, disait madame Daurival,
j'en veux avoir l'honneur. » Non-seulement elle y
mettait le prix, mais encore le temps et le soin : les
quatre coins du vaste Paris étaient régulièrement
parcourus, parce que tel mets ne se trouvait qu'à
l'orient, tel autre qu'à l'occident. Il n'y avait qu'un
boulanger qui sût donner à son pain la substance,
le goût et la forme dans l'irréprochable proportion;
mais quant à la pâtisserie, il lui avait fallu quatre
maisons pour l'assortiment du dessert : l'une n'entendait que les pâtés de venaison, l'autre les bis-
cuits ; une troisième excellait aux petits fours sans
pouvoir réussir les nougats, qui ne se devaient
prendre que dans une quatrième, incomparable en
ce composé. Ainsi du reste, et cela menait loin.
Madame Daurival, qui n'admettait là-dessus aucune
négligence, s'était réservé la haute surveillance
des approvisionnements; aussi était-elle fort affairée
et parfois très-soucieuse, ce qui faisait sourire
M. Daurival, non sans s'attirer des : « Je voudrais
vous y voir ! C'est commode quand on n'a qu'à se
mettre à table ! allez, rien ne se fait tout seul, j'en
sais quelque chose, moi ! » Mais M. Daurival ou
M. de Verceil savaient ramener bientôt un sourire
ou un rayonnement de triomphe, en disant d'un
certain air pénétré : « Voilà un poisson exquis !

6

Vraiment, si ces truffes n'étaient si délicieuses, elles gâteraient cette succulente volaille ! J'avoue qu'on ne trouverait nulle part un gruyère de cette couleur et de cette façon ! » Et madame Daurival, tout épanouie, de refaire avec une nouvelle bonne grâce les honneurs de sa table. D'ailleurs ce jour-là tout se passait en perfection.

Après le dîner, on revint au salon, où bientôt se rendirent quelques autres personnes fort considérées dans le monde des affaires, de la politique et des arts, entre lesquelles nous devons une mention particulière au baron et à la baronne de Beauvent, ainsi qu'à M. Edouard leur fils, et à mademoiselle Aurélie leur fille ; le baron était en outre pair de France, brillant économiste, et grand propriétaire fort gêné ; la baronne prétendait justement à réparer les brèches de son patrimoine en honorant quelque millionnaire de son alliance : ce qui l'avait conduite à une grande intimité avec madame Daurival.

C'était, nous l'avons dit, le jour réservé de la famille et des amis, il y avait donc entre tous une cordiale intimité : les dames devisaient autour d'une table de travail ; le whist plus recueilli se formait à distance ; quelques causeurs faisaient écran devant la cheminée et péroraient bruyamment, jusqu'au moment où le piano venait les inonder d'une harmonie qui commençait précisément à manquer dans leurs discours. On entendait d'ailleurs une excellente musique chez M. Daurival. Madame de Verceil fit justement applaudir son merveilleux

doigté conduit avec un goût des plus rares ; Édouard
et Aurélie de Beauvent chantèrent comme des artistes consommés, mais, disons-le en passant, avec
un effet trop théâtrale pour un salon. Ils obtenaient
néanmoins le plus brillant succès. « Mesdames, dit
alors madame Daurival, j'ai une agréable nouveauté
à vous faire entendre ce soir. »

Et elle vint engager Clotilde à se mettre au
piano. Celle-ci, bien qu'assez troublée de paraître
devant un monde qui lui était si étranger, ne pouvait songer à s'excuser et dut se rendre aussitôt à
cette invitation. Tous les regards en ce moment la
suivirent ; mais sa bonne grâce dans la simplicité
de sa toilette fut remarquée à son avantage, et chacun se montra disposé à l'entendre avec plus d'intérêt peut-être que de curiosité. Florentin s'était
placé près du piano, autant pour encourager sa
chère enfant que pour tourner les feuilles du cahier.
Clotilde joua quelques pages de cette musique de
Mozart dont la pénétrante expression s'élève souvent
bien au-dessus des terrestres idées qu'elle semble
traduire, et donne , à qui la sait rendre, un inta-
rissable trésor de pensées et de sentiments à répandre avec les suaves mélodies. La silencieuse attention prêtée à la musicienne révélait bien le charme
sous lequel tout le monde demeurait captif ; et Clotilde put finir et regagner sa place avant qu'on
songeât à la complimenter. Madame Aubry, qui était
placée près d'elle, lui prit affectueusement les mains,
en lui exprimant le plaisir qu'elle avait ressenti ;

et Henriette ne put se tenir d'embrasser tendrement sa nouvelle amie.

— Mais vous, mademoiselle, dit alors Charles Aubry, s'adressant à Henriette, quand aurons-nous l'avantage de vous entendre ?

— Oh moi ! fit celle-ci avec un certain coup de tête mutin, je sais trop peu de chose pour des connaisseurs comme vous.

— Cependant, mademoiselle, vous avez d'excellents maîtres depuis plusieurs années et certainement...

— Certainement, monsieur Charles, je devrais avoir mieux profité de mes leçons; car, à défaut d'autre chose, je veux au moins être franche; mais j'espère un peu que mademoiselle Germont voudra bien faire quelque chose de moi.

— Vous ne pouvez être assurément en meilleures mains, ajouta Charles avec l'accent de la plus respectueuse sympathie.

A l'autre extrémité du salon, Aurélie disait, en *a parte*, à son frère Edouard :

— Comment trouves-tu le Mozart ?

— Rococo, ma chère, quoique assez bien rendu.

— Entre nous, musicienne et musique de chapelle, reprit Aurélie en riant aux éclats.

— Elle a cependant de la physionomie.

— La musique ou la musicienne ?

— Je suis toujours poli pour le sexe gracieux.

— Oui, mais ici, la jeune personne ne compte guère.

— Prends-y garde, Aurélie : quand on a du mérite, on n'est pas sans valeur.

— Mérite, tant que tu voudras : cette physionomie ne me revient pas du tout.

— Ah! ma sœur, ma sœur, serions-nous assez piquée?

— Oh! par exemple, il me semble que notre duo a produit assez d'effet.

— Nous faisons toujours le plus joli duo du monde, lui dit Edouard au coin de l'oreille.

— Moqueur, va! reprit Aurélie, mais en souriant.

M. Daurival, ayant terminé sa partie de whist, vint avec empressement vers Clotilde et lui dit de l'air le plus affable :

— Vous nous avez fait entendre de la belle et bonne musique, mademoiselle; et je suis heureux de voir que vous connaissez nos vieux grands maîtres et que vous les cultivez avec prédilection. J'avais aussi ce goût dans mes jeunes années, et cette sonate de Mozart a réveillé en moi de bien agréables souvenirs ; j'ose vous prier de nous redire encore quelques-unes de ces pages, et mon grand regret, c'est de n'être plus à même de vous accompagner comme je l'aurais pu faire jadis.

— Il y a, en effet, de très-beaux morceaux pour piano et violon, dit Clotilde, et si mon digne ami, M. Florentin, avait ici son instrument, je crois que Mozart y gagnerait beaucoup.

— Comment, vous êtes violoniste, monsieur Flo-

rentin ? Oh ! mais j'ai votre affaire ; et vous allez me
dire ce que vous pensez de mon vieil instrument, un
véritable Joseph Garnérius, qui ne le cède guère aux
Stradivarius, comme vous savez. Il y a longtemps
que je l'ai délaissé, ce cher violon, distraction de
ma jeunesse ; mais je serai charmé de l'entendre
encore sous une main plus habile.

Florentin n'était pas homme à se faire prier à
propos de musique, où il avait toute la solidité
d'un sérieux amateur. Il prit le violon que lui
apportait un domestique, et le fit vibrer avec une
véritable satisfaction.

— Oh ! excellent, dit-il à M. Daurival, et je
compte sur ses beaux sons pour ne pas trop mo-
lester vos oreilles.

Il prit place avec Clotilde devant le piano, et revenant à Mozart, ils en jouèrent une délicieuse
sonate avec une mesure, un juste accord, un art des
nuances et de l'expression qui mettaient pour tous
le génie du maître dans un saisissant relief. Florentin vraiment se surpassa ; tantôt il accompagnait avec cette légèreté qui s'unit sans le couvrir
à l'instrument qui chante, tantôt il faisait vibrer
ces phrases ravissantes qui charment et émeuvent
en même temps. Mais en déployant tout ce qu'il
avait de savoir et d'âme, il suivait encore Clotilde
de l'œil, la soutenait et l'animait du geste, si bien
que tous deux rendirent cette admirable musique
avec une rare perfection. De vifs applaudissements
accueillirent nos deux virtuoses, et si unanimes

que mademoiselle de Beauvent elle-même vint chaudement les féliciter.

— Quel plaisir vous m'avez causé! mon cher monsieur Florentin, s'écria M. Daurival; et je puis bien avouer que jamais mon violon ne s'est, avec moi, trouvé à pareille fête. Je serai très-heureux quand vous voudrez nous accorder ce délicieux régal.

— Trop heureux moi-même de vous être agréable !

— Monsieur Florentin, j'ai une requête à vous adresser, dit à son tour madame Daurival, c'est que vous consentiez à venir quelquefois jouer avec ma fille et mademoiselle Germont ; je suis assurée qu'il y aura beaucoup à gagner avec vous, et je vous en serai très-reconnaissante.

— C'est moi, madame, qui vous remercie de tant de bienveillance, car ce me sera un vrai bonheur de me joindre à ces demoiselles et de leur donner, s'il est possible, quelque utile conseil.

En parlant ainsi Florentin était rayonnant, car il avait désormais toute facilité pour se trouver avec sa chère Clotilde; et celle-ci, tout heureuse de sa joie, le prit affectueusement par la main, en lui montrant Henriette qui venait aussi le remercier et lui demander beaucoup d'indulgence pour son faible savoir. La soirée se continua de la sorte et tout à l'avantage de nos deux amis qui, sans songer le moins du monde à se faire, comme on dit, une place ou à se ménager un succès, se trouvèrent entourés de ces égards et de cette considération

justement accordés au talent sérieux et modeste.
Seule, Aurélie de Beauvent ne se pouvait rendre
compte de cette haute estime qui paraissait sitôt
acquise à cette petite demoiselle Germont : « Elle
a du talent, je le veux bien, se disait-elle, mais
enfin elle en fait état comme tant d'autres ! »

M. de Verceil, avec ses airs dégagés, ne pensait
pas de même, et en rentrant avec sa femme, il lui
dit :

— Il faut que mademoiselle Germont ait bien
du mérite pour que personne n'ait paru remarquer
sa robe de mérinos.

— Excepté vous, cependant, qui ne remarquez
jamais rien, reprit madame de Verceil d'un ton
surpris.

— Vraiment oui ; et je prenais plaisir à voir le
calme, le naturel, je dirais presque l'aisance de
cette petite personne au milieu d'un assez grand
monde pour elle, si sa modeste réserve ne m'avait
surtout impressionné.

— Impressionné ! fit madame de Verceil.

— Parole d'honneur ! Il n'a jamais été très-rare
qu'une personne sans situation se fît tout à coup
jour dans le monde par un moyen quelconque;
mais que cette réussite inespérée ne l'éblouisse pas
et ne se trahisse pas par une joie immodérée, voilà
ce qui n'est pas commun, et dont je ne puis attri-
buer la cause qu'à une véritable élévation de
caractère.

— Elévation ou simplement modération, reprit

madame de Verceil qui paraissait toujours étonnée
qu'on pût admirer toute autre qu'elle-même.

— Ce serait toujours la preuve d'un excellent
esprit ; et je suis charmé de voir mademoiselle Germont près de notre sœur Henriette.

— Assurément, ce n'est pas un mauvais choix,
ajouta laconiquement madame de Verceil, en laissant tomber cette conversation où pas un grain
d'encens ne montait vers elle.

Pauvre femme ! qui ne voyait pas qu'au fond de
son âme elle s'idolâtrait beaucoup trop, pour savoir
se rendre agréable aux autres ; car on ne peut
sérieusement s'attacher personne sans se détacher
généreusement de soi-même.

CHAPITRE V

Les jours qui suivirent n'atténuèrent en rien l'aimable accueil que Clotilde avait si généreusement reçu, et elle n'aurait eu qu'à se féliciter de son heureux début dans un monde si nouveau pour elle. Madame Daurival, toujours préoccupée des mille détails d'une maison qu'elle voulait sinon luxueuse, du moins, selon le mot du jour, très-confortable, se montrait de plus en plus satisfaite de la confiance qu'elle pouvait accorder à mademoiselle Germont, pour tout ce qui concernait sa fille ; et même, à l'occasion, en ce qui touchait le bon ordre intérieur où Clotilde apportait une rare exactitude avec une politesse et une douceur qui lui gagnaient tous les subordonnés. M. Daurival, au milieu des grandes affaires qui l'absorbaient, aimait encore à faire voir qu'il attachait beaucoup de prix aux progrès d'Henriette, et qu'il savait reconnaître le mérite et le bon vouloir de Clotilde ; madame de Verceil elle-même, malgré son habituelle froideur, paraissait ne se pas déplaire en sa

compagnie, et lui adressait assez souvent la parole
au sujet de quelque musique ou de quelque lecture.
Quant à Henriette, s'il n'était pas aisé de l'amener
au goût sérieux de l'étude et du travail, du moins
elle ne pouvait être plus affectueuse pour celle qui
tentait cette difficile tâche.

Cependant, à mesure que les jours se passaient
dans cette vie facile et si agréable en apparence,
Clotilde ne se pouvait défendre d'une sorte de triste
étonnement : elle voyait avec stupeur tout ce grand
monde ne s'agiter autour d'elle que dans la seule
pensée ou du plaisir ou de l'intérêt : c'étaient, chez
les uns, d'incessantes préoccupations pour des
fêtes aussi vaines que pompeuses; chez les autres,
des calculs intarissables pour des spéculations dont
l'argent était toujours le but suprême; les plus
délicats ou les plus fiers se passionnaient pour les
honneurs politiques ou pour l'orgueilleuse célé-
brité d'un nom. Mais rien de plus haut que la terre,
rien de plus noble que le contentement de ses propres désirs; nul regard vers le ciel, nulle pensée
un peu sérieuse sur le but de la vie; oubli complet
de ce terme décisif où l'on arrive toujours si vite et
si dépourvu !

« Ah! pauvres gens, pauvres gens, se disait alors
Clotilde en elle-même, comme ils sont à plaindre
dans leurs richesses et comme leurs splendeurs
sont peu dignes d'envie! Quel trésor dans cette foi
sainte que je dois à ma bonne mère! et comme il
me la faut garder, l'écouter et la suivre..... et, s'il

était possible, la faire un peu connaître et aimer. »

Toute ranimée par ces pensées généreuses, Clotilde ne songeait plus qu'à la mission qui lui était confiée près de l'aimable Henriette ; car on ne pouvait lui montrer un cœur plus ouvert. Mais quel esprit déjà curieux et frivole, et comment parvenir à le rendre plus modeste et plus réfléchi ? Les matinées étaient nécessairement très-courtes, car les soirées, prolongées presque toujours au-delà de minuit, ne permettaient guère un travail très-suivi avant le déjeuner. Cependant on avait encore le temps de s'occuper un peu d'histoire et d'italien entre dix heures et midi. Souvent on y donnait à peine une heure, mais Clotilde ne se rebutait pas et s'efforçait seulement d'obtenir la régularité de l'étude. Après le déjeuner et quelques tours de jardin, on se mettait au piano, et avec l'aide de Florentin, qui presque tous les jours venait joyeusement diriger cette leçon, on la prolongeait jusque vers trois heures, moment de la promenade et nécessairement la fin des affaires sérieuses.

C'était peu, sans doute ; pourtant ce faible travail de chaque jour amenait quelques bons résultats et stimulait insensiblement l'amour-propre d'Henriette ; elle prenait goût à l'étude. Mais en voyant tout ce qu'elle avait à apprendre, elle apercevait aussi tout ce qui lui manquait, devenait moins prodigue de vaines paroles, plus attentive et plus réservée.

— Savez-vous, disait-elle à Clotilde, que je ne

fais que comprendre combien je suis ignorante?

— Mais, chère enfant, je vous assure que c'est là un véritable progrès dont je me réjouis beaucoup.

— Pourvu, n'est-ce pas, reprenait gaiement Henriette, que je ne reste pas sur cette belle découverte? Vraiment, je n'en ai pas envie, et j'ai parlé à maman pour qu'elle trouve moyen, sauf les exceptions, de me faire rentrer moins tard. J'aurais l'ambition d'être prête à neuf heures pour commencer nos études. Ne riez pas de cette haute prétention, vous qui avez déjà fait cent choses dès le matin, et même êtes allée à la messe, c'est bien beau! Vous tenez donc beaucoup à entendre la messe tous les jours?

— Vous vous apercevez avec raison, ma chère Henriette, que notre esprit a besoin de se nourrir et de se perfectionner par l'étude : eh bien! de même aussi notre âme a besoin de se fortifier et de s'élever devant Dieu. Une demi-heure à l'église, quand on le peut, permet de se recueillir au début de la journée, et d'implorer les grâces si nécessaires pour éviter le mal et faire de bon cœur un peu de bien.

— Ah! j'avoue que l'aide de Dieu me serait fort utile pour m'exciter à faire un peu plus et un peu mieux, et j'ai grande envie de vous accompagner à l'église, quelquefois au moins, pour y apprendre à devenir bonne et studieuse comme vous.

— Vous y trouverez de meilleurs modèles, ma

7

chère Henriette; mais je n'en suis pas moins heureuse de la confiance que vous me témoignez.

Henriette lui sauta au cou en lui répétant qu'elle l'aimait de tout son cœur et voulait faire l'impossible pour lui être agréable. Il y avait donc beaucoup à espérer d'une si bonne volonté. Mais, outre les inévitables ralentissements d'une première ardeur heureusement conjurés par la patiente assiduité de Clotilde, outre les continuelles distractions de la vie du monde, une autre influence ne tarda pas à se manifester et à s'efforcer de prendre sur Henriette un ascendant tout contraire. C'était Aurélie de Beauvent, qui voyait avec dépit ces nouvelles dispositions et s'ingéniait résolûment à les rendre vaines.

Nous avons dit quelques mots des projets de M. et de madame de Beauvent, qui ne visaient à rien moins qu'à un double mariage entre leur fils Edouard et Henriette, et leur fille Aurélie et le capitaine Daurival, alors en Afrique, mais qu'on espérait bien ramener et fixer à Paris. L'intime familiarité d'Aurélie et d'Henriette secondait à merveille ces vues intéressées, et rien ne devait être épargné pour les conduire à bonne fin. Aurélie, avec ses dix-huit ans, avait tout pour plaire, une rare beauté, beaucoup d'esprit, d'agréables talents fort prisés dans le monde ; mais à qui voulait la juger sérieusement, elle paraissait bientôt frivole, caustique et, malgré ses vives démonstrations, uniquement occupée d'elle-même. Jeune e brillante cependant, elle ne plaisait que trop à ceux qui ne regardent que les dehors, et c'est assez dire qu'elle était partout très-fêtée.

Or, il semblait à Aurélie que la sérieuse influence de mademoiselle Germont sur Henriette ne répondait ni à ses vues ni à celles de ses parents : elle sentait confusément qu'une Henriette studieuse et réfléchie conviendrait moins aux légères qualités de son frère. Et, sans y mettre un calcul positif, elle jugea, d'instinct, qu'elle devait combattre persévéramment les nouvelles habitudes de son amie, et surtout la soustraire à l'ascendant de cette petite personne sans tenue et sans situation. Elle multipliait donc ses visites à l'hôtel Daurival, et dans la matinée comme dans l'après-midi, elle apparaissait dans la chambre d'Henriette pour lui proposer les plus futiles distractions de promenades et de flâneries. Henriette résistait un peu, cédait quelquefois, puis se promettait de se mieux tenir; malheureusement, madame Daurival, éblouie par la pairie et la baronnie des de Beauvent et très-flattée de leurs attentions et de leurs projets, était la première à appuyer les instances d'Aurélie et à déconcerter les bonnes intentions de sa fille.

— Allez, allez prendre Henriette, lui disait-elle : je suis ravie de vos bontés pour elle, et je suis à vous pour faire ce que vous voudrez.

Aurélie entrait donc dans la chambre d'Henriette et l'y trouvait, avec Clotilde, devant une vraie table de travail et d'étude : madame de Verceil, une tapisserie en main, était assise près de la croisée qui donnait sur le jardin ; la petite Anna se jouait paisiblement à ses pieds.

— Voilà qui est édifiant ! mesdames, dit Aurélie avec un rire bruyant, et qu'allez-vous penser de moi qui viens troubler vos méditations, enlever Henriette, et vous aussi, Amélie, si vous le voulez bien, pour aller aux grandes courses, les premières de la saison, et qui seront merveilleuses à ce qu'on assure ?

— Oh ! les courses, je n'y tiens guère, s'écria Henriette ; mais, assieds-toi, Aurélie, et causons un moment.

— Point d'affaires, ma mignonne, reprit Aurélie en s'étendant dans un fauteuil, et voici le programme : je vous emmène déjeuner avec ta mère, puis toutes ensemble nous montons en voiture pour les courses, nous y trouvons notre monde, nous tournons, nous rions, nous parions même si le cœur nous en dit, et nous revenons souper *à giorno*, n'est-ce pas joli ?

— Ce qu'il y a de joli, chère, c'est ton amabilité : car pour les courses j'en bâille d'avance ; voyons, soyons franches, n'est-ce pas toujours la même chose ?

— Sans doute, petite innocente, aussi n'est-ce qu'un prétexte pour sortir et voir le monde.

— A la bonne heure, Aurélie ; mais j'ai plus envie aujourd'hui de me reposer que de courir le monde.

— Voyez donc la petite philosophe qui veut s'en-fermer pour écrire ses méditations. J'en retiens le premier exemplaire, toujours. Chère Amélie, ajouta mademoiselle de Beauvent, en s'adressant à ma-dame de Verceil, j'ai recours à votre haute sagesse pour décider et emmener la petite.

—Je vous avoue, Aurélie, reprit froidement madame de Verceil, que je pense comme elle à l'endroit des courses.

Elle en pensait bien plus encore, car elle voyait avec dépit, depuis longtemps, que son mari s'oc-cupait beaucoup plus de chevaux que d'elle-même.

— Savez-vous que vous me faites de la peine, reprit alors Aurélie sur un autre ton ; et, bien que vous vous jugiez plus raisonnables que moi, il me semble que vous faites un peu trop bon marché de votre situation et de vos devoirs dans le monde.

— Ah ! ah ! voyons ça, reprit gaiement Henriette, tandis que madame de Verceil secouait dédaigneu-sement la tête.

— Sans doute ! ne doit-on pas savoir tenir son rang, et se montrer partout où la haute société a mission de dominer ? n'est-ce pas une sorte de noble devoir de se rendre aux courses, pour y encoura-ger les belles races chevalines qui font notre légi-time orgueil à nous autres, et y témoigner un intelligent intérêt à ceux des nôtres qui se distin-guent dans ces modernes tournois ?

— Bravo, bravissimo, Aurélie ! ton éloquence m'entraîne, dit Henriette en riant aux éclats ; et

pour te prouver combien je suis sensible à tes attentions pour nous, et aux perfections de la race
chevaline, nous allons transiger : je demeure ici
jusqu'au déjeuner, et à deux heures nous irons te
prendre avec maman et Amélie, si elle est aussi
convaincue que moi.

Madame de Verceil fit aussitôt un signe d'assen-
timent, car mademoiselle de Beauvent avait touché
une corde très-sensible chez la jeune femme, qui,
pour rien au monde, n'aurait voulu paraître au-
dessous de sa noble situation.

— Allons, j'accepte le traité, et je vous rends mon
estime. A bientôt donc !

Elle fit en passant un très-léger salut à Clotilde,
puis, s'arrêtant devant elle et avec un accent assez
marqué d'ironie, elle ajouta :

— Peut-on savoir ce que mademoiselle Germont
pense de notre débat, s'il n'est pas indiscret de le
demander toutefois ?

— Pas le moins du monde, mademoiselle, répondit Clotilde en souriant, et j'étais, je vous l'avoue,
heureuse de voir mademoiselle Daurival défendre
de son mieux le temps qu'elle désire consacrer à
l'étude.

— Fort bien, mademoiselle, et vous pouvez donner un prix à votre élève, car elle ne perdra rien
de vos leçons.

— Voici le prix que je lui demande, reprit vivement Henriette, et elle embrassa tendrement Clotilde.

Aurélie rougit de dépit et salua ; mais Henriette la suivit et, en l'accompagnant, elle lui dit avec un accent qui surprit mademoiselle de Beauvent :

— Il m'a paru, Aurélie, que tu étais assez froide et même piquante d'intention pour ma très-chère Clotilde : rien ne pourrait me faire plus de peine, je t'en préviens.

— A Dieu ne plaise, chère Henriette, reprit Aurélie, s'apercevant qu'elle se fourvoyait, et mademoiselle Germont est assurément une très-estimable personne : je n'ai pas de raison pour penser autrement.

— Je n'en vois pas non plus : ainsi nous serons d'accord sur ce point ?

— Comme toujours et en tout, répliqua chaudement Aurélie.

Et elles s'embrassèrent avec la plus aimable cordialité. Le reste de la journée se passa dans une humeur et une gaieté charmantes.

On était alors au mois de mai ; par la fenêtre du balcon largement ouverte, le soleil inondait la bibliothèque ou cabinet de travail qui séparait les deux chambres d'Henriette et de Clotilde ; le parterre et le bosquet chamarrés de mille fleurs y formaient la plus riante perspective. Mais Henriette et Clotilde étaient au piano, Florentin tenait son violon et, tous trois attentifs, pénétrés, exécutaient une sonate d'Haydn, simple, douce et mélodieuse comme l'harmonie de parfum, de lumière et de sérénité qui s'élevait de ce beau jour de printemps,

Madame de Verceil, laissant reposer ses mains et son ouvrage sur ses genoux, écoutait, et la petite Anna, assise sur le balcon parmi ses jouets épars, semblait rêver en contemplant le bel azur du ciel. Tout à coup la porte s'ouvrit avec fracas, et parurent madame et mademoiselle de Beauvent, qui s'exclamèrent sur la délicieuse musique et félicitèrent bruyamment les virtuoses assez surpris.

— Mais, Henriette, quels progrès! s'écriait Aurélie en lui serrant les mains à outrance.

— Elle marchera sur vos traces, ma chère comtesse, dit madame de Beauvent à madame de Verceil, et quel bonheur de vous entendre toutes les deux ensemble!

— Vous nous écoutiez donc, curieuses? reprit Henriette.

— Jugez si nous osions entrer! ajouta madame de Beauvent!

— Parbleu! se dit à part lui Florentin, elles auraient pu attendre la fin du morceau; car vraiment nous allions bien.

— Vous nous pardonnez de vous déranger? dit madame de Beauvent en s'asseyant.

— Mère, il faudrait renoncer à les voir, reprit Aurélie, si on ne voulait venir qu'aux moments perdus; car le matin ou l'après-midi, c'est toujours l'heure du travail.

— Voilà qui est parfait, ma chère Henriette, dit madame de Beauvent; seulement prenons garde d'abuser de nos forces, ma belle: à votre âge il faut

beaucoup se distraire, se promener, se développer ;
trop d'assiduité au travail comprime, débilite, et
surtout gâte et abîme le teint que vous avez si frais,
chère enfant.

— Oh ! je n'en suis pas là, répondit Henriette ; et
père me dit que j'ai beaucoup à faire pour suivre
même de loin mademoiselle Germont. Vraiment je
n'exerce que trop sa patience.

— Sans doute, ma belle ; mais vous ne pouvez
ni ne devez prétendre au savoir de votre institutrice ; et dans votre position une teinture générale
des choses suffit bien. L'usage du monde et les relations distinguées donnent ensuite, avec l'aisance
de la conversation, ce bon air que rien ne remplace.

Florentin pétillait ; et ne pouvant se tenir, il dit
avec un accent tout particulier d'animation contenue
et de politesse étudiée :

— Ah ! madame, vous ne voudriez pas arrêter
d'aussi bons commencements ; car inspirer à une
jeune personne le goût du travail, c'est lui donner le
plus précieux des trésors ; et vous aimez trop mademoiselle Daurival pour ne pas l'encourager dans
une voie où elle trouvera, en tout temps, d'inépuisables satisfactions.

La baronne de Beauvent fut fort surprise d'une
contradiction si ouverte, et de la part de ce monsieur
qui tenait encore son violon quasi professoral ; elle
se contint pourtant et d'une voix toujours cares-
sante elle dit :

— N'exagérons rien en effet : le goût du travail

7.

ne saurait trop se louer, surtout chez ceux qui ont
une situation à se faire. Pour nous il suffit de savoir
distinguer le mérite, l'accueillir et le protéger.
Sans doute une certaine idée des choses est nécessaire pour cela, mais un peu de lecture y conduit
aisément, et je ne vois pas qu'il faille un grand travail pour faire honneur à sa fortune et à son rang.

— Permettez-moi de dire, madame, reprit Florentin de plus en plus animé, que sans travail, dans
quelque position que ce soit, on n'arrive à rien de
sérieux, à rien même de vraiment distingué. Cette
musique que vous applaudissez si volontiers et qui
ne paraît qu'un art d'agrément, on ne peut la rendre avec quelque charme sans un travail soutenu.
Mais à plus forte raison s'il s'agit de faire honneur
à une grande situation, l'étude et le travail persé-
vérants peuvent seuls nous revêtir de ces belles et
fortes qualités qui nous rendent dignes de notre
rang. On n'est ni noble, ni riche, uniquement pour
se parer de velours, de dentelles et de diamants, ou
pour courir du soir au matin de fêtes en fêtes. Non
certes, noblesse oblige ! oblige aux charges élevées,
et par conséquent aux études qu'elles réclament ;
oblige aux belles actions, aux larges générosités,
aux énergiques dévouements : toutes vertus qui ne
s'improvisent pas, et qui ne s'acquièrent que par le
double travail du cœur et de l'esprit. J'ai vu la
grande révolution, madame, et si elle a un moment
séduit ma jeunesse, j'ai eu bientôt horreur de ses
excès ; mais je me suis dit bien des fois, en voyant

de près les héros de ces tristes jours : ils ne seraient jamais sortis, pour la plupart, de leur obscurité, si la place ne leur avait été faite par la faiblesse ou par la corruption de ceux qui nous devaient gouverner.

— Du moins tous surent-ils mourir, s'écria madame de Beauvent avec un éclair dans le regard.

— C'est vrai, madame, répondit Florentin, et c'est ce qui me fait penser qu'il peut y avoir encore un avenir pour leurs enfants, s'ils savent s'en rendre dignes.

— Eh bien ! eh bien ! que se passe-t-il ici ? dit madame Daurival en entrant? Que je suis aise de vous voir, chères amies, je rentre et j'accours profiter de votre aimable visite. Mais on était fort animé, ce me semble.

— Un peu trop peut-être, dit madame de Beauvent ; mais j'admets les bonnes intentions de monsieur qui nous voudrait toutes, pour ne parler que de nous, des femmes supérieures.

— C'est bien mon vœu, mesdames, dit Florentin ; veuillez donc croire à mes profonds respects. Notre heure d'étude est passée, je me retire.

Ces dames sourirent entre elles d'un air qui signifiait : il est bon, vraiment ! et de quoi se mêle-t-il ?

— Mais à propos, reprit madame de Beauvent, que je n'oublie pas le but de ma visite : je venais vous prier moi-même, car il n'y a pas de billets entre nous, pour la grande soirée que nous donnons dans une quinzaine. C'est une assez grosse affaire ;

car nous aurons tout Paris : députés, pairs, ministres, ambassadeurs et *tutti quanti !* Mais nous vous
voulons avant tous et nous comptons bien sur vous.

— Comptez sur nous, chère belle, répondit madame Daurival avec un certain rengorgement, et
nous tâcherons de ne pas trop déparer votre grand
monde.

— Je vous demande seulement de ne point trop
l'éclipser, reprit l'aimable baronne en souriant.
Mais, dites-moi, est-ce que vous n'attendez pas prochainement notre cher capitaine Adrien ? Quel
bonheur ! s'il arrivait à temps pour notre fête.

— Je n'ose l'espérer, dit madame Daurival, bien
qu'il soit question d'un congé ; mais les expéditions
se succèdent en Afrique, et je tremble toujours pour
ce cher enfant. Ah ! que je serais heureuse de le
revoir ici !

— Vous le reverrez, chère amie, et votre bonheur sera le nôtre. Maintenant j'espère que mademoiselle Germont vous accompagnera à notre soirée, et je vous en fais, mademoiselle, la demande
formelle.

— Agréez ma profonde reconnaissance, reprit
aussitôt Clotilde en rougissant, mais je ne serais
certainement pas à ma place dans une telle réunion.

— Pourquoi donc, mademoiselle ? la jeunesse et
la grâce sont toujours bien partout.

— Oh ! Clotilde vous viendrez avec nous ! ajouta
Henriette d'un air suppliant.

Mais Clotilde refusa de nouveau avec une si humble décision et avec des remerciements si expressifs qu'on n'insista plus, à sa grande joie.

Cependant, quand ces dames se furent retirées, Henriette fit tout ce qu'elle put pour décider Clotilde à revenir sur son refus.

— Je serais si contente, lui disait-elle, de vous avoir avec moi ! Vraiment, vous me feriez du bien au milieu de ce grand tourbillon, et ce serait me rendre service que de m'y accompagner. Et puis, faut-il vous le dire ? je voudrais vous voir en toilette de bal ; je suis sûre qu'on vous remarquerait, et j'en serais aussi fière que de moi-même. Vous n'auriez à vous occuper de rien ; je dis un mot à maman et tout sera prêt au jour convenu.

— Je vous remercie avant tout, chère Henriette, de ce que votre bon cœur vous suggère pour moi. Mais veuillez réfléchir un peu et vous comprendrez que ce grand monde ne peut me convenir : Dieu m'a placée dans une humble situation, et c'est mon devoir d'y demeurer avec contentement. Vous accompagner pour vous rendre service, dites-vous ! ce serait à examiner si vous n'aviez ni votre père, ni votre mère, ni votre sœur aînée ; mais entourée de la sorte, je ne suis plus nécessaire, et je serais très-déplacée. Oui, oui, j'insiste sur ce mot, chère enfant, car il est dicté par la conscience et la raison, auxquelles d'ailleurs j'obéis sans peine. J'ajoute enfin qu'il n'y a pas un an que j'ai perdu la plus tendre et la plus aimée des mères, qu'ainsi, même étant votre égale, ce qui n'est pas, je ne pourrais jamais paraître dans une telle fête.

— Il n'y faut plus penser, reprit Henriette, car je serais désolée de vous causer de la peine. Mais je compte sur vous pour me dire votre avis sur ma toilette et... sur toute ma personne. Vous riez ! écoutez donc, je ne serais pas fâchée qu'on me trouvât le mieux possible.

Naïve pensée, en apparence ; mais qu'il faudrait plus contenir et combattre qu'exciter ; car, vouloir plaire au monde, n'est-ce pas trop souvent en accepter les vanités égoïstes et les dangereux entraînements ? Clotilde le comprenait ; mais Henriette, bercée dans toutes les illusions de la fortune, ne croyait pas qu'elle eût une autre destinée que d'être partout remarquée et admirée. Aussi la quinzaine qui précéda cette grande soirée ne fut guère propice au travail ni à l'étude, loin de là : Henriette revenait par tous les chemins à causer de ses apprêts de toilette et des somptueux préparatifs dont Aurélie l'entretenait assidûment.

Sur ces entrefaites, madame Aubry et son fils étant venus faire visite, tandis que ces dames causaient, Henriette dit à Charles assis près d'elle :

— A propos, monsieur Charles, avez-vous reçu une invitation pour la grande soirée de madame de Beauvent ?

— Mais oui, à mon grand étonnement, car je ne les vois que chez vous.

— Eh bien, reprit Henriette, n'est-ce pas assez

pour qu'ils s'assurent que vous êtes de nos meilleurs amis ?

— Évidemment c'est ce qui m'a valu cette gracieuse invitation, et c'est à votre famille que j'en dois les premiers remerciements.

— Irez-vous?... Mais ne suis-je pas trop curieuse?

— Non certes ! et à parler franchement, je songeais à porter ma carte et à m'en tenir là.

— Comment ! vous ne viendrez pas me faire danser? J'y comptais pourtant, et j'espérais que nos bons amis ne nous délaisseraient pas au milieu de ce grand monde officiel et de tous ces visages inconnus qui ne me plaisent guère.

En parlant ainsi, Henriette paraissait réellement si contristée, que Charles se hâta de lui dire qu'il était heureux de lui voir ces appréhensions du grand monde, et qu'il s'y montrerait volontiers pour qu'elle ne pût se dire délaissée de ses vrais amis.

— Je suis bien contente! repartit alors Henriette. Et se tournant vers madame Aubry, elle lui dit avec le plus confiant abandon :

— M. Charles m'a promis de venir chez madame de Beauvent ; mais ne croyez pas que je veuille l'entraîner dans les grandes soirées qu'il n'aime guère, car il n'y viendra que pour nous, et comme si c'était chez nous.

— Bien, bien, dit madame Aubry, en souriant, vous m'en répondez !

— Oh ! fit Henriette d'un air très-convaincu, il a de la sagesse pour nous tous.

— Heureusement, et grâce à Dieu, se dit madame Aubry.

Elle prit alors congé de ces dames et sortit avec son fils.

— Ainsi, lui dit-elle, en regagnant le logis, tu iras chez la baronne de Beauvent ?

— Ce n'était pas, en effet, mon intention, répondit Charles ; mais ayant remarqué, avec tant de bonheur, les idées et les habitudes nouvelles de mademoiselle Daurival ; me rappelant toutes les bontés de son père, qui semblent m'inviter à des espérances que je n'aurais jamais conçues de moi-même, j'ai pensé que nous devions seconder de notre mieux les bonnes dispositions d'Henriette ; et c'est uniquement pour cela que je me rendrai à cette grande soirée.

— Je sais que je puis compter sur toi, mon cher enfant ; va donc chez madame de Beauvent, et que vos bons anges vous y gardent !

L'avant-veille de cette soirée, la couturière vint chez madame Daurival pour essayer les robes de ces dames : Henriette l'attendait avec une certaine impatience et la fit aussitôt entrer dans sa chambre : madame Daurival, qui avait été prévenue, vint les joindre. Disons, entre parenthèse, que cette couturière, très en vogue, était elle-même une assez grande dame, qui ne se dérangeait que pour les privilégiés de la fortune ; elle était accompagnée d'une très-habile ouvrière qui essayait, qui ajustait, et réparait en un instant, s'il y avait lieu, les im-

perfections signalées. Henriette mit donc la délicieuse robe blanche garnie d'ornements roses et
jugée, tout d'abord, du dernier goût, bien que,
intérieurement, madame Daurival trouvât le déga-
gement des épaules un peu hardi pour une jeune
fille : « Enfin, puisque telle est la mode, » se dit-elle.

— Maintenant, dit Henriette, toute radieuse de
l'admiration générale, je cours me montrer à Clotilde pendant que l'on s'occupe de la toilette de
maman.

D'un bond, en effet, elle traversait la bibliothèque et paraissait, comme une sylphide, dans la
chambre de mademoiselle Germont.

— Me voilà, chère amie, dit-elle ; on me trouve
charmante, et vous ?... dites-moi franchement votre
pensée.

Clotilde avait levé les yeux, et, les tenant un
moment fixés sur Henriette, avec un air de surprise
et d'embarras, elle dit :

— Mais... ce n'est pas toute votre toilette, je
pense ?

— Excepté ma coiffure sans doute ; du reste, je
suis absolument comme je serai à la soirée.

— Oh ! mon Dieu, est-ce possible ! s'écria Clotilde, en joignant les mains ; et sans plus rien ajouter, une telle tristesse couvrit son visage que des
larmes lui vinrent aux yeux.

— Ma chère Clotilde, qu'avez-vous ? s'écria Henriette, je vous fais donc bien de la peine ? parlez,
dites ! C'est cette robe décolletée sans doute ? Au

fond du cœur elle me répugnait... mais on m'a tant
dit qu'elle allait à ravir, et que c'était la mode du
plus grand monde, que j'ai dû croire qu'il n'y avait
pas de mal. Je vous en prie, maintenant, dites-moi
tout ce que vous en pensez.

— Je ne pense rien autre chose, chère enfant,
que ce que vous pensiez vous-même, dans cet instinct de répugnance qui soulevait d'abord votre conscience : c'était la voix de Dieu que le monde n'a pas
le droit d'étouffer ; et cette voix vous rappelait au respect de vous-même, comme au respect de la morale
divine qui veut d'une femme chrétienne la réserve,
la modestie, l'intégrale pureté. Nobles et saintes
vertus qui attirent les regards du ciel et nous parent
encore du véritable honneur devant les hommes.
Oh ! ma chère Henriette, jamais vous ne comprentren-
drez assez l'abaissement moral où nous mènent ces
modes indignes : songez bien qu'elles nous font,
pour ainsi dire, renier publiquement l'Evangile, en
nous affublant de la livrée païenne, et qu'elles nous
rendent responsables de toutes les coupables pensées qu'elles provoquent.

—Je vous avoue, chère Clotilde, que, sans y avoir
beaucoup réfléchi et entraînée à faire comme les
autres, je n'ai jamais compris pourquoi on nous
habillait avec si peu de convenance dans les fêtes
du monde, précisément lorsque la danse nous rap-
proche si familièrement des premiers venus. Vraiment oui, c'est honteux ! Et je veux être désormais
plus réservée, croyez-moi !

— Dieu vous bénira, chère enfant, puisque vous voudrez vous montrer partout digne de ses regards.

— C'est une bonne pensée dont je veux faire mon profit, et je me répéterai souvent : Dieu nous regarde, soyons dignes de lui. A bientôt : je vais maintenant m'entendre avec la couturière.

Henriette fit de la main un geste affectueux à Clotilde et retourna dans sa chambre. Madame Daurival achevait ses dernières recommandations sur sa toilette. Henriette, alors, dit à la couturière d'un air très-décidé :

— Il y aurait, madame, un changement indispensable à faire à ma robe ; je la désire plus montante et tout à fait convenable.

— Oh ! mademoiselle, ce serait la gâter, reprit vivement la couturière ; elle vous va si bien.

— Pardon, madame, ce n'est pas mon avis, parce qu'elle n'est pas décente.

La couturière ne put s'empêcher de rougir elle-même avec dépit, il est vrai ; madame Daurival écoutait attentivement.

— Mais je puis vous affirmer, mademoiselle, reprit la couturière avec assurance, que c'est la mode du plus grand monde : et vous ne pouvez y paraître en robe montante sans être remarquée.

— Et qu'importe, madame, reprit gaiement Henriette ; vous savez bien tout ce que chacun hasarde, précisément pour être remarqué ; au moins on ne me remarquera que comme une jeune personne réservée, et assurément cela ne me fera aucun tort ; je n'en pourrai pas dire autant avec cette robe aussi décolletée.

— Mais enfin, mademoiselle, répliqua insidieusement l'artiste blessée, ce n'est pas la première que je vous fais de cette façon, et je n'en ai jamais eu de reproche : j'en appelle à madame votre mère.

— Ma mère ne m'a jamais rien imposé d'inconvenant, répondit aussitôt Henriette, avec un accent qui impressionna son interlocutrice ; et nous avons seulement le tort, vous comme nous, d'accepter trop légèrement des modes de théâtre. Je veux m'en tenir à celles du monde qui se respecte, le seul comme il faut. Et soyez assurée, madame, que ni votre goût, ni mes petits avantages, si j'en ai, n'auront à en souffrir.

— Alors il faudra vous contenter, reprit la couturière, toute radoucie par le ferme accent comme par l'air aimable d'Henriette.

— Eh bien, dit madame Daurival, vous arrangerez aussi un peu ma robe de cette façon ; car ma fille a dit le vrai mot, on accepte trop légèrement des modes sans convenance. Ainsi à demain, madame, je compte sur votre exactitude ; et arrangez-nous cela tout à fait bien.

Henriette reconduisit la couturière avec beaucoup de politesse, et se la gagna tout à fait par ses gracieuses paroles. Le fait est que les robes ainsi retouchées n'en furent pas moins d'une rare élégance, et que les toilettes de ces dames faisaient vraiment plaisir à voir. Madame Daurival en exprima toute

sa satisfaction. Cependant ce ne fut pas le dernier
mot sur ce sujet : M. et madame de Verceil venaient
se joindre à leurs parents pour se rendre ensemble
à la soirée ; et la jeune comtesse était magnifique-
ment parée, quoique fort peu vêtue ; non pas qu'il
lui plût d'étaler ainsi ses bras et ses épaules à tout
vent (elle en souffrait même au fond de l'âme), mais
parce qu'elle se croyait obligée à suivre les modes
du grand monde, et qu'elle n'eût pas voulu
paraître avoir moins d'aisance et d'aplomb que
tant d'autres personnes de haute volée. Aussi,
ayant examiné les toilettes de sa mère et de sa
sœur, toute surprise et un peu dépitée, elle dit
ironiquement :

— Vos robes sont jolies, mais, d'honneur, faites
pour de petites gens.

— Elles sont faites, répondit tranquillement
Henriette, pour des personnes qui tiennent à se faire
respecter ; et je crois que le respect est ce qui convient le mieux à toute grandeur possible.

— On te respectera si peu, qu'on rira de ta simplicité.

— Je n'ai pas peur de ces rires-là : outre qu'ils
sont rares dans la bonne compagnie, j'estime qu'une
agréable modestie n'est pas sans charme. Mais on
ne rirait toujours pas de mes prétentions... ana-
tomiques.

— Tout le monde ne prête pas à rire sur ce point,
répliqua madame de Verceil.

— Il y en a beaucoup, ma chère ; et les autres à

quoi prétendent-elles?... à des regards qui ne me conviennent pas, et pas plus à un caractère comme celui de ma chère et noble Amélie.

— Tu t'exagères les choses, Henriette.

— Ecoute, Amélie, ma fierté sur ce point ne me paraît point exagérée, et je m'en fais honneur.

— Soit, les opinions sont libres, reprit plus doucement madame de Verceil, qui ressentait quelques remords de ses vulgaires critiques. Vos toilettes d'ailleurs ne manquent pas d'élégance.

— C'est ce qui me semble, ajouta madame Daurival en jetant un regard de satisfaction sur les flots de dentelles et de diamants dont elle était richement parée; et je crois que de la sorte on peut se présenter partout.

CHAPITRE VI

On arrivait donc de bonne heure à l'hôtel de Beauvent et, en qualité d'intimes, avant la foule des invités. La plus grande magnificence avait été déployée dans les vastes salons qui comprenaient tout le rez-de-chaussée, et ouvraient sur un délicieux jardin splendidement illuminé : rien de plus noble déjà que l'aspect de ces hauts appartements, à lambris de chêne sculptés, encadrant des glaces somptueuses ou des peintures de grands maîtres, et décorés d'un imposant et riche mobilier dans le goût du siècle de Louis XIV : les tentures, les fleurs, les girandoles et les lustres de la fête y ajoutaient le plus magique éclat. Bientôt les magnifiques toilettes des dames et les imposants costumes des grands personnages remplirent les salons et les animèrent d'une vie et d'un air tout princiers.

Modeste et calme, Charles Aubry passa rapidement parmi tout ce grand monde, et, ayant salué le maître et la maîtresse de la maison, il vint aussitôt rejoindre la famille Daurival. Il faut dire que

M. et madame de Beauvent, leur fils, leur fille,
absorbés par la réception de tant d'éminents personnages, n'avaient pu qu'échanger, à la hâte,
leurs amitiés avec les Daurival, tandis que la foule
toujours croissante des invités commençait à former ce tourbillon, où tout se confond et s'agite dans
une fort gênante mais très-complète liberté.

— Ah! voici M. Charles, dit Henriette en souriant, et des plus exacts.

— Je savais être ici en très-agréable compagnie,
répondit-il en s'adressant à tout le groupe ami, et
vous me permettez d'en profiter.

M. Daurival lui prit affectueusement les mains,
et les dames l'accueillirent avec le plus aimable
empressement, car il inspirait à tous une sincère
estime. Après quelques moments d'amicale causerie, Charles invita Henriette pour une contredanse.

— Certainement, lui dit-elle; et vous savez que
je compte sur vous chaque fois que je voudrai
éviter un fâcheux.

— Comptez sur moi, mademoiselle, quoique je
sois un pauvre danseur.

— Oh bien! qui est-ce qui danse aujourd'hui?
Il n'y a que les valses et les polkas qui exigent de
la mesure, et c'est très-aisé.

— Pas pour moi, toujours, qui n'y entends rien
et n'y veux rien entendre, comme vous ne l'ignorez
pas.

— Oui, vous ne voulez pas; mais n'êtes-vous pas
trop sévère? Car on paraît trouver les valses et

les polkas plus gracieuses que les contredanses.

— Plus gracieuses, est-ce bien sûr ? quand on se berce et s'épuise dans un seul et même mouvement? La contredanse au moins est plus variée et certainement plus convenable.

— Je ne dis pas le contraire; mais, voyons, lorsqu'on s'amuse...

— Quand on s'amuse surtout, reprit Charles, rien de plus salutaire que l'observation des convenances, autrement si vite dépassées. Croyez-vous que la conscience n'a rien à dire de ces poses, trèsséduisantes en effet, et de ce mol abandon où se livrent des femmes à demi vêtues dans les bras de leurs danseurs ?

— On pourrait danser plus convenablement, je le crois aussi, répondit Henriette, mais avec un certain embarras, en pensant qu'elle avait promis la première valse à Edouard de Beauvent. J'ai voulu du moins que ma toilette fût irréprochable, ajouta-t-elle vivement.

— Elle est du meilleur goût, reprit aussitôt Charles, et plus encore d'un parfait exemple. C'est la première chose que j'ai remarquée et admirée en entrant.

Henriette sourit de contentement :

— Oh! mais, dit-elle avec sa charmante franchise, c'est ma chère Clotilde qu'il faudrait complimenter.

— Je vous félicite toujours d'avoir suivi d'aussi bons conseils. Ah ! voici le premier quadrille, veuillez accepter mon bras.

La conversation continua dans les intervalles des contredanses; car Henriette était visiblement préoccupée.

— Vraiment, dit-elle, je commence à croire qu'il y a un mauvais esprit dans le monde; car, si on n'y cherchait que de convenables distractions, on n'y ferait pas ces exagérations de toilette qui nous font ressembler à des actrices en scène. Et cependant parmi toutes ces femmes et ces jeunes filles qui font peine à voir, beaucoup ne souffriraient pas qu'on leur manquât de respect, bien qu'elles en aient peu pour elles-mêmes.

— Je le crois, reprit Charles, tout heureux de voir ce jeune esprit se dégager déjà des influences frivoles et funestes, en les jugeant à leur valeur; car il y a bien des distinctions à établir dans tout ce monde portant en apparence les mêmes livrées : quelques esprits foncièrement mauvais s'y font une joie d'arborer le drapeau du mal, et se voient bientôt soutenus par les âmes frivoles; puis les cœurs faibles ou lâches acquiescent et suivent, avec quelque honte secrète, mais sans avoir osé une résistance ouverte; c'est ainsi que s'établit l'empire des modes indignes. Mais il ne me paraît pas impossible de le combattre; et je suis convaincu qu'il suffirait de quelques femmes chrétiennes résolues, sinon pour les faire disparaître, du moins pour ramener aux sérieuses convenances toutes les femmes véritablement distinguées. Et plus l'exemple viendrait de haut, plus il serait irrésistible.

— Ah! si j'étais reine, s'écria Henriette, je donnerais ce noble élan.

— Donnez-le toujours sans être reine, et soyez sûre que vous aurez la joie de vous voir imitée.

— Imitée ou non, je suis déjà contente d'être en paix avec ma conscience.

— Du reste, ajouta Charles, j'ai eu le plaisir d'apercevoir quelques jeunes dames habillées avec autant de convenance que de bon goût; nous pouvons être assurés que ce sont de nobles chrétiennes qui ont résolu de ne point sacrifier au monde les vertus de l'Evangile.

La contredanse finissait, Charles reconduisit Henriette près de sa mère, puis circula dans les salons en cherchant une de ces personnes qu'il avait déjà remarquées pour lui adresser une invitation. Après ce nouveau quadrille, l'orchestre préluda pour la valse; Charles alors se tint un peu à l'écart, et vit Edouard de Beauvent venir prendre le bras d'Henriette, qui paraissait beaucoup moins animée que d'habitude. En réalité, elle était contrainte, et elle eût préféré s'abstenir de valser; ayant compris les réflexions de Charles Aubry, elle eût été fière de s'y montrer fidèle. Mais elle avait préalablement reçu l'invitation de M. de Beauvent et ne pouvait s'en dégager sans quelque éclat. Elle se levait donc et suivait avec un malaise évident son élégant cavalier. Celui-ci, ne pensant qu'à déployer sa grâce et sa courtoisie, s'empressa de s'excuser près d'Henriette de ne l'avoir pas invitée

la première ; l'étiquette seule l'avait retenu, parce
qu'il avait dû ouvrir le bal avec la femme d'un ministre, puis avec la fille d'un ambassadeur. Henriette lui répondit simplement qu'il pouvait prendre toute latitude à cet égard. Edouard, sans insister
sur ce point, et remarquant l'air sérieux de sa dan-
seuse, commença à marquer la mesure, puis, tenant
d'une main la main de la jeune fille et enlaçant sa
taille de son bras droit, il tournoya avec elle en la
dirigeant avec d'autant plus de sollicitude qu'il la
voyait plus hésitante et plus distraite.

Henriette, en effet, n'avait ni son enjouement
ni son entrain ordinaire, elle valsait à contre-cœur ;
et plus son cavalier, pour la soutenir et lui marquer de l'intérêt, la pressait et la conduisait d'un
bras nerveux et peut-être trop protecteur, plus elle
souffrait d'une situation qu'elle ne voulait plus accepter. Aussi, après quelques moments d'indéci-
sion, sa franchise de caractère se fit jour en disant
à Edouard :

— Arrêtons-nous, je vous prie, j'ai besoin de
repos.

— Souffrez-vous ? répliqua celui-ci, en se détournant du tourbillon des valseurs, et en offrant
son bras à Henriette.

— Oui, la valse me gêne et je désire y renoncer.

— Déjà, reprit Edouard, en se méprenant sur la
portée de cette expression ; un peu de repos vous
remettra, et vous voudrez bien me dédommager
un peu plus tard.

— Non pas par une autre valse, reprit résolûment Henriette.

— Quoi, renonceriez-vous à valser de la soirée?

— Complétement.

— Mais pourquoi?

— Parce que je me contenterai désormais des
contredanses.

— Par raison de santé? dit Edouard en souriant.

— Non, monsieur, par raison de convenance.

Le mot était précis : Edouard en parut un moment tout déconcerté; mais, se remettant aussitôt,
il déclara qu'il n'avait d'autre désir que d'être
agréable à mademoiselle Daurival, et qu'il serait
parfaitement heureux d'obtenir une simple contredanse. Henriette l'accorda et demeura pensive
à sa place : regrettait-elle une résolution peut-
être trop soudaine? Non, elle se sentait doucement
en paix avec sa conscience; mais elle n'avait pu
sitôt reconnaître l'esprit du monde sans en éprou-
ver une certaine tristesse.

Charles, en ce moment, s'approcha de la jeune
fille, et lui demanda avec intérêt pourquoi elle
avait si promptement regagné sa place.

— Parce que, dit-elle aussitôt, j'ai voulu en finir
avec la valse qui me déplaît; et j'y ai renoncé, je
l'espère, pour toujours.

— Soyez sûre que Dieu vous bénira pour une si
chrétienne résolution.

— Je l'espère et j'en ai grand besoin, reprit
Henriette avec un singulier accent de gravité; car,

8.

tout en se détournant de ce qui nous a trop capti-
vé, on se sent comme délaissé dans un grand
vide que peut-être l'on ne saura pas remplir.

Charles, plus ravi encore qu'étonné de ce qui se
passait dans cette jeune âme, en un tel moment et
en un tel lieu, se recueillit comme dans une muette
prière, puis, d'une voix pénétrée, il dit :

— Et ce grand vide ne le sera jamais trop, puisque c'est Dieu lui-même qui doit le combler. Ne
vous inquiétez donc pas ; plus vous serez généreuse dans vos sacrifices, et plus ils vous rappro-
cheront de ce Dieu si bon, qu'il est si doux d'aimer
et de servir, et pour lequel nous ne ferons jamais
une assez large place dans nos cœurs.

Ces simples et pieuses paroles furent comme
une révélation pour Henriette, dont le visage s'é-
claira tout à coup d'une joie vive et pure :

— Que vous me faites du bien ! s'écria-t-elle en
contenant avec peine l'éclat de sa voix ; oui, je
crois vous comprendre, il faut que j'apprenne à
aimer Dieu, et alors je ne regretterai plus rien.

— Non-seulement plus de regrets, reprit Charles,
mais une céleste espérance qui toujours fleurira
sur tout ce qui se passe. Sans doute, en ce moment,
nous sommes dans une sorte de palais enchanté ;
mais quelques tours d'aiguille sur le cadran, et les
lumières seront éteintes, les fleurs seront fanées,
chacun regagnera en frissonnant son logis ; un
sommeil tardif et agité ne rendra pas le repos, et
on se réveillera dans l'inquiète torpeur d'une froide

réalité. Puis, après quelques années de cette existence fébrile, on arrive, par le désenchantement, à
la vieillesse (si l'on vieillit !), à l'ennui, à l'inévitable fin de toute chose, et au compte sérieux qu'il
faudra rendre.

— Monsieur Charles, dit Henriette avec un regard joyeux, nous avons la bonne part, je le sens ;
car, au fond, jamais je ne fus si contente et si
calme. Mais, dites-moi donc, ajouta-t-elle avec sa
franche gaieté, que penserait tout ce grand monde
s'il nous entendait ? Parler ici d'aimer Dieu et de
bien le servir, quel scandale ! Ah çà, voyons,
soyons sages : voici le signal d'une contredanse, je
la dois à M. de Beauvent, et je vais lui payer ma
dette. Le pauvre garçon est assez ébahi de ma sortie sur la valse : il en rêvera cette nuit, c'est sûr !

La fête se continua de la sorte ; mais un peu
avant minuit, Charles Aubry, voulant se retirer,
prit congé de la famille Daurival.

— Comment, déjà? dit madame Daurival, c'est
le moment le plus animé.

— Je ne veux pas trop faire languir ma mère qui
m'attend ; et puis, je dois être au travail demain de
bonne heure ; si je passais ma nuit ici, il me serait
impossible de me livrer à une étude sérieuse dans
la journée.

— C'est d'une parfaite raison, reprit madame
Daurival ; mais que deviendrait cette magnifique
soirée, si tout le monde vous imitait ?

— Je vous avoue qu'elle me paraîtrait meilleure

pour tous si elle était plus courte. Et que d'avantages à ne pas pousser le plaisir jusqu'à la fatigue et l'épuisement !

— Vous pouvez croire qu'en ce qui me concerne, dit madame Daurival, je serais bien de votre avis; mais les jeunes gens !

— Les jeunes gens, madame, y gagneraient plus encore ; car c'est leur avenir qu'ils dissipent dans les nuits prolongées. Adieu, mesdames.

— Il est singulier, dit madame de Verceil à sa mère.

— Oui, singulier, reprit vivement Henriette, et c'est pour cela qu'il ne sera pas vulgaire.

Madame de Verceil ne répondit pas, car, au fond, elle n'avait que de l'estime pour Charles Aubry, et elle n'avait que trop appris ce que pouvait un jeune homme à la mode pour le bonheur d'une femme. Quant à Henriette, elle insinua bientôt à son père et à sa mère qu'elle se retirerait volontiers : et ceux-ci, qui ne prenaient pas une part active aux divertissements de la soirée, acceptèrent aisément cette paisible ouverture. La foule était d'ailleurs trop grande pour qu'on s'aperçût de leur absence. Ils partirent donc, charmés M. et madame Daurival de gagner quelques heures de repos; charmée surtout Henriette de suivre le bon exemple de Charles Aubry. Elle comprenait que c'était faire acte de forte volonté en se refusant de gaspiller les heures réparatrices de la nuit pour donner la meilleure part de son temps à l'étude, au

travail, aux pures affections de la famille et à
Dieu. Oui, c'était vraiment une âme que le souffle
d'en haut éveillait à une vie nouvelle, et qui aspirait généreusement à faire régner le bien et le vrai
dans son cœur.

Sans doute on ne maîtrise pas en un jour les entraînements d'un esprit jusque-là très-capricieux ;
on ne se déprend pas en un moment des multiples
séductions de la vie opulente. Henriette, cependant,
avait fait un grand pas en comprenant tout ce
qu'elle pouvait trouver en Dieu de force, de lumière
et de vrai contentement. Cette pensée si féconde lui
apparaissait peut-être encore comme un rapide
éclair, mais en lui signalant la voie et en lui montrant les moyens de la suivre sûrement. Docile
alors, et heureuse de ce mouvement de son cœur
vers Dieu, elle voulut accompagner régulièrement
Clotilde à l'Église ; elle prit bientôt intérêt à entendre les instructions du dimanche, et fut sérieusement touchée de l'excellence des conseils et de
l'élévation des pensées. Mais avec la droiture de
son caractère, remarquant l'intime liaison des préceptes divins et du bien auquel ils convient, elle se
sentit de plus en plus pénétrée du double désir
d'aimer Dieu de toute son âme, et de s'attacher
courageusement à ses devoirs.

C'est ainsi qu'en devenant insensiblement pieuse
et même fervente, elle devint également appliquée
et persévérante au travail, sans rien perdre de son
enjouement naturel, plus soutenu au contraire

parce qu'il s'inspirait d'une véritable paix du cœur
et du désir de se montrer aimable pour tous. Cette
jeune fille de dix-sept ans arrivait donc à autre
chose qu'à des succès d'esprit ou de gaieté. Elle se
faisait peu à peu apprécier et estimer pour sa déférence, son bon jugement et son agréable simplicité.
Il faut dire aussi que sa vive intelligence se fortifiait et s'élevait tous les jours par les belles et
bonnes lectures dont elle avait pris l'habitude :
outre les morceaux remarquables et choisis des
grands poètes et prosateurs, qu'elle possédait à
merveille, elle cultivait l'histoire de prédilection
et y recueillait déjà une moisson de faits et d'idées
qu'elle mettait très-bien en œuvre à l'occasion. De
là pour elle des conversations moins frivoles, des
vues plus justes et plus hautes ; et, chose très-impor-
tante, un vrai dédain pour les lectures romanesques
qui faussent l'esprit, gâtent le cœur, et en résumé
ne laissent rien pour le temps qu'on y a perdu.
Mais grande était surtout la satisfaction de M. Daurival qui suivait avec complaisance les heureux
développements de l'esprit et du cœur de sa fille,
et en gardait une vive reconnaissance pour mademoiselle Germont.

Aussi, lui qui n'avait guère rien refusé à Henriette lorsqu'il ne s'agissait que de ses fantaisies,
fut-il beaucoup plus empressé à la satisfaire lorsqu'elle venait maintenant lui demander des secours
pour les pauvres du quartier ou pour les œuvres
charitables de la paroisse. M. Daurival, nous l'a-

vons dit, avait toujours compris que sa grande situation lui faisait un devoir d'être généreux ; mais,
homme d'affaires ou homme du monde, il ne pouvait avoir cette sollicitude d'une âme chrétienne
qui recherche les occasions du bien, et s'associe
d'avance à tout ce qui peut prévenir ou atténuer la
misère et le mal. Henriette le mit bientôt au courant sous ce rapport ; et tout en étant charmé de
faire plaisir à sa fille et de la voir se pénétrer de
ces nobles sentiments, il ne pouvait s'empêcher
d'admirer toutes ces œuvres d'assistance et de réparation pour les malheureux et les égarés. Henriette ne s'arrêtait pas là, et souvent le dimanche
elle venait le matin dans le cabinet de son père lui
demander de vouloir bien la conduire à l'église.

— Mais, lui disait M. Daurival, n'y vas-tu pas
avec ta mère ?

— C'est qu'aujourd'hui je voudrais assister à
une messe du matin, et je serais très-heureuse si
tu voulais m'y conduire.

— Qu'à cela ne tienne, chère enfant ; compte sur
moi.

M. Daurival allait donc avec sa fille qui, ce jour-
là, s'approchait de la sainte table et communiait
avec une si douce et si pure expression de joyeux
recueillement, que son père en demeurait tout pénétré, et se disait en lui-même : « Il y a vraiment
du divin dans ce culte catholique, car il transforme
les âmes et les unit avec une admirable sincérité au
Dieu créateur. Il y a maintenant dans ma fille, c'est

palpable, une élévation, une pureté et une tendresse de cœur que je ne lui connaissais pas. Je
serais ingrat si je n'en remerciais pas ce grand
Dieu ! »

Et M. Daurival trouvait bientôt convenable de ne
plus manquer à la messe le dimanche. Madame
Daurival, de son côté, s'étonnait bien un peu des
nouvelles et pieuses habitudes de sa fille ; mais
comme elle ne la voyait ni moins gaie, ni moins aimable pour tous ; qu'elle se montrait en outre plus
soumise et plus affectueuse envers elle, qu'aurait-
elle pu reprendre dans une telle conduite ? Sa fille
aînée, non plus, ne soufflait mot, tout en accordant
peut-être une plus sérieuse attention à un changement si marqué. Mais cet esprit altier se communi-
quait peu et il était toujours difficile de savoir
quelles étaient ses intimes pensées. Du reste, elle
continuait à passer d'assez longs moments avec
Henriette et Clotilde, et voyait sans peine sa petite
Anna se prendre de grande amitié pour mademoiselle Germont ; aussi la lui confiait-elle volontiers
lorsqu'elle sortait, avec sa mère et sa sœur, pour
quelque visite.

Mais Aurélie de Beauvent, en particulier, était
loin d'être charmée des nouveaux sentiments de
son amie Henriette, et elle s'en voulait de n'avoir
pas su mieux combattre l'influence de mademoiselle Germont. C'est l'aveu qu'elle faisait avec dépit à son frère Édouard :

— Décidément, mon pauvre ami, lui disait-elle

un jour avec l'accent de la stupéfaction, Henriette se fait dévote.

— Bah! reprenait Édouard, affaire de mode ou d'imagination.

— Je ne sais, ou plutôt je n'ose le croire ; Henriette a de la décision dans le caractère.

— Eh bien, après tout, ajoutait nonchalamment Édouard, si c'est son idée, autant ça qu'autre chose.

— J'aimerais mieux autre chose, répondit Aurélie, et je m'étonne de ton air tranquille.

— Pourquoi donc ?

— Parce que je suppose qu'une Henriette dévote et sérieuse ne pourra que bien difficilement convenir à mon joyeux et léger frère.

— Elle n'en sera ni moins riche, ni moins jolie : et l'on peut se contenter de cela.

— Oh! mon frère, ce n'est pas sûr, et je doute que tu t'accommodes des idées et des goûts d'une femme dévote.

— Ce n'est pas dit, ma chère ; d'abord, Henriette a de l'esprit et ne sera jamais une dévote ridicule ; ensuite, je ne suis pas sans avoir vu plusieurs de mes amis se mordre terriblement les pouces de leur mariage avec les reines du jour : leur triomphe durait peu, et ils étaient bientôt abîmés dans le vide du cœur et de la bourse.

— Oh ! oh ! mais fort bien ! et tu deviens moraliste.

— Pas encore ; seulement économiste : c'est la

9

carrière où je dois faire mon chemin, à la suite de
mon père, comme tu sais. Or, il ne serait pas si
mal d'avoir une bonne maison solidement soutenue
par une femme sérieusement honnête, et qui vous
garantirait des mille aventures et désastres de la
vie parisienne.

— Voilà qui est très-sensé, mon cher Édouard,
et je vois parfaitement bien pourquoi tu ne peux
renoncer à ma très-sage amie Henriette. Seulement,
il me reste un doute : c'est d'être bien certaine que
mademoiselle Daurival soit aussi désireuse maintenant de s'unir à l'un des plus joyeux confrères du
Jockey-Club.

— Oh! reprit Édouard en caressant du pouce et
de l'index les pointes de sa moustache, cela ne
m'inquiète pas ; je suis assez bien reçu là et ailleurs
pour ne point trop douter de l'avenir.

— Cependant, ajouta Aurélie, si j'ai un conseil à
te donner, c'est de veiller sur toi.

— Sois tranquille, je sais le monde et comme on
s'y doit tenir.

— Nous verrons bien. A propos, une autre
grande nouvelle : Henriette me dit ce matin qu'on
attendait son frère : il arrive dans quelques jours
avec un congé de trois mois.

— Ce brave Adrien, je serai charmé de le revoir.
Mais c'est une nouvelle, en effet, et une grande,
surtout pour ma chère petite sœur, sur qui roulent
certains projets dont elle n'a pas, je crois, trop de
peine.

— Pourquoi le cacherai-je ? Le capitaine Adrien, qui sera bientôt commandant et ne s'arrêtera pas là, est un assez agréable parti, et puisque nos parents désirent cette alliance, il faut bien aussi qu'elle ne me déplaise pas.

— Sans doute, chère petite sœur ; mais, conseil pour conseil : Adrien, malgré sa rondeur militaire, est au fond un homme sérieux qui aime l'étude, un esprit observateur, réfléchi... et, dame, pour lui plaire, je crains que ce ne soit pas assez des ronrons à la mode.

— Oh ! Édouard, là-dessus, tu peux t'en rapporter à nous. Je sais que maman et madame Daurival s'entendent à merveille ; quant à moi, j'espère que M. Adrien me parlera de toute autre chose que de ses études polytechniques, et alors nous saurons bien causer avec le jeune héros.

— D'accord, charmante petite sœur ; néanmoins, crois-moi, ne sois pas trop triomphante.

— Bien, bien, monsieur le mentor, on tâchera de refléter quelque peu votre haute raison.

L'arrivée d'Adrien Daurival, quelques jours après, causait une grande joie dans toute la famille : père, mère, sœur l'embrassaient à l'envi, le félicitaient de sa bonne mine, de sa belle santé et du rare bonheur qui l'avait protégé à travers tant de périls. Adrien, de son côté, faisait fête à tous avec la plus cordiale vivacité. Il avait alors vingt-huit ans. Sa taille élancée, ses traits expressifs, la fermeté de son regard, une barbe noire et fine lui donnaient une physionomie à la fois militaire et distinguée. On reconnaissait d'ailleurs, à son ton et à ses manières, un jeune homme qui a les traditions de la politesse et de la courtoisie. Il lui avait fallu, avec la grande situation de ses parents, une vocation peu commune pour embrasser l'état militaire ; mais précisément parce qu'il en avait le goût décidé, il y avait réussi, et tout lui présageait un très-bel avenir. A l'activité et au courage de beaucoup d'autres, Adrien joignait un esprit observateur et laborieux, et il employait avec persévérance ses heures de loisir à toutes les études qui pouvaient fortifier ses qualités naturelles. Avec cela, étant largement doté par son père et toujours prêt à ouvrir sa bourse à ses camarades moins heureux et même à ses inférieurs, il gagnait justement l'affection générale, et tous applaudissaient sincèrement à ses légitimes succès. En ce moment il espérait bien ne retourner en Afrique qu'avec son brevet de commandant, et ne présumait pas trop de lui-même en se croyant capable d'en porter la noble épaulette.

Toutefois, son premier désir était de jouir paisiblement de son congé de trois mois, au milieu de ses parents et de ses amis, se reposant même sur eux du soin de le faire valoir à ses supérieurs. Son père avait déjà, sous ce rapport, toutes les relations désirables ; mais n'y eût-il eu que le baron ou la baronne de Beauvent pour s'en occuper, que c'était assez pour qu'on ne pût le mettre en oubli. Aussi

les visites amicales, les dîners, les soirées de famille, les pourparlers intimes se multipliaient-ils
plus que jamais entre les de Beauvent et les
Daurival.

Adrien, sans se préoccuper des suites possibles
d'un intérêt si flatteur, y répondait de très-bonne
grâce. Les de Beauvent avaient tout l'esprit et toute
la politesse du meilleur monde; il n'y avait qu'a-
grément et plaisir en leur compagnie; en outre,
ils tenaient à demeurer dans le cercle de la famille
et des bons amis, c'est ce qui était le plus agréable
au jeune officier. Quant à Aurélie, si belle, si élé-
gante, si spirituelle, il se montrait aussi aimable et
courtois pour elle qu'on pouvait le désirer. Il faut
dire que l'adroite jeune fille avait mis à profit
l'utile conseil de son frère, et, tout en rehaussant
ses avantages naturels, elle ne dédaignait pas d'y
ajouter par moments des airs réfléchis, quelques
graves pensées et des conversations très-élevées
sur les arts, la politique et même l'économie sociale. Néanmoins, Adrien ne s'amusait guère que
de son esprit pétillant; car, pour le reste, il n'y
voyait que de l'affectation sur un trop fragile ver-
nis. Mais enfin, les deux familles se visitaient beaucoup; on avait toutes sortes de prévenances et
d'amabilités les uns pour les autres, si bien que
les de Beauvent et madame Daurival ne pouvaient
souhaiter un plus heureux acheminement à leurs
projets.

Adrien avait également partagé l'estime que

toute sa famille ressentait pour mademoiselle Germont. Un peu étonné de tout ce que lui en disait sa petite Henriette, comme il l'appelait, il avait cru à un certain engouement de jeune fille; mais son père si sérieux, sa mère assez difficile, sa sœur Amélie si discrète à louer, lui avaient confirmé cette bonne opinion, qu'il adopta sans réserve à mesure qu'il put remarquer les bonnes et sérieuses qualités d'Henriette elle-même. Ce n'était plus la petite évaporée, pétulante et mordante, passant, comme une girouette, d'une idée à une autre, en n'y cherchant qu'à railler et à rire, mais bien une jeune fille attentive et réservée, ou du moins ne s'abandonnant que dans les causeries de la famille, où elle voulait plutôt se montrer affectueuse et agréable que spirituelle et brillante ; et rien ne faisait mieux l'éloge de celle qui avait inspiré cette noble transformation.

Aussi les meilleurs moments pour Adrien étaient-ils encore ceux qu'il passait dans une véritable intimité, avec son père, sa mère, ses sœurs, mademoiselle Germont et le digne Florentin lui-même dont il appréciait beaucoup la franche bonne humeur. Quand ils étaient seuls ainsi, le soir, il demandait d'abord son petit concert, dont il était réellement charmé et qu'il applaudissait militairement. Il faut dire qu'Henriette avait une voix charmante, qu'elle commençait à diriger avec goût, et que Clotilde, pour l'accompagner, chantait avec elle les parties les plus graves avec une mesure et une expression qui laissaient peu à désirer. Puis, le jeune capitaine, à son tour, était mis sur la sellette, et il lui fallait répondre à mille questions sur ses campagnes, sur l'Afrique, les Arabes, les mœurs, les curiosités, le climat et l'aspect de cette torride contrée. Adrien ne tardait pas à s'animer sur ce sujet, et à raconter avec une verve émouvante les expéditions, les combats sous un ciel de feu, à travers les plaines arides, immenses, et les montagnes escarpées.

— Il est évident, lui disait son père, que vous dominez partout où vous posez le pied ; mais réussissez-vous à attirer et à rallier les Arabes ?

— Mon Dieu, non : c'est triste à dire, les Arabes, même soumis, nous détestent.

— Et pourtant, reprit Daurival, vous leur apportez tous les avantages de la civilisation.

— Sans doute, mon père ; à la pointe du sabre, il est vrai, ce qui leur gâte un peu notre cadeau ; à cela près, nous sommes très-bons enfants pour ceux qui se rallient. Eh bien ! au fond, ils nous méprisent ; et savez-vous pourquoi ? Ils disent que nous sommes des êtres sans religion, des athées : car l'Arabe, à sa manière, est très-religieux.

— Mon cher Adrien, dit Henriette en souriant, il vous manque, en effet, une chose essentielle dans votre armée d'Afrique : c'est une légion de missionnaires pour convertir vos Arabes et vous-mêmes, qui leur devez bien l'exemple.

— Parfaite idée, petite sœur, mais qui n'est pas

neuve, reprit le capitaine en souriant, car les missionnaires nous sont venus de toutes parts. Seulement notre politique n'admet plus de tels auxiliaires ; elle veut une libre tolérance, et laisse aux Arabes leur culte ; ils finissent par se rendre à la supériorité de la civilisation.

Henriette, tout en hochant la tête, regarda autour d'elle comme pour demander de l'aide ; alors Florentin, qui était tout oreilles et singulièrement intéressé à la conversation, s'empressa de répondre :

— Comme c'est l'Évangile et l'Église qui ont fait notre civilisation, capitaine, les Arabes, on peut le croire, ne s'y rendront que par l'Église et l'Évangile. Il n'est pas nécessaire pour cela de manquer à une légitime tolérance et de violenter les Arabes ; il s'agirait seulement de ne pas entraver le zèle et le dévouement du clergé : il n'a pour armes que la persuasion et la charité, et avec elles il fait encore des merveilles.

— Mon Dieu ! reprit Adrien, je ne suis pas de ces maniaques qui font du prêtre leur bête noire, et je sais le respecter dans ses honorables fonctions ; mais enfin je crois que, là où l'épée commande, il faut la laisser faire sa tâche.

— Cependant, monsieur, dit à son tour Clotilde, ne serait-il pas plus digne de la civilisation chrétienne que l'épée fût abrégée et adoucie par l'union des cœurs dans une même foi ?

— Je ne dis pas non, mademoiselle, répondit

Adrien avec courtoisie ; mais c'est plus difficile que vous ne pensez, les Arabes sont de rudes fanatiques.

— L'Évangile, qui en a touché bien d'autres, ajouta Clotilde, saurait bien achever son œuvre. Le bras de Dieu n'est pas raccourci, et il y a des millions de catholiques, ainsi que l'atteste l'œuvre de la Propagation de la Foi, qui prient tous les jours pour la conversion de leurs frères.

— Je ne conteste pas l'utilité de vos bonnes prières, mesdemoiselles, répondit Adrien en souriant ; mais je crois aussi que de bons coups de sabre et de canon sont fort utiles pour faire avancer les Arabes et nos affaires.

— Capitaine, n'oubliez pas que la force seule est impuissante à fonder, reprit aussitôt Florentin, et que la religion est le vrai ciment de la civilisation.

— Nous sommes d'accord, cher monsieur Florentin, ou peu s'en faut ; car, si nous voulons nous faire respecter, c'est avec l'intention de nous faire aimer ensuite, autant que possible.

— Eh bien ! croyez que le dévouement et la parole du prêtre vous sont indispensables pour cela.

— Soit, reprit Adrien : il y a vraiment de la besogne pour tout le monde en Afrique. Du reste, je défendais la politique dirigeante plus que mon opinion personnelle. Le soldat n'est pas ennemi du prêtre, il est même heureux de le voir à ses côtés quand il affronte la mort ; et il sent bien qu'il n'y

a qu'une abnégation sublime qui puisse faire volontairement désirer cette périlleuse place.

— Au fait, dit M. Daurival, si c'est là l'ambition
du prêtre, il peut s'en faire honneur.

Cette conversation fut interrompue par l'arrivée
des de Beauvent, qui venaient faire une courte visite avant de se rendre en soirée.

— Mon cher capitaine, dit le baron en lui serrant
les mains, j'ai d'excellentes nouvelles à vous donner : j'ai vu le ministre de la guerre à la Chambre,
il pense sérieusement à vous, et m'a dit qu'avec
vos services il n'y avait que justice à rendre. Ainsi
tenez pour certain que votre nomination ne se fera
pas attendre.

— Mille remerciements, cher monsieur! que
vous êtes bon de vous occuper ainsi de moi!

— Mon Dieu ! fit madame de Beauvent, c'est
aussi simple que s'il s'agissait de mon fils : avec
des amis comme vous on se croit toujours en famille.

— Chère bonne, reprit madame Daurival, vous
êtes incomparable, et je ne sais comment on pourra
jamais s'acquitter avec vous.

Et ce disant, elle enveloppait les enfants d'un
tendre regard, auquel la baronne répondit d'une
œillade souriante accompagnée d'un serrement de
main prolongé. Édouard et Aurélie parurent tout
joyeux, tandis qu'Adrien et Henriette les recevaient
avec leur habituelle amabilité.

— A propos, dit la baronne, vous voudrez bien

dîner avec nous demain, en intimes; après quoi
nous irons ensemble à l'Opéra; nous y avons retenu une loge à votre intention. Pour être franche,
j'ai surtout pensé au cher capitaine, qui depuis
longtemps est privé de ce plaisir, pauvre malheureux!

Les remerciements et les protestations d'amitié
se renouvelèrent à l'envi, et l'on se sépara.

— Quel ennui! s'écria Henriette, quand elle eut
entendu le roulement de la voiture des de Beauvent; le grand Opéra ne me plaît guère, et vraiment avec les chaleurs de l'été il est permis de préférer un autre plaisir.

— Tu oublies, ma fille, reprit madame Daurival,
que nous irons surtout pour ton frère, qui, lui,
n'est pas libre de choisir un meilleur moment.

— Je t'avoue, mère, dit Adrien, que j'irai pour
ne pas désobliger nos amis; car je ne suis pas non
plus très-amateur du grand Opéra, qui me fatigue
plus qu'il ne m'amuse.

— Cependant, dit madame de Verceil, c'est là
qu'on peut entendre la belle et grande musique.

— Et l'entend-on, ma sœur, dit Henriette? Car le
fracas des instruments y couvre les voix, et les voix
elles-mêmes s'y montent à des tons insoutenables.

— Peut-être y a-t-il une fâcheuse exagération
sous ce rapport, répondit madame de Verceil; mais
encore faut-il remarquer que la grandeur de la
scène, la masse des exécutants, les vastes proportions de la salle obligent, en quelque sorte, le com-

positeur à des effets grandioses toujours un peu violents.

— A la bonne heure, madame, dit alors Florentin ; mais convenons que ces proportions hors nature, et cette recherche des effets à outrance, font précisément perdre à la musique son vrai charme qui est la mélodie, belle de simplicité et d'inspiration pénétrante jusqu'au sublime : ainsi Haydn, Mozart et Rossini même. Aujourd'hui on veut plus étonner que plaire, et l'on va tomber par l'affecté et le bizarre jusqu'au matérialisme de l'art. Ajoutez à cela que l'Opéra s'est absolument plongé dans un sensualisme de costumes et de ballets qui en fait un spectacle répugnant à la conscience et peu digne d'être encouragé.

— Que voulez-vous, cher monsieur Florentin, dit Adrien en souriant, le théâtre, en général, reflète nos mœurs plus qu'il ne les corrige.

— C'est vrai ; mais il fait plus encore ; il les influence, il les entraîne avec toute la puissance du prestige à toutes les coupables faiblesses. Si, déjà au temps des Corneille et des Racine, on a pu douter de ses bons effets parce qu'on y avait donné place aux molles passions, aujourd'hui il n'y a plus de doute possible : l'immoralité à tous les degrés et sous toutes les formes est devenue l'inspiratrice de la scène ; la foule y vient aiguiser toutes ses passions, et je ne dis rien de trop en affirmant qu'il y a là un péril aussi grand pour l'ordre social que pour la morale publique.

— Mon cher monsieur Florentin, reprit alors
M. de Verceil, qui, depuis le retour d'Adrien, était
plus assidu aux réunions de famille, voyez-vous un
remède à ces misères trop humaines?

— Là comme ailleurs, monsieur le comte, l'autorité a le devoir de faire respecter les principes
essentiels au repos et à l'honneur des sociétés. Aucun gouvernement ne peut laisser publiquement
pervertir et troubler les intelligences, et on le sait
si bien qu'on ne manque pas d'une surveillance
très-active sur toutes les attaques au système
établi. Mais on oublie qu'il ne sert de rien
de se défendre contre ce qui nous blesse per-
sonnellement, si on laisse miner les assises de
l'ordre social; les explosions n'en sont pas moins
certaines.

—Très-bien, fit M. de Verceil; mais qui nous
garantira de cette prépotence administrative, ad-
mettant ou rejetant à son gré, au nom de la morale,
uniquement ce qui lui plaît ou déplaît?

— La loi, répondit Florentin, une loi inspirée
du bien et du vrai, que tous doivent respecter, et
sanctionnée par la justice qui protége les droits de
tous. A ce prix seulement vous aurez une liberté
que ne souillera pas la licence.

— Tout ceci ne manque point de logique, reprit
Adrien en se tournant vers Henriette et Clotilde;
mais je serais curieux de savoir ce que ces demoiselles pensent du théâtre, qui, après tout, ne cherche qu'à nous amuser.

Henriette regarda Clotilde, qui, sollicitée de la sorte, n'hésita pas à répondre :

— Pour mon compte, je ne connais le théâtre que par la lecture de quelques pièces, et aussi par des comptes-rendus de journaux et ce qui s'en dit dans les conversations ; c'est bien assez, je l'avoue, pour me croire obligée à m'abstenir d'un divertissement où, généralement, toutes les bienséances sont méconnues, et où, trop souvent, on se fait un malin plaisir de ridiculiser toutes les vertus chrétiennes et la religion qui les inspire. Quelle plus triste école pour l'esprit et pour le cœur ? Et comment encourager par sa présence ceux qui ne savent que railler et blesser tout ce que nous honorons dans nos consciences comme dans nos familles?

Un moment de singulier silence accueillit ces paroles; au fond, elles parurent vraies à tous sans exception, et, bien que plusieurs, choqués dans leurs habitudes, fussent tentés de les contredire, aucun ne voulut le faire pour ne pas contrister une si pure et si droite conviction. Madame Daurival ajouta seulement avec une certaine dignité :

— Je trouve, en effet, très-nécessaire de choisir, pour soi-même comme pour ses enfants, les pièces que l'on va voir : il y en a de convenables et parfois de très-bonnes, c'est justice d'y applaudir.

— Pourvu, mère, ajouta Henriette, qu'il ne fasse pas trop chaud, car alors la peine passe le plaisir. Voyez quel temps splendide ce soir dans le jardin!

il faut m'accorder la compensation d'y faire un tour avant de nous séparer.

On y consentit volontiers, et l'on continua à deviser sous les grands arbres capricieusement éclairés par un magnifique clair de lune. Comme chacun, à l'envi, s'extasiait sur la beauté de la nuit, la douceur de l'air et l'éclat d'un ciel d'or et d'azur :

— Est-ce que vous oseriez, dit Henriette à M. de Verceil, comparer les décors de votre Opéra à un pareil spectacle?

— Et si vous voyiez le ciel d'Afrique, dit Adrien, avec ses tons de velours et ses étoiles ruisselantes comme le diamant !

— Assurément je suis battu, dit en riant M. de Verceil, si vous m'opposez toutes les splendeurs de la nature.

— Puissé-je vous en éblouir, reprit Henriette, au point que vous ne puissiez regarder demain les toiles peintes de l'Opéra, et que vous les abandonniez pour faire avec moi le tour des boulevards.

— Parbleu! dit Adrien, si tu ne crains pas l'odeur d'un cigare, je te promets un bon entr'acte en plein air.

— Soit! je subirai le triste parfum pour circuler librement sous la brise du soir.

— Allons, mes enfants, dit madame Daurival, la fraîcheur nous gagne et il se fait tard. Bonsoir à tous.

— Sauve qui peut! voici bientôt minuit, dit Henriette ; montons-nous, Clotilde?

— Franchement, disait Adrien, c'est la nuit qu'il faut vivre, au mois de juillet.

Et tous étant partis, il alluma paisiblement un cigare pour rêver encore au clair de lune sous ces arbres qui lui rappelaient tant de choses de ses jeunes années. Il faut croire, cependant, que des pensées bien diverses s'entrecroisaient dans son esprit, car en sortant du nuage de sa rêverie qui se dissipait avec les dernières vapeurs du cigare, il lui échappa de dire, à demi-voix, en regagnant la maison :

— C'est égal! mademoiselle Germont n'est pas une personne ordinaire et... Eh bien! quoi?... Allons donc, est-ce qu'on y peut songer?

CHAPITRE VII

De la journée du lendemain nous ne noterons qu'une seule chose, c'est qu'au moment de se rendre chez les de Beauvent, Henriette disant à Clotilde qu'elle aurait préféré lui tenir compagnie, Adrien ajouta de suite :

— Vraiment, vous nous manquerez, mademoiselle, et pour mon compte je le regrette beaucoup.

Personne ne prit garde à ce mot de politesse, et Clotilde n'y pensa pas autrement. Il indiquait cependant chez Adrien une certaine disposition d'esprit qu'il est nécessaire d'expliquer. Nous avons dit ce qu'il y avait de sérieux et d'élevé dans le caractère du jeune officier, et l'on ne s'étonnera pas trop de le voir accorder une attention toute particulière à mademoiselle Germont, dont il appréciait mieux que personne le mérite et la distinction. Disons plus, il était charmé de sa droiture, de son aménité, de sa modestie : et il se plaisait singulièrement aux conversations de la famille où il avait occasion d'admirer la justesse et l'agrément de son esprit si heureusement cultivé. De là un intérêt très-réel qu'il s'avouait plus ou moins, et qui lui faisait aimer tout ce qui le rapprochait de mademoiselle Germont.

Il est vrai qu'en d'autres moments, il paraissait fort occupé de la brillante Aurélie qui, sachant bien les projets de famille, ne négligeait rien pour se rendre agréable, et déployait très-habilement tous ses avantages. Elle en avait beaucoup : sa réelle beauté d'abord, admirablement rehaussée par des toilettes exquises et par toutes les gracieuses manières du monde aristocratique ; puis cet esprit vif, riant, inépuisable en frivoles discours, en critiques joyeuses, en riens de la plus riche invention, ajoutant à tout cela, car elle n'oubliait plus le bon avis de son frère, quelques propos d'art, de littérature, de politique même, sur quoi (pour faire oublier ses méprises) elle consultait Adrien avec la plus flatteuse confiance. Et celui-ci, alors, charmé ou diverti, applaudissait bruyamment à cette éblouissante Aurélie, et la déclarait, à la grande joie de tous, aussi incomparable d'esprit que de beauté.

Il en était ainsi : et pourtant dès qu'il se trouvait en présence de mademoiselle Germont, si réservée et si simple dans toute sa personne, il admirait plus encore en elle cette noblesse de pensées et d'expressions qui se reflétait si bien sur les traits doux et purs de son visage. Chose remarquable ! c'était l'aristocratique et brillante jeune fille qui lui eût donné l'idée d'une de ces aventures romanesques où l'amour-propre et l'imagination ont plus de part que le cœur et la raison ; tandis que l'humble et pauvre jeune personne lui apparaissait comme la femme supérieure et choisie qui eût pu faire le charme et l'honneur de sa destinée. Oui, mais que d'obstacles pour y pouvoir penser sérieusement ! Dans cette mobilité d'impression, Adrien, du moins, était sincère : il avait, sans doute, une volonté forte et de nobles instincts; mais parce qu'il lui manquait cette conviction morale que donne l'unique vérité, il subissait trop souvent encore les vulgaires influences de la vie du monde, et, tout en les dédaignant, il semblait en accepter parfois les équivoques allures.

Nous devions entrer dans cet intime de l'âme, qui se déguise si aisément au gré des circonstances, pour qu'on pût bien comprendre ce qui va suivre. Un matin, il était à peu près six heures et demie, le soleil dorait la cime des grands arbres sous lesquels les oiseaux abrités saluaient joyeusement la beauté du jour. Adrien avait ouvert sa fenêtre, et il aperçut mademoiselle Germont qui, un livre à la main, se promenait dans les allées en attendant le moment de se rendre à l'église. Sans plus réfléchir, il descendit rapidement, et, comme Clotilde s'éloignait vers les massifs du bosquet, il entra, sans être vu, d'un pas tranquille et l'air assez rêveur; puis, tout à coup, parut rencontrer fortuitement la jeune fille, qui leva la tête et le salua très-paisiblement.

— Ah ! mademoiselle Germont, s'écria vivement

le capitaine, quelle heureuse rencontre ! Je suis vraiment ravi de... cette belle matinée.

— Oui, l'air est bien doux, dit Clotilde avec le même calme, et ces massifs de fleurs et d'arbustes sont admirables sous ce beau soleil.

— Il y a quelque chose que j'admire beaucoup plus, reprit Adrien, il faut que je le dise, et c'est vous !

Clotilde demeura saisie à cette parole et au ton qui la dictait, bien qu'elle n'en pût comprendre encore toute l'intention ; elle jeta pourtant un regard inquiet sur Adrien, tout en voulant se rassurer, et dit :

— Oh ! ne parlons pas de nous devant les merveilles du bon Dieu.

Et elle se dirigeait vers la maison.

— Je vous jure, reprit Adrien, que vous êtes vraiment une de ses plus aimables créatures, et qu'on ne saurait longtemps vous voir sans vous aimer.

En parlant ainsi, il fit un geste pour saisir sa main et la retenir. Mais Clotilde, se reculant pour l'éviter, s'arrêta néanmoins, et, d'une voix brisée par l'émotion, avec un accent qui inspirait le respect, lui dit :

— Est-il possible, monsieur, que vous osiez parler ainsi à une pauvre fille si éloignée de vous, et pour qui vos paroles ne peuvent être qu'un outrage qu'elle n'a pas mérité ?

Adrien ne bougeait plus. Immobile, confus, rap-

pelé à lui-même, à sa droite raison, par ces expres-
sives paroles dont toute la portée lui apparut soudain, il s'inclina respectueusement sans pouvoir
détacher ses yeux de ce noble visage couvert de
rougeur d'abord, puis d'une émouvante pâleur et
sillonné de larmes silencieuses. Il frémit à cette
vue, et, disons-le à son honneur, il s'en voulut
mortellement de sa coupable folie.

— Ne craignez plus, mademoiselle, reprit-il
bientôt ; j'ai agi comme un insensé, et je donnerais
mon sang pour effacer mes lâches paroles. Je vous
ai comprise maintenant, croyez-le, et puissiez-vous
me pardonner !

— Ah ! Dieu soit loué ! murmura Clotilde à travers ses larmes. Pour moi, oui, je vous pardonne.

Et elle se retira d'un pas tout tremblant, laissant
encore après elle le bruit mal étouffé de ses san-
glots. Adrien, seul, resta un moment dans le jardin : il regardait mademoiselle Germont s'éloigner,
tout bouleversé de l'amère douleur où il la voyait
plongée. Quand elle eut disparu, il fit quelques pas
sous les arbres en réfléchissant enfin à cette déplorable scène. Comment effacer les traces de ces larmes qui lui faisaient si vivement sentir toute la
gravité de son offense ? Il devait se renfermer avant
tout dans un inviolable silence ; des paroles, d'ailleurs, que signifieraient-elles ? Il n'avait que trop
parlé déjà pour blesser cruellement une âme droite
et pure et pour laisser de lui-même une opinion
méprisable. Ces deux pensées le troublaient à

l'envi et le livraient à une étrange irritation ; car, bien que très-ému du pénible état où il avait vu mademoiselle Germont, il était aussi très-humilié à ses propres yeux et très-honteux de la situation où il s'était placé. « Vraiment, se disait-il, autant aurait valu s'adresser à une reine : ce ne serait qu'un acte de folie, tandis que je me suis déconsidéré devant ce digne caractère sans avoir aucun moyen de me relever ; non, aucun, car elle a dit vrai : « Une telle distance nous sépare... devant le monde, au moins. C'est singulier !... Suis-je bien le supérieur, moi qui me sens tellement abaissé devant cette humble jeune fille à n'oser plus en soutenir la présence ? Non, je l'avoue, c'est bien elle qui est la plus élevée dans la noblesse de sa vertu, et c'est elle aussi qui m'a honoré de son pardon... Je ne puis plus l'oublier.

Laissons Adrien sur ces pensées qui le préoccupèrent longtemps encore, et revenons à Clotilde, non moins agitée de ce malheureux entretien. Elle était sortie du jardin tout en larmes, mais en s'efforçant de se contenir pour traverser la cour aussi rapidement qu'elle le pût, de peur d'être rencontrée. Un moment elle crut entendre la voix d'Henriette l'appelant de la fenêtre ; elle n'osa lever la tête, hâta le pas, et, le cœur déchiré, sortit de cette maison qui lui était devenue si chère et où elle ne voulait plus revenir. Elle se dirigea rapidement vers l'église pour y voir l'abbé Gervais. Sa résolution, d'ailleurs, était prise. Adrien, sans doute, avait paru sincère dans ses regrets; mais qu'en était-il au fond? qu'en serait-il pour l'avenir? Puis, quelle contrainte pour l'un et pour l'autre! C'était le trouble, peut-être, dans la famille à cause d'elle!... Oh! non, l'étrangère devait se retirer. Droite d'esprit autant que pure de cœur, elle voyait justement que l'éloignement seul pouvait être une garantie sérieuse, et elle n'hésitait pas à s'imposer ce sacrifice, dût-il recommencer pour elle la série des plus dures épreuves.

Elle arrivait toute haletante à Saint-Germain-des-Prés, car elle avait précipité sa marche comme si elle craignait d'être suivie et rappelée peut-être par sa chère Henriette, dont la voix tintait encore à ses oreilles. Elle entra, traversa l'imposante nef et vint se mettre à genoux dans la chapelle de la Sainte-Vierge, où elle pria avec la plus grande ferveur durant la messe qui s'y disait. Bientôt, calmée par un plein abandon d'elle-même et une filiale confiance en la volonté divine, heureuse même alors d'une paix profonde qui pénétrait son âme en l'affermissant contre tous les orages de la vie, elle se releva avec une douce sérénité sur le front et se rendit à la sacristie pour y demander l'abbé Gervais. Comme il était sorti, elle écrivit quelques lignes pour le prier de venir, dès qu'il lui serait possible, chez M. Florentin, où elle alla sans plus de retard.

En passant le seuil de la maison, elle tressaillit sous l'impression de ses souvenirs, se disant en elle-même : « Ah! chère maman, si tu étais encore

là, quelle douce paix avec toi ! » Puis, en montant
l'escalier, il lui semblait entendre cette chère voix
lui répondre : « Courage ! la paix du cœur est dans
une conscience pure, et elle ne te sera pas ôtée. »
Elle arrivait ainsi à la porte de Florentin.

— Que je suis heureux de vous voir ! s'écria le
digne homme en la voyant entrer et en lui serrant
affectueusement les mains.

Sans répondre et avec un demi-sourire sur les
lèvres, Clotilde s'assit près de lui. Une vive émotion la gagnait encore au moment de revenir sur ce
qu'elle eût voulu pour jamais oublier. Elle dit enfin d'une voix assez calme :

— Je viens me replacer sous votre protection,
mon digne ami... Quelques pénibles circonstances
m'obligent à quitter la famille Daurival.

— En vérité ! s'écria Florentin au comble de la
surprise ; il y a donc de l'extraordinaire ? car,
excepté moi, on ne pouvait vous être plus attaché.
Mais, chère enfant, avant de rien savoir, je vous
remercie de la confiante affection que vous me témoignez. C'est bien ici votre maison, et il n'y a
rien qui ne vous y appartienne comme à moi-même.

— Vous êtes un père pour moi, dit Clotilde en
essuyant ses larmes, et votre dévouement, après
Dieu, me tiendra lieu de tout.

— Tenez, reprit Florentin, je ne sais pas ce que
vous allez m'apprendre, et je pressens, puisque
vous quittez cette maison, quelque injustice odieuse.
Mais j'oublie tout devant la bonne parole que vous

venez de prononcer ; je puis la prendre au sérieux,
car vous avez toujours le cœur sur les lèvres. Eh
bien, en me regardant comme un père, vous réali-
sez le plus beau rêve de ma vie ; et moi, je veux
désormais vous appeler ma fille, et vous protéger,
à ce titre, envers et contre tous. Parlez, maintenant, parlez, très-chère enfant.

— Ah ! que je bénis Dieu de mes peines, reprit
Clotilde, puisqu'elles me valent de si précieuses
consolations ! Ma confiance seule peut répondre à
tant de bontés. Oui, c'est avec justice que vous af-
firmiez l'inappréciable bienveillance de la famille
Daurival pour moi : elle était au-delà de ce que je
méritais et je ne la reconnaîtrai jamais assez. Hélas !
il s'est malheureusement trouvé quelqu'un qui a
tout perdu : M. Adrien, d'abord si loyal et si simple avec nous, m'a tout à coup parlé ce matin, en
nous rencontrant par hasard, comme à une personne qu'on ne saurait estimer... Je crois qu'il a
bientôt vu sa méprise, il a paru même saisi d'un
sincère regret, et je lui ai pardonné son triste langage ; mais la prudence n'exige pas moins que je
me retire, et je ne compte plus reparaître parmi
ceux que je regretterai toujours.

Florentin demeura silencieux, mais les lèvres
serrées et agitées, comme s'il ne pouvait exprimer
toutes les paroles indignées qui lui venaient à l'esprit ; pourtant il voulait se contenir et ne pas accroître encore l'affliction de Clotilde.

— Je crois rêver, ma chère enfant, dit-il enfin :

10

non pas que je sois trop étonné des idées de
M. Adrien pour vous, parce que... enfin... il ne
serait que juste d'apprécier ce que vous valez.
Mais oser s'exprimer autrement que par le plus inviolable respect; oser vous parler comme à une
première venue; vous contraindre ainsi à sortir
d'une maison où chacun, à l'envi, vous estime et
vous aime, cela passe toute mesure, c'est véritablement indigne d'un homme bien élevé, d'un homme
d'honneur comme devrait être un militaire, un officier que l'on dit distingué et que je croyais aussi
une âme d'élite. Non ! il n'en sera pas ainsi, mille
fois non ! Je le verrai, ce beau capitaine, je lui par-
lerai français, moi, et il saura ce que pense de lui
un homme qui, pour ne pas être un Crésus, a le
droit de porter haut la tête, et nous verrons !

Florentin, s'exaltant ainsi ses propres paroles,
était vraiment hors de lui : il parcourait la salle à
grands pas, tantôt les mains crispées et menaçan-
tes, tantôt les bras croisés sur sa poitrine, comme
méditant quelque chaude résolution. Clotilde, effrayée de le voir en cet état, courut à lui, et prenant ses mains, lui dit avec le plus doux accent :

— Écoutez-moi, ô le meilleur des amis, et qu'en
ce jour, où vous m'avez appelée votre fille, je n'aie
pas le chagrin d'avoir troublé votre repos; écoutez-
moi, car je suis sûre que votre indignation va faire
place à la pitié. Je vous l'ai dit et je le répète comme
je le crois fermement : si M. Adrien m'a offensée par
les paroles les plus irréfléchies, c'est la vérité même

que, devant la douleur qui me perçait l'âme, il demeura confondu, et tout aussitôt me montra le plus
profond repentir. Je lui ai pardonné sans aucune
réserve ; j'ai pu même tout à l'heure, à l'église,
prier Dieu pour lui, comme pour tous les autres
qui me sont si chers ; et maintenant, croyez-le bien,
je ne souhaite plus qu'une seule chose, l'oubli le
plus absolu de ce qui s'est passé.

Florentin s'était calmé au son de cette voix si
persuasive.

— Ne craignez rien, chère enfant, lui dit-il ; il
n'est pas possible, en effet, de vous entendre et de
vous voir sans se pénétrer de votre douce abnégation. Soit ! je lui pardonne comme vous l'avez fait,
et je suis même soulagé de croire à son repentir.
Mais il reste une chose qui mérite aussi une explication. Certes, rien ne pourrait m'arriver de plus
heureux que de vous voir habiter encore cette
maison, et d'y revenir surtout comme une chère
enfant d'adoption. Néanmoins je dois penser à votre avenir : hélas ! il paraissait assuré avec la famille
Daurival, qui savait si dignement vous apprécier.
Or, je ne puis me faire à cette idée que vous les
quittiez de la sorte ; c'est un irréparable sacrifice
que vous pourriez regretter, et qui, d'ailleurs, leur
causerait à tous un véritable chagrin. Laissez-moi
donc faire une démarche...

— Pour rien au monde, s'écria Clotilde, je ne
puis consentir à ce qu'on leur parle de ce qui s'est
passé.

— Je comprends cela, dit Florentin ; mais aussi est-ce à M. Adrien seul que je veux m'adresser.

— Non, non, reprit Clotilde avec force, ne parlons plus de rien, tout est fini.

L'abbé Gervais entrait en ce moment, et remarquant la vive émotion de ses deux amis :

— Eh bien, qu'y a-t-il donc? demanda-t-il avec anxiété.

Avant que Clotilde se fût assez recueillie pour répondre, Florentin exposa rapidement ce qui s'était passé et le motif de leur discussion.

— Pauvre enfant ! dit l'abbé Gervais, encore une épreuve. Mais, grâce à Dieu, elle n'est pas au-dessus de votre courage. Vraiment, il n'y a d'autre repos ici-bas que dans une soumission absolue à la volonté divine ! Là est votre force ; que là soit toujours votre confiance, tout s'aplanira un jour devant vous. Maintenant il y a fort à réfléchir sur cette grave affaire, et j'incline à penser, comme notre excellent ami, qu'il ne faudrait peut-être pas rompre si brusquement avec M. et madame Daurival.

— Mon Dieu ! s'écria Clotilde, qu'ils ignorent à jamais cette triste affaire ! Quant à me retrouver en présence de M. Adrien, cela ne me paraît ni convenable ni prudent.

— Sans doute, ma chère enfant, reprit l'abbé Gervais ; mais aussi pourriez-vous reprendre une place où vous avez fait déjà quelque bien sans vous exposer à cette pénible rencontre ; et c'est à quoi je songe. Vous savez pourtant si je voudrais quelque chose qui ne fût pas digne de vous !

— Si je le sais, reprit Clotilde, et je crois aussi que vous ne blâmerez pas ma résolution.

— Non, certes, je ne la blâme pas ; mais en réfléchissant à l'idée de notre digne ami Florentin, je pense que nous pouvons éviter peut-être une rupture si fâcheuse et qui sera toujours très-difficile à expliquer. Eh bien, laissez-moi méditer un moment sur toutes ces pénibles circonstances : demeurez ici, et, avant une heure ou deux, je reviendrai vous soumettre une décision définitive. Priez Dieu qu'il m'inspire et dispose toute chose favorablement. Et vous, mon cher Florentin, vous excusez l'initiative que j'ose prendre ? C'est mon caractère de prêtre qui, seul, m'en donne l'assurance.

— Allez ! très-cher ami, allez ! dit Florentin, vous êtes l'homme de la paix ; puissiez-vous la ramener bientôt parmi nous !

L'abbé Gervais sortit, sans trop appuyer sur ce qu'il voulait faire pour ne pas alarmer davantage la pauvre Clotilde. Il était résolu de voir immédiatement le capitaine Daurival et de s'expliquer franchement sur le déplorable résultat de son imprudence. Il se dirigea donc vers le faubourg Saint-Germain, mais en suivant assez longuement les quais du côté du Louvre, pour se donner le temps de réfléchir à ce qu'il allait dire, réunissant et affermissant dans son esprit toutes les bonnes pensées qui s'y présentaient, en priant Dieu de bénir sa

démarche. Il arriva de la sorte à la porte de l'hôtel
Daurival, entra sans plus délibérer et demanda le
capitaine.

— Je ne le crois pas sorti, répondit un domestique, veuillez me suivre, monsieur l'abbé.

— C'est bien le cas de saluer son bon ange, se
dit l'abbé en levant les yeux en haut.

Ils montèrent l'escalier : le domestique, s'étant
assuré de la présence de M. Adrien, annonça l'abbé
Gervais, l'introduisit et se retira. Le capitaine s'é-
tait levé et, avec un visage singulièrement con-
tracté, une politesse toute silencieuse, vint au-devant de l'abbé Gervais, qui dit aussitôt :

— Pardonnez-moi ce dérangement, monsieur; je
viens vous demander quelques moments d'entretien, ayant à vous exposer une... affaire véritablement sérieuse.

— Je suis prêt à vous écouter, monsieur, répondit Adrien d'une voix concentrée, et en montrant
un siége à son respectable interlocuteur.

— Monsieur, reprit alors l'abbé avec décision,
vous êtes militaire et vous devez aimer la franchise ;
je ne vous suis pas entièrement inconnu, ayant
quelquefois l'honneur d'être reçu par vos parents ;
et mon habit vous dit assez quel ordre d'idées j'ai
mission de protéger en tous lieux. Permettez-moi
donc de vous soumettre quelques observations relativement à une jeune personne qui a su mériter
l'estime et l'attachement de votre famille, que pour
mon compte j'honore à l'égal des plus distinguées,

et que cependant vous avez eu le malheur d'offenser cruellement. (Adrien fit un geste expressif de peine et de regret.) Je sais, monsieur, je sais que vous déplorez sérieusement ce moment d'oubli, et ce n'est pas moi qui diminuerai le mérite d'un noble retour. Tous, nous pouvons faillir, mais l'homme d'honneur seul se relève en condamnant ses écarts. Soyez donc félicité, monsieur, pour avoir reconnu l'éminente vertu de mademoiselle Germont et lui avoir rendu justice. Malheureusement une conséquence déplorable se produit : c'est que mademoiselle Germont a pensé ne pouvoir plus demeurer dans votre famille ; et, retirée déjà chez notre digne ami, M. Florentin, elle a résolu de ne plus paraître ici. J'achève, ajouta l'abbé Gervais, en voyant Adrien se lever tout ému ; or, je crois être vrai en disant que ce sera une peine aussi grande, peut-être, pour mademoiselle Henriette et votre famille, que pour mademoiselle Germont, navrée de cette séparation, et de plus exposée à toutes les vicissitudes d'une situation très-précaire, portant ainsi une double peine du mal qu'elle n'a ni voulu, ni fait.

— Monsieur l'abbé, s'écria Adrien d'une voix agitée mais ferme dans son accent, il n'en sera pas ainsi, je l'affirme sur mon honneur ! Non, mademoiselle Germont ne peut quitter cette maison pour ma misérable échappée ; ce me serait un insupportable reproche d'avoir réduit à ce point une délicatesse excessive peut-être, mais que je comprends et que j'admire. Et que dirait toute la famille, si justement attachée à mademoiselle Germont? Ce départ lui serait inexplicable; je me devrais d'en déclarer la cause, et, coûte que coûte, je le ferais, pour justifier du moins celle que l'on regretterait encore plus. Je crois avoir mieux à faire et voici mes intentions : comme il convient, avant tout, que mademoiselle Germont ne se sépare pas de ceux qui ont su apprécier tout son mérite, c'est moi, monsieur l'abbé, qui partirai sans retard, aujourd'hui même. Il n'est pas dix heures : je cours au ministère, où j'ai des amis, obtenir un ordre de rappel en Afrique : ces faveurs-là ne se refusent guère et se justifient aisément au milieu d'une guerre incessante. Donc, ce soir encore, je pars et pour un temps illimité ; veuillez le faire savoir à mademoiselle Germont afin que son absence ne se prolonge pas plus et n'excite pas l'inquiétude de mes parents.

— Voilà ce que j'attendais de votre générosité, reprit l'abbé Gervais, en prenant affectueusement les mains du capitaine, et ce qui me pénètre de reconnaissance autant que d'estime; car vous ne sauriez mieux témoigner votre respect pour les intérêts de mademoiselle Germont, qu'en vous privant, comme vous le voulez faire, des épanchements et des douceurs de la vie de famille. Que Dieu donc vous conduise et vous protége sous le ciel de l'Afrique, où mes prières vous suivront chaque jour.

Adrien serrait cordialement les mains du digne

abbé, et, très-touché de ses bonnes paroles, il lui disait d'une voix pénétrée :

— Vous m'avez réellement fait du bien, monsieur l'abbé, en m'aidant à me relever à mes propres yeux ; car ce misérable entraînement m'humiliait d'autant plus, que je me croyais, je le dis en toute franchise, des sentiments plus élevés. Aussi, plein d'irritation contre moi-même, je ne savais comment réparer ce malheureux oubli. Maintenant, je me sens plus tranquille et je suis vraiment aise d'avoir à souffrir un peu de ma faute.

Le visage de l'abbé Gervais s'éclaira d'un radieux sourire :

— Et moi, lui dit-il, je suis trois fois heureux de vous entendre parler ainsi, parce que c'est le vrai langage du chrétien. Mais puissiez-vous comprendre encore pourquoi, malgré les plus nobles sentiments, si facilement on s'égare.

— Achevez, je vous en prie.

— C'est que, et vous en avez fait l'expérience, nous avons tous besoin de la lumière et de la grâce divines ; car notre raison, si haute soit-elle, s'illusionne et se fausse de mille manières au souffle des passions ; la loi de Dieu seule ne varie ni ne se trouble jamais, parce qu'elle est la pure et parfaite vérité. Du jour donc où vous voudrez la suivre fidèlement, vous vous posséderez vous-même alors dans toute la dignité de votre raison.

— Merci, monsieur l'abbé, merci. Je n'oublierai pas vos conseils, et ce sera un de mes regrets, en partant, de ne pouvoir mieux les approfondir avec vous.

— Faites une chose : écrivez-moi quand vous serez en Afrique ; exposez-moi simplement vos idées, vos tendances, vos objections sur ce qui touche à l'ordre moral et religieux, et je m'efforcerai de vous faire complétement connaître les grands principes dont le seul énoncé vous touche en ce moment.

— J'accepte sérieusement votre proposition, monsieur l'abbé, et croyez à ma sincère reconnaissance.

— Croyez vous-même à la joie que j'éprouve ; car je suis prêtre et ne dois vivre que pour faire connaître et aimer la divine vérité.

— Merci de nouveau et adieu, mon cher abbé.

— Adieu, très-cher et très-digne ami.

Ils se tenaient les mains serrées et s'embrassèrent cordialement. L'abbé Gervais revint en toute hâte chez Florentin, où on l'attendait avec anxiété.

— Grâce à Dieu, tout va bien, dit-il aussitôt.

Et racontant son entrevue, les énergiques regrets du capitaine, sa résolution de partir sans retard, l'heureuse et chrétienne impression produite sur son esprit, il ajouta, en s'adressant à Clotilde, très-touchée déjà de ce bon accueil et du sacrifice fait pour elle :

— Il ne vous reste plus, chère enfant, qu'à remercier Dieu et à retourner immédiatement à l'hôtel Daurival, où l'on s'alarmerait bientôt de votre ab-

sence si elle se prolongeait. Allez, et que tout soit
à jamais oublié !

— Je puis dire que ce serait déjà fait, répondit
Clotilde, si je n'avais devant les yeux les tristesses de
ce départ qui va si cruellement les surprendre tous.

— C'est la rançon de notre ami, reprit l'abbé
Gervais ; l'amertume lui en sera salutaire. Il a d'ailleurs toute l'énergie du vrai soldat pour supporter
les misères de la vie. Sa famille, sans doute, va
s'attrister de cette brusque séparation ; mais elle
aura aussi des dédommagements et d'un grand
prix, je l'espère, bien qu'elle doive en ignorer la
cause. Pour nous, plus que jamais confions-nous à
Dieu. Au revoir, mes chers amis.

Il n'y avait plus un moment à perdre, et Florentin voulut reconduire lui-même Clotilde à l'hôtel
Daurival. Tout y était dans un grand calme. Cependant, lorsque Clotilde entra dans sa chambre,
elle vit aussitôt accourir Henriette, s'écriant :

— Quel bonheur ! vous voilà. J'étais vraiment
inquiète, ma chère Clotilde, de ne pas vous voir
rentrer, vous qui êtes si exacte à vos heures. Et
puis je vous avais fait signe, ce matin, quand vous
traversiez la cour, et vous ne m'avez pas répondu :
j'en étais attristée. Aussi, votre absence se prolon-
geant au-delà de vos habitudes, j'ai eu la tête aux
champs et ne me tenais pas d'impatience et d'ennui.
Mais vous voilà, je suis contente.

Et elle embrassa tendrement sa chère Clotilde.

— Que je suis fâchée de votre peine ! dit celle-ci

en lui rendant affectueusement ses caresses, et que je suis heureuse aussi de me retrouver avec vous ! J'avais à m'entretenir avec l'abbé Gervais et, ne l'ayant pas rencontré à l'église, j'ai dû l'attendre chez notre bon Florentin. Mais c'est fini maintenant, et me voici tout à vous.

— Tant mieux, tant mieux ! Et ne me croyez pas importune, chère amie : mon impatience ne venait que d'une bizarre inquiétude, que vous me pardonnerez, puisqu'elle vous prouve que je vous aime.

Clotilde la considérait avec des larmes dans les yeux et ne put lui répondre qu'en l'embrassant de nouveau. Puis elles se mirent l'une et l'autre au travail jusqu'au déjeuner. Adrien avait fait dire qu'on ne l'attendît pas, ce qui contraria madame Daurival, parce que précisément sa fille aînée et son mari étaient venus pour passer la journée en famille. Mais à peine avait-on quitté la table et se trouvait-on réuni au salon qu'Adrien entra, avec son aisance et même son enjouement ordinaire, en apparence du moins ; car bientôt une certaine préoccupation se trahit sur son visage, et il ne répondit plus que par de brèves paroles aux questions qui lui étaient adressées. Sa mère alors, le regardant avec attention, lui dit :

— As-tu quelque chose, Adrien ? Tu parais tout assombri.

— Mon Dieu ! mère, lui dit-il en lui prenant affectueusement les mains, j'ai eu à la fois, aujourd'hui, de bonnes et de mauvaises nouvelles.

— De mauvaises nouvelles! s'écria madame Daurival effrayée ; mais qu'est-ce donc?

— Ne t'inquiète pas, mère, puisque je viens d'apprendre au ministère qu'aujourd'hui même je vais recevoir ma nomination de commandant. Seulement, il y a eu de fâcheuses affaires en Afrique : des surprises, comme toujours, par trop de confiance, et on ne m'a pas caché que mon congé ne durerait pas longtemps.

— Comment, mais c'est impossible ! Tu es à peine à moitié d'une permission bien gagnée; ce serait une criante injustice, et j'espère encore que nous en aurons raison.

— Nous ferons tout au monde pour cela, reprit M. Daurival en cherchant à tranquilliser sa femme. Voyons, Adrien, au juste, que t'a-t-on dit?

— Vous savez qu'on ne fait pas de phrases entre militaires. Eh bien, on m'a déclaré positivement qu'en recevant ma nomination je devrais immédiatement partir.

— Et cette nomination arrive... ajouta madame Daurival pouvant à peine retenir ses larmes.

— Mère, je te l'ai dit, aujourd'hui.

— Et tu pars aujourd'hui, pauvre enfant!

— Comment! tu pars? tu pars? s'écrièrent à la fois madame de Verceil et Henriette.

Et tous s'étaient levés et entouraient Adrien, en réitérant leurs questions et en lui faisant répéter ses explications, comme ne pouvant les comprendre ou les admettre.

11

— Mon cher ami, reprit madame Daurival avec une grande animation, cela ne peut se passer ainsi : nous remuerons ciel et terre pour faire maintenir ton congé. Ton père et moi allons nous concerter avec les de Beauvent, nous verrons le ministre et nous obtiendrons, je te l'assure, tout au moins un sursis. Nous ne perdons pas un moment, et de ce pas...

— Non, mère, dit Adrien avec l'accent le plus résolu, il n'y a rien à faire. Quoi qu'il m'en coûte, et vous pouvez le croire, j'accepte sérieusement les difficultés de mon état. Je ne veux nulle faveur, et après tout, comme on me l'a dit au ministère, c'est une occasion de faire honneur à mon nouveau grade.

Cela dit, Adrien fut inflexible, mais fit tout ce qu'il put pour compatir aux larmes de sa mère et de ses sœurs qui se désolaient autour de lui, tandis que M. Daurival et M. de Verceil demeuraient tristes et silencieux.

La pauvre Clotilde, elle, son ouvrage à la main, assise dans l'embrasure d'une croisée, assistait à cette pénible scène dans une inexprimable angoisse; car si du fond de l'âme elle approuvait ce brusque départ, témoignage d'une sérieuse réparation, elle n'en ressentait pas moins toute la peine de ses chers protecteurs, et elle eût voulu pouvoir dire à Adrien : « Restez, restez, puisque vous vous repentez si noblement; pour moi, j'oublie tout et ne demande que l'oubli. » C'était chose impossible : il ne lui était

pas permis de parler, et elle n'aurait pu s'y résoudre. Troublée, tremblante, se faisant violence pour
se contenir, craignant de laisser voir son affliction
ou de paraître trop indifférente, elle était à faire
pitié. Heureusement que, dans cette préoccupation
générale, personne ne put remarquer son émoi, et
elle se retira bientôt pour ne pas gêner les derniers
moments que la famille avait à passer avec Adrien.
Son premier mouvement, en entrant dans sa chambre, fut de porter ses regards sur le crucifix. Elle
resta debout un moment dans cette contemplation
muette, les mains jointes, refoulant peu à peu les
larmes qui brillaient à sa paupière ; puis, calmée,
raffermie et comme rassérénée par le bon témoignage de sa conscience, elle pria avec ferveur pour
ses amis. Pourtant les heures de cette journée
étaient bien lourdes et bien lentes aussi ! L'ouvrage
qu'elle avait repris ne l'empêchait pas de prêter à
chaque instant l'oreille aux bruits de la maison,
dont le moindre la faisait tout à coup tressaillir.

Elle entendit monter et venir à sa chambre avec
un véritable effroi : c'étaient Henriette et madame
de Verceil, très-émues l'une et l'autre ; elles s'assirent près d'elle, et Henriette, lui prenant les mains,
s'écria avec une sorte de dépit :

— Il ne veut rien entendre. On a beau lui dire
qu'il restera étranger aux sollicitations qu'on pourra
faire, il n'en admet d'aucune sorte et maintient
quand même sa résolution de partir. Aussi s'occupe-
t-il maintenant de ses apprêts, et maman reste avec

lui pour l'aider, vous jugez en quel état! On nous
avertira quand tout sera disposé, et nous le rejoin-
drons au salon. Nous aurions été si heureuses de
sa nomination! et voilà que je la prends en grippe,
au point que ma bouche ne pourra s'ouvrir pour
lui en faire compliment.

— Il est à plaindre pourtant, ajouta madame
de Verceil ; il part seul et nous restons tous
ensemble.

— C'est vrai, reprit alors Henriette avec un tout
autre accent; car malgré cette volonté si ferme,
notre pauvre Adrien nous aime beaucoup et doit
bien souffrir de nos larmes. Il serait plus généreux
de nous résigner avec lui et de le soutenir en le
louant de son courage. Décidément, je le féliciterai
de sa grosse épaulette de commandant qui me
pèse pourtant bien sur le cœur. Qu'en dites-vous,
ma chère Clotilde?

Mademoiselle Germont lui fit signe de la tête
qu'elle l'approuvait et demeura les yeux baissés sur
son ouvrage. Elles gardèrent alors toutes trois un
pénible silence jusqu'au moment où on vint leur
dire qu'elles étaient attendues au salon. Henriette
et madame de Verceil se levèrent.

— Vous venez avec nous? dit Henriette en regardant Clotilde.

— Oh! non, pas encore, répondit celle-ci; je
vous rejoindrai pour le dîner.

— Vous savez, dit madame de Verceil avec un
air d'intérêt qui ne lui était pas habituel, que nous

vous regardons tous comme de la famille. Venez donc!

— C'est trop de bonté, chère dame, répondit Clotilde toute pénétrée; mais il vaut mieux que je vous laisse quelques moments encore.

Madame de Verceil et Henriette n'insistèrent pas plus et se retirèrent. Clotilde, de son côté, se reprit à travailler avec application et ne se leva que lorsqu'elle entendit la cloche annoncer le dîner. Elle fixa de nouveau ses regards sur le crucifix et, se recommandant à Dieu, elle descendit. Henriette aussitôt s'approcha d'elle et lui dit tout bas que la dépêche était arrivée et qu'Adrien partait le soir même. Dans une telle situation, le repas de famille ne pouvait être bien gai. Cependant madame de Verceil et Henriette se tinrent parole, et l'une et l'autre, à l'envi, déployèrent toute leur adresse pour faire valoir la nomination si honorable d'Adrien et pour adoucir, par la perspective d'un autre retour, les amertumes du départ. Adrien, ainsi soutenu, reprit quelque entrain, ranima par ses bonnes paroles son père et sa mère, et ne parla plus que de ses espérances et de ses projets d'avenir.

— C'est vrai, disait-il, il y a maintenant des sacrifices; mais je n'en suis pas moins parmi les privilégiés. Combien m'envient ce long séjour en Afrique, qui me donne les plus belles chances et me fait avancer comme par enchantement! Songe donc, chère maman, être commandant à vingt-huit ans! ce n'est pas chose commune, et l'Afrique seule a pu me valoir un tel succès. Ce sont véritablement des années que je gagne et, un peu plus tard, j'en aurai beaucoup plus à passer près de vous.

Ainsi disait-il, et on l'écoutait avec un peu plus de résignation. Aussi, l'heure étant venue, il embrassa tour à tour avec une vraie tendresse père, mère et sœurs, disant à chacun les meilleures paroles que son cœur put lui suggérer ; puis, regardant du côté de mademoiselle Germont, qui se tenait debout près d'une croisée, il pensa qu'il paraîtrait étrange de ne lui rien dire. Il s'avança donc vers elle, la salua avec le plus grand respect en la priant d'une voix brève d'agréer ses profonds regrets.

— Oh ! merci, monsieur, lui répondit Clotilde avec douceur. Dieu vous conduira, je l'espère.

Ces quelques mots si simples, imprégnés cependant d'une compassion pénétrante, allèrent droit au cœur d'Adrien, qui ne put que faire un geste de remerciement. Il revint vivement vers les siens, qu'il embrassa encore, et partit.

CHAPITRE VIII

A la peine très-vive que madame Daurival éprouvait du départ de son fils se joignait un autre sujet
d'ennui : car, non-seulement Adrien n'avait pas
voulu, pour obtenir un sursis, recourir aux bons
offices des de Beauvent, mais il avait également
décliné la proposition d'aller leur faire ses adieux,
se contentant de charger sa mère de leur présenter
ses excuses et ses compliments. Il ne voulait rien
perdre, avait-il dit, du peu de temps qui lui restait pour les siens; et il avait positivement fait la
sourde oreille, quand sa mère avait insinué qu'il
serait bon de les regarder comme de la famille.
Madame Daurival se voyait, en effet, assez engagée,
au moins avec la baronne de Beauvent qui avait
l'art d'aiguillonner sa faiblesse pour les grandeurs;
et ce n'était pas un petit embarras pour elle de justifier ce départ sans adieux.

Elle dut s'y résigner pourtant; et comme après
tout rien de formel n'avait été posé, elle prit son
parti qui fut de dire les choses simplement comme

elles étaient, sauf les excuses et les compliments
d'Adrien qu'elle assaisonna des regrets les plus
désespérés. Les de Beauvent (à part Aurélie très-
mortifiée sur l'heure) ne firent paraître, avec un
étonnement très-légitime, qu'une grande peine
d'une séparation si précipitée, et confondirent leur
déplaisir avec le chagrin si amer de leur excellente
amie. Ils savaient trop le monde pour montrer
l'ombre même du dépit. D'ailleurs, madame Daurival leur gardait le même attachement et la même
confiance, c'était l'essentiel, et le temps ferait le
reste. Un autre essentiel qu'ils prisaient fort, c'é-
tait le profit réel et considérable qu'ils tiraient de
leurs relations avec les Daurival ; nous ne parlons
pas d'assez beaux emprunts faits de ce côté, parce
que de beaux domaines naturellement en répondaient ; mais, de plus, M. Daurival, si considéré
dans la finance et la haute industrie, avait été assez
adroitement amené à faire entrer le baron de Beauvent, pair de France, dans l'administration d'im-
portantes entreprises qui lui avaient valu de larges bénéfices. On accordait beaucoup à de pareilles
relations qui devaient être, coûte que coûte, pré-
cieusement cultivées.

Enfin la charmante Henriette était là : elle entrait
dans sa dix-huitième année ; et le fils de Beauvent,
le sémillant et positif Edouard la trouvait, avec
son demi-million de dot et les espérances, fort à
son gré. Il y avait donc encore à bien employer
toutes les tendresses de la plus chaude amitié.

Qu'on ne croie pas, cependant, qu'il n'y eût absolument que feintes dans les démonstrations des de
Beauvent : non certes, ils étaient amis sincères,
autant qu'on peut l'être dans le monde, prêts à
rendre service pour service, pleins de bonnes grâces et d'agréables attentions. Mais ils étaient aussi
de leur siècle : fastueux, dépensiers, besoigneux,
décidés à se refaire envers et contre tous ; heureux
néanmoins d'y parvenir par les chemins fleuris des
amitiés productives. On aimerait sans doute de plus
fiers sentiments dans ces âmes patriciennes, dont
les noms seuls apparaissent déjà comme une vraie
richesse ; mais, outre les misères inévitables de
l'humanité et du temps où l'on vit, n'oublions pas
que toutes les grandes familles n'ont ni la même
date ni les mêmes traditions, et que les anoblis
de ce siècle, par exemple, ont beaucoup à apprendre et plus encore peut-être à oublier. Quoi qu'il
en soit, les de Beauvent (qui ne remontaient pas
aux croisades) redoublèrent d'amitié pour les Daurival, en demeurant plus que jamais avec eux dans
la plus étroite intimité. Et madame Daurival, très-
soulagée et très-sensible à ces bons procédés, trouva
fort juste d'appuyer énergiquement les vues de ses
amis sur sa fille, qu'elle espérait bien voir un jour
baronne ou comtesse.

La vie ordinaire reprenait donc son cours à
l'hôtel Daurival ; les grandes affaires de M. Daurival l'absorbaient de plus en plus ; madame Daurival n'avait jamais trop de temps pour les détails si

11.

compliqués de son intérieur ; Henriette demeurait sérieusement appliquée à ses études comme à tous ses devoirs. Seulement, à mesure qu'on lui accordait plus d'importance dans la famille et qu'on murmurait autour d'elle les mots d'avenir, de noble alliance, sans se préoccuper beaucoup de projets plus ou moins dévoilés, elle prenait plus d'initiative et se montrait attentive à tout ce qui lui révélait la vie pratique et active. Chose à remarquer, car elle n'avait eu jusque-là que trop de dédain pour toutes les occupations domestiques, sa mère elle-même, qui déployait tant de vigilance pour le bon ordre et le bon air de sa maison, ne croyait pas nécessaire que sa fille prît part à ces fastidieux détails. Mais Henriette comptait maintenant avec sa conscience, elle aspirait à corriger ses défauts, à surmonter ses répugnances, et à faire simplement des choses utiles, remarquant, avec Clotilde, comme il était bon de savoir s'aider et de se servir soi-même. Madame Daurival, un peu étonnée, laissait agir sa fille, satisfaite au fond d'être si bien secondée. Disons, en passant, que cette intervention avait son prix, car Henriette, avec sa gaieté native et sa généreuse bonté, se faisait aimer des domestiques, et tempérait très-heureusement les exigences trop persistantes de sa mère. Celle-ci, sans être d'humeur acariâtre, croyait qu'en payant beaucoup on pouvait tout exiger ; elle fatiguait donc souvent et surmenait son monde que l'intérêt ne lui attachait qu'à demi, mais qui se reprenait volontiers aux manières et aux procédés si gracieux de sa fille.

C'est ainsi qu'Henriette se faisait l'âme de la maison ; car son joyeux esprit animait les réunions de la famille et son bon cœur en adoucissait les inévitables misères. Aussi devenait-elle de plus en plus chère à son père, qui mettait tout son bonheur à la voir se parer si modestement des plus charmantes vertus, et se promettait bien d'écarter résolûment tous les vaniteux prétendants qui n'ambitionneraient que sa fortune. Du reste, sans s'ouvrir davantage sur ses projets, M. Daurival redoublait de bienveillance pour Charles Aubry et de prévenances pour son excellente mère.

D'un autre côté, on recevait des lettres plus fréquentes et même plus affectueuses d'Adrien, qui semblait vouloir se dédommager ainsi de son triste éloignement ; et toute la famille se réunissait avec empressement pour entendre la lecture de ces chères missives. C'était avec un véritable élan du cœur qu'Adrien exprimait ses regrets de son brusque départ, et il faisait bien comprendre, quoique ce fût dans un sens différent de celui qu'on supposait, que la loi seule de l'honneur lui avait imposé ce sacrifice. Mais il ne paraissait pas vouloir s'appesantir sur ce sujet, et il ajoutait aussitôt, pour ne pas contrister ses parents, qu'il avait heureusement trouvé une active diversion dans les devoirs de sa vie militaire. Grâce à son nouveau grade, il avait souvent le commandement de colonnes des-

tinées à ravitailler des postes détachés. Livré à lui-
même alors, avec la grave responsabilité qui faisait
dépendre la vie d'un grand nombre de la conduite
d'un seul, il ne songeait plus qu'à remplir énergiquement les ordres prescrits, et, chose plus difficile, à suppléer de son mieux ce qui ne pouvait
toujours être prévu.

« Et il y a, je vous assure, disait Adrien, de rudes
quarts d'heure à soutenir. Ainsi, pour vous en donner une idée, étant parti un jour avec un gros détachement pour relever ou renforcer diverses gar-
nisons, je fus détaché avec mon bataillon et quelques
cavaliers pour escorter un long convoi de malades
et de blessés, que je devais laisser, à mi-chemin
d'Alger, sous la garde d'un autre détachement venant à la rencontre. Cette jonction faite, je devais
remonter au sud, avec un reste de fourgons d'approvisionnements pour une garnison isolée sur la
frontière ; puis enfin rejoindre sans retard la colonne principale. J'étais arrivé sans encombre à
l'endroit où se devait faire l'échange d'escorte :
c'était à la lisière d'un bouquet de bois que sillon-
nait le lit d'un torrent où clapotaient encore quelques flaques d'eau : délicieuse oasis qui pouvait
nous donner de l'ombre et nous désaltérer. Il était
alors dix heures du matin et le ciel d'Afrique em-
brasait la terre de feux dévorants.

« J'abritai mes hommes du mieux possible, en
nous gardant avec le plus grand soin, car les Arabes étaient toujours à l'affût. Cependant le détache-

ment annoncé n'arrivait pas et la journée se passa dans une fébrile attente. Le soir venu, il fallait prendre un parti : j'avais ordre de ne pas perdre une heure après la remise du convoi et le repos le plus strict. Mais pouvait-on laisser s'acheminer seul le convoi des malades, au hasard d'une catastrophe, quand le détachement qui aurait dû nous précéder était de dix heures en retard, par suite, sans doute, d'obstacles imprévus ou de quelque malheur? D'autre part, continuer l'escorte, c'était retarder de plusieurs jours peut-être les secours impatiemment attendus par un poste non moins en danger, et différer d'autant la jonction très-pressante aussi avec mon colonel ; diviser ma troupe, moitié pour escorter l'ambulance, moitié pour conduire le convoi de secours, c'était risquer de tout perdre à la fois. Que faire et sans tergiverser? A l'impossible nul n'est tenu, me dis-je aussitôt : la troupe que je dois ravitailler est dans un poste fortifié, elle mangera ses semelles s'il le faut, mais elle se défendra ; mon colonel se passera bien encore de mon bataillon, puisqu'il s'en prive en ce moment : il sera furieux, on s'expliquera plus tard. Allons au plus pressé, et marchons avec nos pauvres malades jusqu'à ce qu'ils soient hors de péril.

« Je réunis mon monde, et lui explique en quelques mots le motif de la marche que nous allons faire durant la nuit, en prescrivant le plus absolu silence. On part allègrement : les étoiles resplendissantes sur un ciel d'azur nous guident, et nous

franchissons l'espace au pas accéléré. Vers trois
heures du matin, l'aube paraissait en sillons rou-
geâtres à l'horizon et nous atteignions les ruines
d'un bourg dépeuplé, entouré de vieilles murailles
couronnant une éminence, dont la pente méridio-
nale était couverte de palmiers et d'orangers. Là
nous trouvions quelques soldats blessés ou fugitifs
qui nous apprirent l'affreux massacre du détachement surpris par les Arabes en nombre dix fois supérieurs. Aussitôt je fais barricader aussi fortement
que possible les avenues du bourg, et presque en
même temps une masse de cavaliers ennemis se précipitait vers nous avec des hourras de triomphe.
Une partie met pied à terre et s'avance résolûment
sur nos défenses inachevées : une fusillade à bout
portant les refoule en désordre ; ils reviennent plus
nombreux, nous les criblons d'un feu roulant et
leurs morts couvrent la terre. Ils s'éloignent, se
reforment à l'abri de nos coups ; et nous les voyons
tout le long du jour s'accroître d'autres cohortes
accourues au bruit du combat.

« Vers le soir ils s'agitent, se groupent en deux
masses formidables et s'élancent avec furie sur nos
retranchements qu'ils emportent, tandis que nous
nous replions dans la principale rue barricadée,
d'où nous les couvrons d'une grêle de balles sans
pouvoir leur faire lâcher prise. Une partie de la
nuit se passe dans cet affreux combat ; mais nous
étions à couvert, nous amoncelions les victimes sous
nos coups, et j'espérais qu'au jour l'ennemi recule-

rait devant ces pertes énormes. Alors un de mes
braves capitaines eut une belle idée (1). « Mon commandant, me dit-il, donnez-moi deux compagnies,
tous les tambours, je tourne les murailles par le
bois de palmiers et d'orangers, et je me jette en
queue sur les Arabes qui se croiront cernés par une
colonne de secours. — Très-bien, lui criai-je, tentez
l'affaire, et Dieu vous conduise ! » Et je fis redou-
bler l'énergie de notre fusillade, avec de brèves
interruptions où je prêtais l'oreille à tous les bruits
du dehors. Je tressaillis bientôt en saisissant le so-
nore crépitement des tambours battant une charge
précipitée, puis une fusillade lointaine et des cris
d'effroi qui se répétèrent jusqu'aux premières lignes
de nos assaillants. Le coup avait réussi, les Arabes
tourbillonnaient en désordre : je commande une
rapide sortie à la baïonnette : nous culbutons tout
ce qui est devant nous, et l'ennemi effaré se débande
de toutes parts.

« Le soleil à son lever nous montrait les sanglants
amas d'une des plus effroyables boucheries que j'aie
jamais vues ; mais nous sortions d'un péril immense,
nous avions vengé nos malheureux camarades, sans
perte très-sérieuse de notre côté ; nous saluâmes le
drapeau des plus joyeuses acclamations. Le reste
alla tout seul : j'eus le bonheur de remettre l'ambulance en sûreté, de regagner à marches forcées
le poste qui attendait nos secours ; et mon colonel,

(1) Episode historique de la guerre d'Afrique.

plus inquiet que fâché (c'est le meilleur des hommes), ayant entendu mon rapport, nous félicita chaudement en nous assurant des récompenses méritées. Pour moi, satisfait d'avoir heureusement rempli mon devoir, je ne pensai qu'à faire bien reposer mes pauvres soldats, exténués de tant d'efforts si énergiquement soutenus durant plusieurs jours, sous un soleil dévorant. Je ne puis vous dire, mes chers bons amis, comme j'étais ému de la confiance que tous m'avaient montrée : aussi je veille sur eux, j'exige que rien ne leur manque ; je fais particulièrement soigner quelques blessés ou malades. Bien entendu, ma bourse supplée à tout ; et jamais la fortune ne m'a donné joie plus vive que de voir le contentement de ces braves enfants. Vraiment ils m'aiment et se feraient hacher pour moi ; je le leur rends bien et je donnerais, sans hésiter, la dernière goutte de mon sang pour les tirer d'un mauvais pas. Mais n'ayez pas d'inquiétude, cher père et chère maman, car je reviens de cette expédition, qui a eu plusieurs autres engagements, sans la moindre égratignure. Aussi, vous dirai-je, qu'en rentrant à Alger, une de mes premières pensées a été de me rendre dans sa pauvre cathédrale, et d'y remercier Dieu de m'avoir si parfaitement protégé. Vous saurez, à ce propos, que mon colonel, qui n'a guère plus de trente-cinq ans, une des meilleures têtes de l'armée, est très-religieux, et n'a pas plus peur d'aller à la messe qu'au feu. Nous causons quelquefois et il me fait du bien. Adieu, mes très-chéris, écrivez-moi tous, père, mère, sœurs et frères, vos lettres sont ici, pour moi, les voix, les pensées, les douceurs de la famille ! Adieu ! »

Ils étaient tous réunis pour entendre cette lecture, qui les captivait et les touchait, comme on peut le penser.

— Ce pauvre enfant, s'écria madame Daurival en essuyant ses yeux où roulaient de grosses larmes, j'irai certainement demain à la messe pour lui, afin que Dieu nous le garde toujours.

— Nous irons aussi, dirent en même temps madame de Verceil et Henriette.

— Oui, mes enfants, reprit M. Daurival, on a besoin de croire à la Providence et de l'invoquer, pour se rassurer sur ceux qu'on aime.

— Ce brave Adrien, dit M. de Verceil avec un regard brillant d'animation, comme il est bien dans son élément ! je l'envie autant que je l'admire !

Madame de Verceil se retourna vers son mari, avec une expression entre l'étonnement et l'ironie qui froissa singulièrement ce dernier.

— Eh bien ! ajouta-t-il sèchement, cela vous étonne, Amélie ?

Celle-ci plissa ses lèvres comme pour décocher un mot plus ou moins satirique, mais Henriette, qui était de l'autre côté de son beau-frère, fit à sa sœur un signe suppliant : elle se contint et garda le silence, tandis que Henriette, prenant affectueusement la main de M. de Verceil, lui dit en souriant :

— Oh ! nous ne vous laisserions pas aller comme

Adrien, mon cher Marcel, vous êtes notre chevalier, et vous nous défendrez, s'il le faut, contre les énergumènes qui bouleversent Paris.

— Comptez sur moi, chère enfant, reprit M. de Verceil d'une voix radoucie : quoique assez mauvais garde national, je suis ponctuel au jour des émeutes, qui font vraiment assez de bruit depuis quelques années.

— Ah! ce n'est pas chose facile, ajouta M. Daurival, que de fonder une dynastie nouvelle : on commence à s'en apercevoir.

La conversation tourna ainsi sur la politique, en faisant diversion aux soucis de la famille. Mais quand on se sépara, M. et madame de Verceil regagnèrent silencieusement leur hôtel, bien que la jeune comtesse eût la velléité de dire quelques bonnes paroles pour atténuer l'offense faite à son mari. Mais, son amour-propre épluchant minutieusement tout ce qui lui venait sur les lèvres, elle resta muette, et comme d'habitude plus mécontente encore des autres et d'elle-même.

Environ six semaines après cette réunion de famille, une des lettres d'Adrien arrivait à une adresse toute différente, celle de l'abbé Gervais, qui n'éprouvait pas un médiocre plaisir en prenant connaissance de cette missive.

« Mon cher abbé, disait le commandant, voici bientôt trois mois que je vous quittais, très-heureux des bonnes et fortes paroles que vous m'adressiez dans un moment de très-pénible agitation. Je n'en

ai rien oublié, croyez-le bien, quoique de longues
semaines se soient déjà si rapidement écoulées. Votre souvenir m'a suivi dans mon voyage assez triste,
et je l'ai retrouvé plus d'une fois dans le silence des
bivouacs où souvent je veille seul quand tous repo-
sent autour de moi. J'avais fait l'épreuve d'une
très-humiliante faiblesse, moi, je l'avoue, qui me
prêtais volontiers des idées assez hautes et ce que
j'estimais de nobles sentiments. Aussi je fus vivement frappé de cette idée, que nous ne pouvions
réellement nous passer de la lumière et du secours
d'en haut pour accomplir le bien : et je commençais
à comprendre quelle froide nuit se faisait dans une
âme qui s'éloignait systématiquement des divins
préceptes. Oui, et pourtant l'amour-propre regimbait encore, à mesure surtout que l'émotion de
cette crise se calmait; à mesure que je me retrou-
vais, tantôt dans le tumulte des armes, tantôt dans
les distractions de la vie militaire. Sans repousser
de front la vérité admise, l'orgueil cherchait à l'é-
luder, en se supposant très-apte à en faire seul l'application.

« Y a-t-il, après tout, sérieusement besoin d'un
intermédiaire entre l'homme et Dieu? Et si j'écoute
religieusement ma conscience, ne me dira-t-elle pas
suffisamment ce qu'il m'importe de connaître pour
ne pas m'écarter des grandes lois de l'honneur?
Mais n'était-ce pas ce que j'avais cru jusqu'à ce
jour, tout en pliant, plus ou moins, sous les exigences de l'intérêt, du plaisir ou de la vanité? C'est

qu'alors, sans doute, je vivais trop d'instinct et de
premier mouvement, sans avoir encore soumis mon
esprit aux lois de la réflexion, et sans avoir rigou-
reusement déduit et formulé les sages principes
qui doivent énergiquement régir toutes les puis-
sances de l'âme. Formons-nous, me disais-je, à ce
travail viril et les effets suivront d'eux-mêmes.

« J'essayai, mon cher abbé, cette tâche ingrate ;
je l'essayai, tout d'abord, avec une certaine âpreté ;
puis sans trop de suite, au gré des circonstances et
du temps ; enfin je me retrouvai bientôt dans cet
état de vague et d'incertitude, qui nous laisse toujours trop faibles et désarmés devant les prestiges
du monde et des passions. Mais toujours aussi vos
paroles revenaient à mon esprit, qui se dépitait de
les sentir si justes et de les entendre comme un acte
d'accusation, malgré que ma conscience se fût main-
tenue dans un assez droit équilibre. Chose étrange!
elle était devenue plus délicate, au point de se re-
procher, maintenant, les pensées seules qu'elle avait
pu contraindre à ne se pas réaliser, mais, il est
vrai, en se complaisant encore dans leurs molles
conceptions. Une seule conclusion assez humiliante
se produisait donc de mes études comme de mes
réflexions, c'est qu'avec des prétentions élevées, de
nobles aspirations même, si on veut, jamais, durant tout le cours de ma vie, je n'avais su ou pu ni
réaliser les beaux rêves de l'idéal, ni me garder
d'une foule d'atteintes dans les mille rapports de la
vie sociale.

« J'en étais là et assez perplexe à l'endroit de la
trop fière raison lorsqu'une lumière se fit presque
tout à coup, à propos de faits très-simples et tout
positifs. J'avais deux de mes soldats pour mon service particulier : l'un chargé du ménage intérieur,
l'autre soignant mes deux chevaux et me suivant en
beaucoup d'occasions. Or j'eus trop souvent affaire
à d'assez bons diables, mais, ou coureurs, ou pa-
resseux, ou ivrognes, ou débauchés, pillards même
et voleurs ; j'en changeais souvent avec ennui. En
ayant causé avec un de mes plus sérieux officiers,
il me dit : « Mon commandant, j'ai ce qu'il vous faut.
Il y a dans ma compagnie deux braves garçons,
grands amis, et dont les parties fines consistent à
dérober une messe partout où ils peuvent la rencontrer ; du reste, rangés, honnêtes, appliqués au
devoir et fermes dans les rangs. » Je pris ces deux
hommes et j'en fus très-content. Or, sans s'en douter, ils me furent une vivante démonstration du
problème qui me préoccupait ; car non-seulement je
les vis aussi dévoués qu'irréprochables ; mais ils
m'amenèrent à faire cette remarque, presque aussi
exacte qu'un axiome : c'est que, si je distinguais un
homme d'une conduite droite et pure, c'était à coup
sûr un fidèle chrétien.

« Tel m'apparut mon nouveau colonel : impossible d'unir une meilleure nature à une dignité plus
parfaite : on le respecte comme on l'aime. Admis
bientôt dans son intimité, et dans l'intérieur de sa
famille, qui résidait à Alger, je pus voir qu'il avait

toute la foi d'un antique chevalier, et que là encore
se trouvait le principe et la solide base de ses rares
vertus. Donc l'esprit élevé et le plus humble des
hommes étaient également éclairés et conduits vers
le bien par une même cause, qui ne pouvait être
que l'absolue vérité. Et ceci me pénétrait étrange-
ment. Un jour, me promenant avec le colonel, il
salua et arrêta un ecclésiastique qui passait, lui
reprochant amicalement d'être trop rare en ses visites. « — Ah ! dit le prêtre, c'est le temps plus que la
volonté qui me manque ; nous sommes en si petit
nombre ici. — Oui, et certains vous trouvent encore
trop nombreux. — Les malades et les pauvres gens
abondent, on ne peut pas les abandonner. — C'est
sacré, mon père ! mais ne nous oubliez pas non plus,
nous autres qui avons toujours la mort pour voisine. Adieu, au revoir. Tenez, me dit-il ensuite,
voilà les meilleurs ouvriers de la colonie ; ils la
servent sans aucun intérêt, et, malgré tous les obstacles d'une pitoyable administration, ils se font vé-
nérer des Arabes, qui ne seront jamais nôtres que
par la divine influence de l'Évangile. Commandant,
quand vous rencontrerez un de ces dignes prêtres,
protégez largement son ministère et vous ferez acte
du plus intelligent patriotisme. — Je le crois,
mon colonel, répondis-je. et j'agirai en conséquence. » Il me serra cordialement la main et je
le quittai peu après.

« J'étais, en effet, décidé à agir ; une invincible
logique, que ma raison ne pouvait sérieusement

contredire, m'entraînait à ces fermes et nobles
croyances qui seules font des âmes pures, probes et
fortes contre tous les assauts des passions. Je vis
ce prêtre que nous avions rencontré naguère : il
acheva de m'instruire et de me convaincre. Et quand
j'eus déchargé ma conscience devant lui, quand
j'eus reçu le divin pardon de toutes les misères de
ma vie, j'affirme, ce qui ne vous surprendra pas,
très-cher abbé, c'est que jamais je ne m'étais senti
dans une aussi libre possession de moi-même, jamais aussi calme, aussi joyeux, aussi résolu pour
toutes les mâles actions, au prix de n'importe quel
sacrifice. A la bonne heure, me disais-je, on sait
maintenant ce que l'on a à faire dans la vie ; on sait
vers quel but magnifique et certain nous avons à
marcher : en avant, donc ! ce n'est plus seulement
un audacieux instinct, parfois assez troublé, qui
me fera braver la mort ; non, quoi qu'il arrive, c'est
désormais le radieux espoir d'une meilleure récompense que toutes celles dont on n'est jamais
content, et que même la mort assure, au lieu de la
ravir. Vous savez tout, mon cher abbé, et vous ne
serez pas moins heureux que mon digne colonel
qui m'embrassa de tout cœur quand, dimanche, je
lui dis que je le venais prendre pour aller à la messe
dans notre pauvre cathédrale d'Alger. Maintenant
je ne puis oublier que je suis l'aîné de la famille et
que je lui dois l'exemple : n'hésitez donc pas à
communiquer cette lettre à tous les miens ; ils m'aiment à l'envi, et ne peuvent qu'applaudir à ce qui

me rend si sérieusement heureux. Adieu, très-cher abbé, croyez à ma reconnaissance : elle voudrait vous sauter au cou et vous embrasser cordialement; et cela se fera, Dieu aidant, en ce monde ou en l'autre. Faites-vous donc donner une mission quelconque en Afrique; car pour moi j'ai ma carrière ici; mais l'on y peut, du reste, marcher à si grands pas qu'on arriverait encore au bout, avec un peu de chance, sans avoir trop grisonné, ni être tout à fait méconnaissable. Adieu, adieu! »

L'abbé Gervais lut et relut cette lettre, avec une joie profonde qui ne put s'épancher complétement qu'au pied de l'autel, où il se répandit en prières et en actions de grâces pour son jeune ami. Puis, sans plus tarder que pour prendre le jour de la réunion de famille, il se rendit de très-bonne heure chez les Daurival, avant même la fin du dîner, désirant les attendre dans le salon et les y voir un moment, avant que d'autres personnes vinssent pour la soirée. En effet, il trouva tout son monde, et en plus, seulement, madame Aubry, son fils, et Florentin. L'abbé s'excusa de paraître sitôt : — Mais, dit-il, j'ai eu la bonne fortune de recevoir une lettre du cher commandant, et je m'empresse de vous en apporter les plus excellentes nouvelles.

Il ne fallait rien moins que ces paroles et l'air radieux qui les accompagnait pour qu'on ne s'alarmât pas d'une lettre arrivant par l'intermédiaire d'un ecclésiastique que l'on voyait quelquefois, sans qu'il fût un habitué de la maison. Il ajouta aussitôt : —J'avais eu l'avantage de voir M. Adrien avant son départ, nous causâmes assez longuement, et il voulut bien me promettre de m'écrire, ce qu'il a fait en m'invitant à vous communiquer sa lettre.

—Mille remerciements, monsieur l'abbé, dit madame Daurival, en se remettant d'un premier mouvement d'inquiétude ; rien ne peut nous être plus agréable que de fraîches nouvelles de notre cher enfant.

—Ayez donc la bonté de nous lire vous-même cette lettre, reprit M. Daurival, un peu surpris de cette correspondance, mais voulant mettre l'abbé parfaitement à l'aise.

Celui-ci, en effet, comptait bien passer, çà et là, quelques lignes pour qu'on ne pût rien induire de nouveau sur la cause du départ si regretté. Il fit même un court préambule pour indiquer les sérieuses dispositions d'esprit où se trouvait le commandant en quittant sa famille : et il y eut, déjà là, un premier étonnement qui ne se traduisit que par quelques signes ou regards des uns aux autres, mais qui eut l'avantage de les préparer tous à ce qui allait suivre.

L'abbé lut donc cette lettre qui le remuait encore (et son accent le marquait assez) au milieu d'une attention et d'un silence eux-mêmes très-expressifs. Quand il eut terminé, une exclamation générale s'éleva : madame Daurival, en regardant son mari, se récria aussitôt contre cette assertion finale d'un séjour en quelque sorte illimité en Afrique ; Florentin s'était levé d'un bond pour aller serrer les mains de l'abbé; madame de Verceil gardait le silence, les yeux machinalement fixés sur mademoiselle Germont, sans autre idée toutefois que celle du plaisir qu'un tel changement devait causer à une personne si pieuse, tandis que M. de Verceil tortillait sa fine moustache en rêvant à ce qu'il venait d'entendre; Charles Aubry, tout joyeux, regardait tour à tour sa mère et Henriette, et celle-ci serrait la main de Clotilde en lui disant à voix basse : « Que je suis heureuse! » Quant à Clotilde (si on veut savoir ce qu'elle pensait), elle rendait grâces à Dieu!

— Ma chère amie, disait, de son côté, M. Daurival à sa femme, il ne faut pas prendre à la lettre ce mouvement d'ardeur militaire; Adrien nous aime trop pour ne pas nous revenir dès que ce sera chose possible.

— Je l'espère bien, reprit madame Daurival; enfin ce cher enfant veut devenir parfait; je suis du moins très-heureuse de sa joie et de son étonnante résignation, hélas! à tout ce qui pourrait arriver, et dont je frémis rien qu'en y pensant. Ah! oui, Dieu nous le conserve, ce cher enfant!

— Il a vraiment toutes les bonnes chances, s'écria M. de Verceil avec une étrange animation; mais aussi c'est un caractère que notre brave commandant!

— Mon cher ami, reprit M. Daurival en souriant, il ne tient qu'à vous d'avoir chance pareille :

celle-là du moins est à la portée de tout le monde.

— Oh! oh! c'est selon : ce qu'il y a de sûr pourtant, c'est que je ne voudrais pas faire le grand voyage, tu entends, ma femme, sans causer quelque peu avec le digne abbé que voilà.

— Monsieur, reprit gaiement l'abbé Gervais, j'aurais infiniment de plaisir à causer avec vous, sans que vous en soyez à cette extrémité.

— Le plaisir sera partagé, monsieur l'abbé, ajouta le comte de Verceil en se dégageant; car nous trouvons tous ici vos visites trop rares.

L'abbé s'inclina, et comme en ce moment arrivaient quelques personnes pour la soirée, il prit congé et se retira, tout content de la cordiale réception qui lui avait été faite; n'entrevoyait-il pas, avec bonheur, de précieux germes que la grâce d'en haut et le temps pourraient féconder!

CHAPITRE IX

Il est certain que cette lettre d'Adrien avait singulièrement impressionné toute la famille, et que chacun en avait plus ou moins tiré quelques bonnes réflexions. Or, madame de Verceil, qui n'avait rien laissé voir de ses sentiments, était plus pénétrée qu'on ne l'aurait pu croire d'après son habituelle indifférence.

Elle aussi s'apercevait qu'il lui manquait quelque chose, un ferme appui, une force supérieure pour se maintenir sûrement et paisiblement dans l'intime et juste possession d'elle-même. Négligée par son mari, méconnue, croyait-elle, dans ce qu'elle pouvait avoir de plus éminent et de meilleur, il lui fallait se contraindre et se comprimer étroitement, puisqu'enfin sa fierté dédaignait de se plaindre, ou de se consoler par de faciles illusions. Elle vivait tristement avec elle-même, et durement avec ceux qu'elle eût voulu aimer : car, frustrée de l'affection la plus chère, elle opposait orgueilleusement à toutes les autres, même les plus légitimes, une

sorte de vindicative froideur. Mais aussi était-elle
intérieurement agitée du plus irrémédiable mécon-
tentement contre elle-même. Qu'elle devait être
douce cette paix de l'âme que son frère, l'énergique et noble Adrien, avait su conquérir! et combien vivifiante et précieuse cette joie suprême
dont il paraissait comblé!... Est-ce qu'il ne pourrait pas y avoir là aussi pour elle des apaisements
profonds et de rayonnantes lumières, qui lui don-
neraient les repos et les clartés si nécessaires dans
les obscurités et les fatigues de la vie? Eh bien! si
elle tentait d'avancer vers ces pures régions de la
foi catholique où les âmes s'épurent, se dilatent et
s'élèvent, on ne peut le nier, au degré seul de leur
bonne volonté?...

Tout en remuant en elle-même ces graves pensées, madame de Verceil se sentait de plus en plus
attirée vers mademoiselle Germont. Depuis longtemps déjà elle n'avait pu se défendre d'une secrète
sympathie pour la modeste et si aimable institutrice
de sa sœur. Elle avait d'abord remarqué cette
droite simplicité et ce naturel si heureux; elle avait
admiré, sans mot dire comme toujours, cette bonne
grâce sans apprêt et cette rare distinction d'idées,
de langage et, chose plus difficile, de conduite, en
toute circonstance. Comment donc cette jeune fille,
si bien douée et si bien accueillie, seule dans un
monde étranger et supérieur, se maintenait-elle si
sérieusement avec une si charmante modestie, en
s'élevant insensiblement au rang des personnes le

plus honorablement remarquées, et attirant vers
elle, sans y prétendre, des hommages d'un grand
prix? C'est en essayant de résoudre cette question,
ou du moins le croyait-elle, qu'elle s'était peu à
peu et de plus en plus rapprochée de mademoiselle
Germont : aimant, comme on a pu l'observer, à
travailler en sa compagnie, à échanger quelques
paroles, à causer parfois plus longuement et à lui
emprunter même quelque bon livre de littérature
ou de morale chrétienne. Et de fait, avec Clotilde,
elle avait enfin mis de côté sa dédaigneuse raideur,
et lui témoignait toute la confiance compatible
avec un naturel si concentré.

Une après-midi elle était venue chez sa mère
avec ses enfants, au moment où madame Daurival
et Henriette allaient sortir en voiture.

— Viens-tu avec nous? lui dit madame Daurival.

— Merci, mère, je n'ai pas l'intention de sortir.

— Viens donc, lui dit Henriette; et profite
comme nous de cette belle et rare journée.

On était dans la seconde quinzaine d'octobre : et
le temps magnifique invitait à la promenade.

— Oh! bien non, dit-elle, je vous donne les enfants et je vais travailler avec mademoiselle Germont.

— Comme tu voudras, ajouta sa mère, sachant
bien qu'il était inutile d'insister.

Les enfants joyeux bondirent dans la voiture, et
madame de Verceil se rendit chez Clotilde, qu'elle
trouva travaillant près de sa fenêtre ouverte, pour

mieux jouir de ce beau soleil d'automne qui revêtait si richement de pourpre et d'or les cimes éclair-
cies des tilleuls et des hêtres. En entrant dans la
chambre, madame de Verceil ne jeta qu'un regard
distrait sur le parterre et les massifs resplendis-
sants de fleurs et de lumière ; mais avant de prendre le siége que Clotilde lui offrait en souriant,
elle s'arrêta un moment debout, silencieuse, pa-
raissant examiner l'ouvrage que mademoiselle Germont tenait entre ses mains, mais ne considérant
que la jeune fille elle-même, son visage si paisiblement réfléchi, son air si confiant et si pur, et son
ajustement lui-même exempt de toute prétention,
mais non de grâce naturelle et de bon goût.

— Pardon ! dit-elle enfin, mais j'admire malgré
moi cette paix profonde où vous vivez si heureusement. Et savez-vous, ajouta-t-elle, en lui tendant
gracieusement la main et en s'asseyant près de Clotilde, que j'envie parfois cette constante sérénité,
qui vous dédommage de tant d'autres choses sédui-
santes pour les yeux, mais vides et amères au
cœur.

— Il est vrai, dit Clotilde, que vous êtes tous ici
si bienveillants pour moi, qu'il ne me pourrait
venir à l'esprit de souhaiter une autre destinée.
Mais vous-même, chère dame, est-ce que vous
n'avez pas à remercier Dieu de tous les dons qu'il
vous a faits ?

— Oh ! moi, moi, reprit madame de Verceil,
d'une voix plus basse et singulièrement émue, je

suis peut-être ingrate envers Dieu, mais je suis aussi mécontente de moi-même que de presque tout ce qui m'entoure.

— Ne le dites pas, chère dame, ou plutôt ne le pensez pas; et croyez que nous avons tous à bénir Dieu de la position qu'il nous a donnée.

— Cela devrait être, puisque je suis entourée de ces biens qu'on recherche et qu'on envie; pourtant ils ne me donnent pas le bonheur; et je puis dire que j'ai l'âme navrée, et que je porte la vie, au jour le jour, dans une insurmontable tristesse.

— Oh! pauvre dame, s'écria Clotilde toute pénétrée de cette confiante douleur, que je vous plains! mais comme je voudrais encore plus vous persuader de vous élever vers ce Dieu qui seul console, ranime et fortifie. En lui, comme tant d'autres grandement éprouvés, vous trouveriez une douce résignation, bientôt la paix et même la joie, car vous seriez tout au moins heureuse de vous conformer chrétiennement à la divine volonté, d'offrir vos souffrances au Dieu Sauveur, et d'apprendre de lui que les tristesses et les larmes sont aussi le chemin du bonheur.

C'était avec des yeux humides que madame de Verceil entendait ces pieuses paroles; et, malgré les dernières contractions d'une nature hautaine qui voulait encore se raidir au moment même où elle se sentait comme invinciblement remuée, elle s'inclina doucement vers Clotilde, et d'une voix altérée elle lui dit:

— Eh bien, oui, je voudrais croire, vivre et aimer comme vous ; mais il y a une si grande différence entre nous ; il y a tant d'entraves à rompre autour de moi, plus encore en moi-même, que je doute d'arriver jamais à cette bienheureuse paix où je vous vois.

— Pourquoi douteriez-vous de la bonté divine qui est sans bornes ? Devant elle toutes les nuances s'effacent, et elle est surtout miséricordieuse pour ceux qui recourent à elle dans leurs peines. Toute ma confiance et tout mon repos sont là ; venez-y avec un filial abandon, chère dame, et vos tristesses se changeront en joie.

— Tout m'incline à vous croire ; et peut-être essaierai-je, si vous m'aidez un peu, chère Clotilde, de votre bonne amitié ; le voulez-vous ?

— Si je le veux ! mais je suis tout à vous, très-chère dame.

— Oh ! bien alors, plus de dame entre nous : il faut que vous m'appeliez Amélie comme je vous appellerai Clotilde, me regardant uniquement comme une amie dévouée.

Et en parlant ainsi, la noble physionomie de madame de Verceil se revêtait d'une expression d'autant plus touchante qu'elle lui était moins habituelle.

Clotilde en fut pénétrée, et sans se préoccuper de leur situation si inégale, ne voyant qu'une belle âme qui se rapprochait de la sienne, elle prit affectueusement les mains qu'on lui tendait, en di-

sant qu'elle voulait être une fidèle amie et qu'elle
serait vraiment heureuse de pouvoir le lui prouver.

— Vous pouvez beaucoup pour moi, très-
chère Clotilde, reprit madame de Verceil; oui,
par l'estime et l'attachement qu'insensiblement
vous m'inspiriez, vous avez fait naître en moi des
sentiments et des pensées, confus encore, mais
qui m'apparaissent comme un secours et une
lumière pour la conduite de la vie. Si vous saviez, hélas! jusqu'à quel point tout cela me
manque! Comme j'ai marché, pour ainsi dire, à
l'aventure parmi d'inextricables difficultés soule-
vées, je le vois maintenant, en grande partie par
ma faute; ne cherchant d'abord à les résoudre que
par des heurts irritants ou par de mornes dédains,
qui ne me laissaient également, au fond de l'âme,
que sécheresse et désolation. Ainsi, j'ai compromis
la paix et la joie de mon intérieur, j'ai refoulé tous
les retours possibles et désirables; ainsi j'ai suscité
de perpétuelles et dures représailles, moins dures
pourtant, je le reconnais, que les glaciales raideurs
de mon orgueil. Aujourd'hui, grâce à vous, je sens
que je ne puis plus vivre de la sorte; que je dois, à
tout prix, renoncer à cette attitude insensée; je le
sens, mais j'hésite encore par amour-propre, je
doute par ignorance des voies à suivre, et je serais
capable de retomber en mes odieuses ténèbres, si
je n'avais vos bonnes paroles et votre tendre charité pour me soutenir et me fortifier contre moi-
même.

Les larmes brûlantes qui jaillissaient des yeux de madame de Verceil révélaient trop bien sa poignante agitation, pour que Clotilde, profondément émue elle-même, hésitât sur ce qu'elle devait faire :

— Très-chère amie, dit-elle, puisque vous me permettez ce titre si doux, croyez, oh ! croyez à ce que je vais vous dire, car je n'y suis pour rien, et Dieu seul, qui m'a fait connaître et aimer son admirable loi, me dicte cette pensée : Levez-vous généreusement, chère Amélie, allez vous jeter au pied de l'autel, demandez force et lumière au Dieu Sauveur ; montrez-vous telle que vous êtes à l'un de ses ministres ; écoutez les conseils de la sagesse divine, car c'est Dieu qui parle par la bouche du prêtre ; demandez, recevez le céleste pardon que le repentir obtient toujours ; et, je vous l'affirme, tout sera fini pour le passé, tout renaîtra et fleurira pour l'avenir ; dites, le voulez-vous ?

— Oui, répondit madame de Verceil, je le veux ! Allons trouver l'abbé Gervais que j'estime depuis sa première apparition ici ; allons, chère Clotilde, conduisez-moi.

Clotilde ne put se retenir de lui sauter au cou, et madame de Verceil, en l'embrassant comme une sœur, ne cessait de lui répéter combien déjà elle se sentait heureuse ! Elles sortirent en se donnant affectueusement le bras, et silencieusement alors, l'une et l'autre religieusement recueillies, elles se dirigèrent vers Saint-Germain-des-Prés. En entrant

dans l'antique basilique romaine, si imposante
d'aspect, elles échangèrent quelques paroles à voix
basse : madame de Verceil demandait, avec une
touchante humilité, quelques avis que Clotilde lui
donnait avec une sollicitude aussi douce qu'empressée. Puis elles allèrent se prosterner à l'entrée du
chœur devant le sanctuaire. Après un moment de
prière et de recueillement, Clotilde se leva, se rendit à la sacristie où elle fit demander l'abbé Gervais ;
ayant pu le voir presque aussitôt, elle lui dit en
quelques mots ce dont il s'agissait, et elle revint
près de madame de Verceil, qu'elle conduisit vers
le confessionnal, retournant elle-même se prosterner devant le Saint-Sacrement.

Quand madame de Verceil rejoignit Clotilde, son
visage inondé de larmes rayonnait cependant
d'une joie qui n'était pas de la terre ; toutes deux
alors d'un même mouvement offrirent à Dieu des
prières de remerciement et d'action de grâces, avec
une ferveur généreuse qui n'aspirait qu'à prouver
sa reconnaissance et son amour.

Puis elles quittèrent l'église, et madame de Verceil, reprenant affectueusement le bras de Clotilde,
lui dit aussitôt :

— Après Dieu, chère amie, je vous dois le repos
et le salut de mon âme, je ne l'oublierai jamais.

— Louons Dieu, chère Amélie, lui seul nous
guérit et nous délivre comme un bon père : pour
nous, demeurons ses enfants très-humbles et très-
dévoués.

— Oh! oui, gloire à Dieu! reprit madame de Verceil, et puissé-je enfin le servir dignement! que de choses à réparer et que de choses à refaire! Mais tenez, chère Clotilde, profitons des derniers moments de ce beau jour : le soleil brille encore, bien qu'à son déclin; sortons de ces rues bruyantes, allons respirer paisiblement sous les arbres des Tuileries; j'ai besoin de ne me pas distraire de toutes ces grandes et bonnes pensées qui m'assiégent et me pénètrent si intimement : allons!

Et toutes deux, également avides de retenir en quelque sorte et de prolonger cette heure bénie, gagnèrent d'un pas allègre les quais, puis la grille du Pont-Royal, et, tournant à gauche, montèrent doucement la terrasse du bord de l'eau (toujours publique à cette époque), où quelques rares promeneurs seulement se montraient çà et là. Il était un peu plus de quatre heures, le soleil penchait à l'horizon et projetait ses rayonnements empourprés sur la longue avenue de tilleuls et sur les hautes cimes des marronniers voisins : les mille cris des oiseaux, voletant encore de branche en branche, saluaient la fin de ce beau jour et prêtaient à ces beaux lieux le charme harmonieux des grands bois.

— Comme j'aime maintenant cette douce tranquillité, dit madame de Verceil; et comme avec bonheur je m'écarte de ces foules brillantes où je me tenais assidue, malgré l'intime amertume qui me troublait tout plaisir et toute joie. Vraiment,

13

rien n'est bon comme de se sentir en paix avec Dieu
et avec soi-même ! et rien n'est admirable comme
cette miséricordieuse justice qui nous convie au
repentir, reçoit nos aveux en les couvrant d'un
pardon absolu, parmi les plus encourageantes paroles et les plus nobles conseils. Ce n'est pas encore
assez : avec cette vie nouvelle une autre et sublime
perspective, la sainte Eucharistie, où le divin Sauveur se communique à nous comme un divin ali-
ment contre toutes les défaillances, toutes les séductions de la vie, et comme un gage de la félicité
promise à toutes les âmes de bonne volonté. Ah !
je comprends aujourd'hui, chère Clotilde, cette
force contre le mal et cette puissance pour le bien
qui vous sont si naturelles, et qui font votre juste
supériorité sur nous toutes. Que de fois je l'enviais,
hélas ! avec dépit ! A présent j'entrevois cette divine lumière, j'aspire à la suivre, et je me sens
heureusement guidée dans mes faibles efforts. Car
je me vois comme tirée miraculeusement de profondes ténèbres ; jugez donc, chère amie : j'ai vingt-
six ans, et c'est presque depuis le jour pourtant si
pur de ma première communion que j'ai langui
sans secours et sans prières parmi toutes les frivo-
lités et toutes les déceptions du monde. Vous m'êtes
alors apparue d'abord comme un singulier problème. Votre simplicité, votre droiture et la fermeté de votre conduite m'étonnaient ; je vous vis
enjouée et recueillie dans nos réunions ; appréciée
et recherchée de nous tous sans aucune vanité ;

aussi empressée à vous rendre agréable qu'attentive à vous maintenir dans la plus humble réserve; avec cela très-pieuse, ne vous dissimulant en rien, et faisant, sans y penser, comprendre à tous le charme de la vraie piété. Ainsi vous m'avez peu à peu attirée, touchée et conduite à désirer vos convictions et vos vertus. Oh! oui, Dieu a fait le reste et le plus difficile; mais je le remercie, avec beaucoup d'autres choses, de vous avoir placée près de nous, et de m'avoir fait comprendre le prix de votre chrétienne amitié.

— Chère Amélie, reprit Clotilde, vous me rendriez confuse, si je n'étais trop heureuse de vous voir toute à Dieu et si résolue à bien faire pour l'honorer et le servir. Mais puisque vous me donnez une part si belle dans vos pensées et dans vos affections, et Dieu sait si j'en suis reconnaissante, il faut que je vous dise comment j'ai pu vous apparaître avec quelque intérêt et, si vous le voulez, avec quelque avantage. Avant tout, et vous le sentez comme moi maintenant, la grâce d'en haut et les divins sacrements faisaient toute ma force, sans nul doute. Mais qui m'a conduite à leur être par-dessus tout fidèle? C'est l'exemple, les soins, la sollicitude, le dévouement d'une mère chrétienne, d'une mère qui ne m'a jamais perdue de vue un instant, qui a dirigé mes premiers instincts, éclairé tous les chemins où j'ai dû marcher; qui m'a pénétrée, par son admirable conduite autant que par ses pieuses paroles, de cette forte et salutaire

pensée, que Dieu doit toujours être présent à notre
esprit, pour chasser toute image mauvaise et pour
inspirer toutes nos actions. Mais vous dire en même
temps la tendresse de son âme, le charme de sa
présence, l'agrément de sa conversation, la douceur de son regard, jamais je ne le saurais faire
comme je l'ai senti et comme je le ressens en ce
moment même, où je vous en parle pour lui attri-
buer uniquement ce que vous me dites de si bon.
Mon Dieu ! quelles heureuses années nous avons
passées ensemble ! Nous étions pour ainsi dire pauvres, nous travaillions longuement en nous cachant
l'une de l'autre pour nous aider à vivre ou pour
nous donner l'une à l'autre quelque adoucissement
trop nécessaire. Mais, parmi tout cela, que nous
étions calmes, gaies, confiantes, également péné-
trées de notre incomparable bonheur! Il ne pouvait
durer ainsi sur la terre, et Dieu voulait combler
lui-même cette âme si pure et si sainte, qui ne
m'est pas moins chère et m'est encore plus secou-
rable, je le sens et le vois tous les jours.

— Ah ! Clotilde, reprit madame de Verceil d'une
voix émue, comme vous vous êtes modelée sur
cette belle âme! Souffrez que je le dise, vous me la
faites voir en vous-même. Mais pour moi vous faites plus encore; vous me montrez irrésistiblement
ce que peut être, ce que doit être une mère chrétienne. O mes chers petits enfants! il me semble
qu'il y a un siècle que je ne les ai vus et qu'il me
reste tout à faire pour eux. Allons, Clotilde, allons!

que je les revoie sans retard et que je commence enfin à les aimer véritablement.

En parlant ainsi, madame de Verceil, impatiente, revenait aussitôt avec Clotilde vers la grille du Pont-Royal; mais au milieu de leur marche rapide, voilà qu'un cerceau lancé par une jeune fille vêtue de noir, d'une douzaine d'années, vint s'abattre à leurs pieds. La belle enfant s'arrêta, souriante et s'excusant, puis, levant ses yeux bleus vers les deux dames, elle s'écria tout à coup en se jetant dans les bras de Clotilde :

— C'est mademoiselle Germont! ma chère mademoiselle Germont! quel bonheur!

— Agnès, ma chère petite Agnès, s'écria aussi Clotilde, c'est donc vous! que je suis heureuse de vous revoir et de vous embrasser!

— Et moi donc! reprit la charmante enfant; j'ai tant pensé à vous et tant prié le bon Dieu qu'il vous ramène près de moi!

— Chère enfant, que vous êtes gentille! Mais dites-moi, vous êtes en deuil?

— Hélas! oui, voici plusieurs mois que j'ai tout à coup perdu papa. Pourtant le bon Dieu a eu bien pitié de moi, car mon oncle et ma tante, que nous voyions très-peu, m'ont prise avec eux, et ils sont si bons que je n'ai jamais été plus heureuse. Venez, venez un instant, ma tante est là, à deux pas; elle sera bien contente de vous voir, car je lui ai souvent parlé de vous.

Ce disant, Agnès passait son bras sous celui de

Clotilde en la conduisant vers une dame assise à peu de distance et dans la direction de la grille vers laquelle on se rendait. Madame de Verceil, d'ailleurs, n'était pas moins charmée de la grâce et de la candeur de l'aimable enfant. Celle-ci, en approchant de sa tante, qui se levait en la voyant ainsi accompagnée, s'écria aussitôt :

— Chère tante, c'est mademoiselle Germont, tu sais, que je suis si contente de revoir !

— Mademoiselle Germont, reprit vivement cette dame d'un extérieur très-digne, et pouvant avoir une cinquantaine d'années, permettez-moi de vous donner la main comme si nous nous connaissions depuis longtemps. Ma douce Agnès m'a dit et m'a fait voir tant de bonnes choses de vous, que ce m'est un vrai plaisir de pouvoir vous en témoigner toute ma reconnaissance.

— Que n'aurait-on pas fait de grand cœur pour cette charmante enfant? répondit Clotilde en serrant les mains de madame Ménard.

— Oui, c'est vrai, reprit celle-ci, elle a le plus heureux naturel; mais vous avez su, mademoiselle, y ajouter ce que j'appellerai le don de Dieu, et la chère enfant l'a conservé fidèlement malgré votre absence. Aussi, quand son père (qui était mon frère) a été frappé subitement au point d'expirer en quelques heures, la pauvre enfant ne l'a pas quitté d'une minute et lui présentait, de moment en moment, la croix de son chapelet qu'elle lui faisait doucement embrasser. Quand nous avons été pré-

venus, mon mari et moi, M. Limeret, qui ne nous
voyait que de loin en loin, a paru nous reconnaître
et nous accueillir avec des signes d'affection. Assurément, une pieuse et bonne pensée, grâce à ma
chère Agnès, a traversé son esprit, et c'est notre
consolation. Mon mari est le tuteur de sa nièce et
nous l'aimons comme notre chère petite fille.

Agnès, qui écoutait, les larmes aux yeux, embrassa tendrement sa tante.

— Madame, reprit Clotilde, je suis bien touchée
de tout ce que j'apprends et, si vous le permettez,
je serai très-heureuse d'aller vous voir ainsi que
votre chère Agnès.

— Je voulais vous demander cette grâce, mademoiselle, et vous prévenez mon plus cher désir.

— Et moi, madame, dit alors madame de Verceil de l'air le plus gracieux, je désire réclamer
aussi une faveur : j'ai une petite fille plus jeune,
mais que je serai heureuse de faire connaître à
mademoiselle Agnès, qui voudra bien l'aimer
comme une petite amie. Vous saurez, madame,
en deux mots, que mademoiselle Germont vit
avec nous en famille et que je la regarde comme
une sœur.

Ces dames échangèrent leurs adresses et se pres-
sèrent affectueusement les mains en se promettant
de se revoir.

— A bientôt, n'est-ce pas? à bientôt! répétait
Agnès en s'éloignant.

Madame de Verceil et Clotilde, tout en devisant

de cette aimable rencontre, regagnèrent rapidement l'hôtel Daurival.

Henriette était dans le salon et les enfants autour d'elle écoutant une belle histoire, lorsque madame de Verceil entra avec une vivacité qui ne lui
était pas ordinaire, fit de la main un geste charmant d'amitié à sa sœur et, courant à ses enfants,
les embrassa tendrement ; puis, s'asseyant et les
attirant à elle :

— Venez, mes chéris, leur dit-elle avec le plus
doux sourire, vous êtes-vous bien amusés ?

— Oh ! oui, maman, s'écrièrent à la fois les
deux enfants. Nous avons vu Polichinelle, et puis
nous avons joué au ballon et couru, couru tout
plein !

— Et avez-vous été sages aussi ? Voyons, dites-
moi tout.

Les deux enfants se regardaient avec un certain
air plus sérieux.

— Il y a donc eu quelque chose ? reprit madame
de Verceil. Contez-moi cela bien gentiment.

Anna baissa les yeux, et Armand, levant sa tête
blonde, dit aussitôt :

— Maman, nous avons fait la paix. Mais d'abord,
Anna, qui s'amusait avec une autre petite fille, ne
voulait pas jouer avec moi, et comme je revenais
toujours pour courir avec elles deux, Anna m'a
donné une tape. Alors, j'ai pleuré et tante Henriette m'a donné des bonbons ; tout de suite, Anna
est venue m'embrasser, et nous avons joué tous en-

semble, et nous nous sommes bien amusés, maman,
je t'assure!

— Je te crois, mon cher bijou, et je suis très-
contente de toi, parce que je vois que tu n'en veux
pas à ta sœur et que tu l'aimes bien. Et toi, Anna,
je ne te gronde pas, parce que tu as eu regret de ta
faute et que tu l'as promptement réparée. C'est
bien, ma chère petite ; mais une autre fois, tu seras
moins vive, n'est-ce pas ? et, toi l'aînée, tu voudras
toujours jouer avec ton petit frère ?

— Oh! oui, bonne petite maman, répondit Anna
en essuyant ses yeux brillants de larmes.

— Allons, tout est dit maintenant, et je vous
embrasse tous les deux comme de chers petits enfants qui veulent être très-gentils et très-sages.

Les deux enfants, ravis de ces douces et bonnes
paroles, se jetèrent au cou de leur mère en l'embrassant à qui mieux mieux.

Henriette aussi écoutait et regardait sa sœur
dans un singulier état de surprise : cet air, cet accent, cet éveil de tendre sollicitude, tout lui était
nouveau et lui faisait pressentir une complète et
bienheureuse transformation. Elle fit signe à Clotilde, qui était restée debout et non moins captivée;
celle-ci tourna ses regards en haut comme pour
dire : louons Dieu! Madame de Verceil se levait
alors, suivie des deux enfants, qui s'attachaient à
sa robe et auxquels elle souriait en les caressant de
la main.

— Montons un moment , mes chères amies,

dit-elle en s'adressant à Henriette et à Clotilde.

Quand on fut dans la chambre d'Henriette, madame de Verceil prit les mains de sa sœur dans les siennes et lui dit simplement tout ce qui venait de se passer.

— Et maintenant, chère petite sœur, ajouta-t-elle, tu vois ce que je dois être pour ta chère Clotilde : il faut donc que tu me laisses prendre une bonne part dans ton amitié.

— Oh ! tout ce que tu voudras, chère Amélie, reprit Henriette transportée de joie ; elle mérite bien que nous l'aimions tous. Mais quel bonheur d'être ainsi réunies toutes les trois dans le bon Dieu ! Il me semble que tout va me devenir facile et qu'à nous trois nous remuerons ciel et terre. Oui, chère Amélie, tu centuples nos forces, car tu sauras mettre en œuvre, désormais, tous les dons que le ciel t'a prodigués.

— Ah ! chère enfant, que dis-tu là ? Moi qui me sens si faible et qui ai tant besoin d'être soutenue ! Mais vous m'aiderez, chères amies, et avec vous (tu dis vrai sous ce rapport), j'aurai force et courage. Allons maintenant, le dîner ne va pas tarder, ne nous faisons pas attendre. Anna ! donne la main à ton frère et marchez devant nous, mes chers petits agneaux.

Les deux sœurs prirent entre elles Clotilde sous le bras et descendirent au salon, où se trouvaient déjà réunis madame Aubry et son fils, Florentin, M. de Verceil et M. et madame Daurival. On était si habitué à la froide politesse de la jeune comtesse, qu'on fut aussitôt saisi par la douce expression de sa physionomie et la gracieuse affabilité de ses manières. Elle se montra, durant tout le cours de cette soirée, naturelle, prévenante, affectueuse avec tous. Pendant le dîner, tout en s'occupant de ses enfants qu'elle avait près d'elle, elle écoutait avec intérêt la conversation et y prenait part avec un spirituel agrément dont on la savait bien capable, mais qu'elle laissait rarement paraître. Loin de contredire son mari ou de lui montrer un air ironique ou glacial, elle lui prêta une complaisante attention et parut s'amuser, comme tout le monde, des bonnes histoires qu'il contait parfaitement. Dans la soirée, elle fit de la musique autant qu'on le voulut, jouant de la meilleure grâce tout ce qu'on lui demandait. Puis elle causa beaucoup avec madame Aubry et son fils Charles, ne les entretenant que des sujets qu'elle leur savait agréables et leur témoignant le plus sympathique intérêt. On eût dit qu'elle avait déjà pressenti les intentions de son père à l'égard d'Henriette, et qu'elle voulait maintenant de tout son pouvoir les appuyer.

Un peu après, elle venait s'asseoir amicalement auprès de Florentin qui en demeurait tout ébahi, car, jusque-là, il n'avait guère échangé que de profonds saluts avec cette jeune dame, dont l'air hautain et attristé le glaçait. Aussi, malgré l'attitude si différente et encore inexpliquée de madame de Verceil, il était assez perplexe en la voyant se tour-

ner vers lui avec l'intention évidente d'entrer en
conversation. Son embarras ne fut pas de longue
durée, car madame de Verceil lui parla tout de
suite de Clotilde, de l'estime et de l'amitié qu'elle
avait conçues pour elle et du bien qu'elle en avait si
sérieusement éprouvé. Elle voulait lui dire ces
choses, parce qu'elle savait son dévouement pour
mademoiselle Germont, et désirait elle-même être
connue de lui comme une sincère amie de Clotilde.
On juge de la joie de Florentin en entendant un pareil langage. Puis madame de Verceil l'amena facilement à lui parler de madame Germont, qu'il
avait si bien connue et appréciée, et écouta avec
un profond intérêt tous les détails qu'il s'empressa
de lui donner sur cette dame d'une vertu si rare et
d'une bonté si parfaite. Et de vrai, c'était avec les
larmes aux yeux et les plus touchantes paroles que
Florentin retraçait le charme de ce modeste intérieur où, lui encore si éloigné des convictions de sa
pieuse amie, se sentait pénétré de respect et d'une
sorte de recueillement qui devait l'amener aux divines croyances de cette âme choisie. Madame de
Verceil se montrait si captivée par ce qu'elle entendait, qu'il n'en fallut pas davantage pour lui gagner toutes les sympathies de Florentin, et elle le
laissa dans un véritable ravissement lorsque, en le
quittant, elle lui dit qu'elle n'avait voulu lui parler de son attachement pour mademoiselle Germont
qu'afin de se donner quelque droit à son estime.

En se faisant ainsi toute à tous avec la plus ai-

mable cordialité, la jeune comtesse vit bientôt tous
les fronts rayonner autour d'elle, et rarement elle-
même ressentit une plus douce et plus pure joie.
On peut croire que M. de Verceil n'avait pas été le
dernier à observer cet heureux changement, évidemment marqué d'un singulier caractère de réflexion et de modestie. Mais, comme au milieu des
habituelles froideurs de sa femme, elle n'était pas
sans avoir parfois dans le monde des éclats de gaieté
soudaine, élans de jeunesse ou de vanité qui lui
faisaient recevoir avidement les hommages rendus
à son esprit et à sa beauté, ce pouvait bien n'être
encore qu'une fantaisie de haute morale, un accès
de sagesse ou de piété qui la ferait mieux plaindre
peut-être des libres allures d'un mari négligent.
Donc il fallait attendre ce que deviendrait le rayon-.
nement d'un beau jour. Toujours est-il que M. de
Verceil, lui aussi, demeurait sous le charme et
qu'il éprouvait une intime satisfaction en remarquant, toute cette soirée, les attentions délicates
de sa femme pour tous ceux qu'elle avait trop né-
gligés, et ce joyeux épanouissement de la famille
et des amis autour d'elle. Au moment où on se quittait, il ne fut pas moins impressionné de la tendresse émue avec laquelle elle embrassait son père,
sa mère, sa sœur et même mademoiselle Germont.

— Oh! se dit-il à lui-même, il doit y avoir ici
du nouveau et du sérieux.

CHAPITRE X

Les jours suivants, en effet, montrèrent madame de Verceil sous ce même aspect de sérénité recueillie. Mais ce qui ajouta plus encore à l'étonnement de son mari, c'est qu'il la vit aussi complétement sortir de cette dédaigneuse indifférence qu'elle affectait jusque-là pour tous les détails de sa maison. Madame de Verceil devenait matinale, s'occupait de ses enfants en surveillant leur lever et leur toilette, sans suppléer à la femme de chambre qui avait ce soin, mais en la stimulant par sa présence plus ou moins prolongée et par l'intérêt qu'elle prenait à ses bons services. Puis dans la matinée, elle voulut elle-même donner à ses deux enfants les premières notions de lecture et de travail, autant qu'il convenait à leur âge, et sous la forme de jeux plus encore que d'étude, mais avec ces encourageantes et tendres paroles qui pénètrent déjà si avant dans le cœur et l'esprit des plus jeunes enfants. Elle partageait le reste du temps, avant le repas de midi, entre le travail ou l'étude et les soins de l'intérieur.

Sur ce dernier point, M. de Verceil ne tarda pas à s'apercevoir d'un ordre très-soutenu, qui coupait court à un gaspillage ruineux et ramenait insensiblement une aisance jusque-là peu connue. Chose non moins remarquable, madame de Verceil ne donnait plus la meilleure partie du jour aux soins très-compliqués de sa toilette ; on voyait qu'elle ne se parait pas pour attirer les regards ou l'envie, mais qu'elle avait le bon goût de s'habiller selon les convenances de sa situation, et avec la seule recherche de ce qu'elle savait la rendre agréable à son mari. Ses grâces naturelles n'y perdaient rien ; et plus d'une femme s'étonnait de ne plus la voir si brillante, sans être moins distinguée ni moins admirée ; il est certain qu'on la recherchait pour son aménité, sa bienveillance généreuse et pour ses bons conseils. Déjà, sans y songer, elle exerçait autour d'elle la plus heureuse influence; on était attiré par le charme de sa personne, retenu par son noble langage et pénétré de ses exemples toujours déclarés pour le bien.

M. de Verceil fut particulièrement sensible à ce mouvement si justement flatteur qui se faisait autour de sa femme. Il avait, au fond, l'âme haute et dans le cœur toutes les belles traditions des anciennes familles plutôt assoupies qu'éteintes ; il ne lui en coûta donc pas de rendre justice aux courageux efforts de madame de Verceil sur elle-même, et il

admira franchement cette élévation de pensées
et de conduite qui lui attirait tant de sympathies.
Mais plus elle se montrait pour lui affectueuse,
plus il se voyait prévenu dans ses goûts, consulté
avec confiance, doucement supporté dans ses défauts, moins il se complaisait dans sa vie bruyante
et passablement égoïste, il s'avouait très-inférieur
à sa femme et il en souffrait. Cependant comme ce
n'était pas en lui jalousie, mais conscience d'une
certaine valeur qui pouvait aussi reprendre son es-
sor, il n'hésita pas à paraître publiquement fier des
sérieux hommages qui s'adressaient à madame de
Verceil; il l'accompagna plus assidûment dans le
cercle de la famille et des amis et se laissa beaucoup moins entraîner par tous les prestiges du
monde parisien.

La vue surtout des soins si pleins de prévoyance
et de tendresse que madame de Verceil prodiguait
aux enfants impressionnait son mari, et lui donnait
le désir de ne plus demeurer ni indifférent, ni inutile. Il sentait qu'il y avait aussi là pour lui un devoir
sacré, et qu'à mesure que ces chers petits êtres
grandiraient, ils réclameraient sa sollicitude, s'ap-
puieraient de ses exemples et ne s'affermiraient
dans la vie que par ses efforts à leur en ouvrir les
chemins. Il faudrait donc se préparer d'avance à
cette obligation de conscience et d'honneur..... et
pourquoi pas? Ne serait-ce pas déjà compenser les
vaines dissipations où il avait trop langui? Il était
temps, si décidément il ne consentait pas à s'annu-

ler pour jamais dans la stérile existence des désœu-
vrés. Pressé par ces bons sentiments qui s'élevaient
de plus en plus énergiques et suivis dans son âme,
il se mit à rouvrir ses livres et peu à peu à consacrer la matinée au travail, avec la pensée de pouvoir un jour surveiller ou diriger l'éducation de
ses enfants. L'étude où il reprit goût, fortifia ces
résolutions et bientôt fit naître encore d'autres projets dans son esprit ; il se pouvait dire jeune n'ayant
guère plus d'une trentaine d'années, il avait un
nom honorable, une situation qu'il devait et voulait affermir, il ne lui serait pas très-difficile de se
faire une place dans les fonctions indépendantes,
où surtout il lui convenait de rendre des services.
Tout cela était à mûrir et à développer au gré des
circonstances, mais à préparer maintenant par un
travail soutenu et par un ordre qu'il voulait sans
retard mettre en ses affaires.

Ce même jour où il se fortifiait en ces résolutions,
sa femme lui dit, au moment où les enfants quit-
taient la table après le déjeuner :

— Je voudrais, mon cher Marcel, vous soumettre un petit projet que je médite, mais qui ne se
peut mettre à exécution que tout autant que vous
l'approuveriez et surtout qu'il vous serait agréable.

— Je l'approuve d'avance des deux mains, ma
chère amie ; dites donc à votre aise ce que vous
souhaitez.

— Merci d'abord de votre confiance, et voici
quel serait mon désir. Jusqu'ici, je l'avoue, j'ai trop

préféré l'éclat du monde à l'intimité si douce de la famille et des amis ; et même j'ai trop accepté les prévenances et les invitations fastueuses comme choses à mon égard très-naturelles, et où je n'avais à répondre que par de banales politesses. Je vous indique ce travers sans insister ; et pour que vous n'ayez pas trop à rougir de moi, je me hâte d'ajouter que je serais très-heureuse aujourd'hui de faire quelque chose qui pût plaire à tous les nôtres, en les voyant et en les recevant plus souvent et plus intimement. Ayant un peu mieux réglé les dépenses journalières, je crois qu'il nous serait facile de recevoir familièrement, chaque semaine, nos parents et amis, avec la pensée même, si vous ne la trouvez pas trop prétentieuse, d'exercer à l'occasion quelque bonne influence autour de nous. Mais sur tout cela, c'est votre avis et votre approbation que je réclame.

M. de Verceil, en entendant sa femme parler si humblement d'elle-même et lui témoigner une confiance si entière, fut très-touché ; il garda un moment le silence comme un homme qui médite un parti décisif ; puis, lui tendant la main et serrant affectueusement celle qui lui était aussitôt tendue :

— Ma chère Amélie, lui dit-il, faites tout ce qui vous sera agréable et tout ce que vous jugerez utile et bien. Je sais maintenant ce qu'il y a en vous de noblesse et de bonté, je le sais et j'en suis fier. De grâce, ne revenez plus sur un passé qui pèse

encore plus sur moi que sur vous, je le reconnais.
Mais moi aussi je tiens à réparer; vous m'avez
donné l'exemple du dévouement et du sacrifice;
je serais honteux de rester en arrière et de ne songer qu'à mes satisfactions quand vous vous donnez
si généreusement au devoir. Je sais encore quelle
pensée vous inspire : j'ai compris où vous puisiez
la force et l'élan de votre âme; vous faites bien, je
vous approuve; et vos saintes convictions, qui
furent celles de ma famille, ont tous mes respects.
Désormais, chère Amélie, comptez sur moi; je
veux rompre avec tout ce qui n'est pas digne de
vous.

— Et moi, très-cher ami, s'écria madame de
Verceil toute rayonnante de bonheur, rien ne me
sera plus doux que de me confier en vous. Mais
que Dieu est bon, souffrez que je le dise, de nous
réunir ainsi dans un même désir et une même volonté pour le bien !

— Oui, Dieu est bon pour nous, reprit M. de
Verceil, et je rougirais de rester ingrat pour lui,

— Vous ne l'êtes pas, cher ami, avec d'aussi
généreuses intentions qui ne peuvent demeurer
stériles. Maintenant permettez-moi de vous demander conseil sur une affaire qui me paraît devoir s'engager bientôt et que j'ai très à cœur. Vous
avez dû remarquer comme moi les aimables assi-
duités des de Beauvent pour nous, et vous en avez
deviné le motif évident dans leur désir d'alliances
entre nos deux familles. Il faut bien que j'avoue

encore avoir trop légèrement appuyé ces projets, et beaucoup plus par amour-propre que par sympathie. Or, en ce moment, toutes leurs visées se dirigent sur notre chère petite Henriette, et maman ne leur est que trop favorable. J'ai crû voir néanmoins que mon père avait d'autres intentions très-différentes, que je goûte infiniment et que je voudrais indirectement favoriser, peut-être à l'aide des réunions dont je vous parlais. Je ne crois pas me tromper en supposant que mon père songe sérieusement pour Henriette à Charles Aubry; il paraît voir avant tout son mérite et ses qualités morales, sans s'arrêter à l'inégalité des fortunes. Mais qu'en pensez-vous vous-même, mon cher Marcel?

— Je juge ce choix excellent : Charles a autant de cœur que de mérite, et il fera le bonheur de notre chère petite sœur.

— La grande affaire sera de décider maman, qui est si éblouie de la pairie des de Beauvent, mais vous pourrez beaucoup sur elle, cher ami, et je compte sur vous.

Madame de Verceil avait bien jugé de la situation, car les de Beauvent, assez inquiets des idées sérieuses qui se manifestaient dans une partie de la famille Daurival, se concertaient pour une démarche décisive. Il s'agissait en effet d'assurer la main d'Henriette à leur fils Edouard, qui venait d'être nommé sous-secrétaire des commandements. C'était un succès; on en devait profiter pour réaliser une alliance avantageuse. Madame de Beau-

vent se chargea d'en dire les premiers mots à madame Daurival, et d'obtenir son adhésion, et son
concours actif pour faire réussir la demande officielle. Elle vint donc voir cette chère amie et, amenant la conversation sur la nomination de son fils
et les grandes espérances qu'elle en devait naturellement concevoir, elle dit combien elle serait
heureuse d'associer à son bonheur ceux qui avaient
toutes ses affections, et celle surtout qu'elle regardait depuis si longtemps comme sa meilleure amie.
Elle avait donc pensé qu'une seule chose couron-
nerait dignement la belle situation de son fils, et
c'était son admission dans cette chère famille, en
s'unissant à cette charmante Henriette qui avait
maintenant ses dix-huit ans révolus, et qui était
bien, sans flatterie, la plus délicieuse jeune fille
dont une mère pût s'enorgueillir. C'est pourquoi
elle s'adressait tout d'abord à une amie qui avait
droit à toutes ses pensées, et qui, ayant si parfaitement réussi à former d'après elle-même la plus aimable des enfants, devait être la première con-
sultée sur son avenir, avant toute parole officielle.

Madame Daurival fut très-impressionnée de cette
flatteuse confidence et répondit que, sans avoir encore songé à l'établissement de sa fille, elle ne pouvait demeurer indifférente devant une proposition
ainsi faite par celle qui avait en effet tant de droit
sur son cœur ; elle était touchée autant qu'honorée,
et ferait certainement avec joie tout ce qui dépen-
drait d'elle pour réaliser un si doux projet. Ma-

dame de Beauvent se pâma d'aise à ces mots, embrassa tant et plus sa chère amie, essuya maintes fois ses larmes, vraies larmes de bonheur! répétait-elle. Puis, avec le plus confiant abandon, elle s'épanchait sur toutes les perspectives ravissantes, désormais ouvertes pour elle par l'union de deux familles qui se grandissaient l'une l'autre et venaient au niveau des premières de France ; quoique, elle ne le dirait jamais trop, tout passât à ses yeux après l'intime satisfaction de s'allier étroitement à ceux regardés depuis longtemps comme les amis du cœur.

On s'embrassa donc de nouveau en se promettant de ne rien épargner pour un si beau projet. Madame Daurival, en effet, tout enflammée par les pathétiques manifestations de l'aimable baronne, se résolut d'en parler aussitôt à son mari, qu'elle vint chercher dans son cabinet, et auquel elle raconta ce qui venait de se passer en appuyant chaleureusement sur l'éclat et l'honneur d'une telle alliance. M. Daurival avait écouté sa femme avec beaucoup d'attention, mais avec une froideur marquée. Il parut réfléchir, puis il lui dit, d'un air sérieux et résolu, qu'il était fâché de ne pouvoir partager ses vues sur ce parti et que de graves raisons l'obligeaient à l'écarter. Il s'étendit là-dessus. Nous ne rapporterons que ce qui résumait toute sa pensée : Cette famille, ajoutait-il donc en terminant, est trop fastueuse, elle compromet son repos par une vaine représentation et arrivera tôt ou tard à

de cuisants embarras. Quant au jeune homme,
malgré un certain instinct du positif, qui en pourra
faire, peut-être avec le temps, un homme rangé, il
n'avancera guère que par l'intrigue et ne sera pas,
je le crains, sans donner beaucoup de soucis à la
compagne de sa destinée. Vous comprenez comme
moi que nous ne devons pas exposer Henriette aux
chances d'une telle situation.

Ce qui dépitait peut-être le plus madame Daurival en écoutant son mari, c'est qu'elle reconnaissait
la force de ses raisons, sans avoir la volonté de s'y
rendre. Car, ayant la fortune, elle estimait qu'un
nom titré en était l'indispensable complément, et
elle insista du mieux qu'elle put en faveur de sa
chère baronne.

— Je suis convaincu, reprit M. Daurival, avec
une gravité qui laissait peu d'espoir à sa femme,
que vous auriez à regretter votre condescendance
pour vos aimables amis. Je ne pensais pas avoir à
m'occuper sitôt du mariage d'Henriette, mais, puisque déjà les sollicitations vous pressent, je vous
communiquerai une idée à ce sujet. Vous savez et
vous partagez ma juste affection pour Charles Aubry, le fils de mon ami le plus cher; c'est un jeune
homme aussi excellent que distingué; il marque
déjà dans une carrière qui peut mener loin; car on
le considère, et je suis bien renseigné, comme le
plus capable parmi les auditeurs au conseil d'Etat;
il a donc toutes les qualités désirables. Pourquoi
n'en ferions-nous pas notre gendre?

Ici encore, madame Daurival acquiesçait aux sentiments et aux vues mêmes de son mari ; mais son amour-propre regimbait, et elle s'écria avec plus d'affectation que de conviction réelle :

— En vérité, monsieur Daurival, j'admire votre désintéressement ! Vous me permettrez cependant de penser un peu à l'honneur et à la situation de la famille. Charles est un excellent jeune homme, j'en conviens, distingué même, au moins par ses talents, j'en demeure d'accord ; tout cela ne fait pas qu'avec douze ou quinze mille livres de rente au plus après sa mère il soit en position de demander une jeune fille qui un jour n'aura guère moins de deux millions ! De bonne foi, que voulez-vous que dise le monde ?

— Et d'abord, ma chère amie, reprit M. Daurival avec calme, Charles est en effet trop modeste pour venir nous demander Henriette ; aussi, vous ai-je dit que c'était moi qui songeais à la lui offrir. Toutefois, ceci n'est qu'un projet dont je ne vous aurais peut-être pas encore parlé, si vous ne m'aviez pressé pour un autre parti. Nulle urgence donc sur ce point. Veuillez seulement réfléchir, ma chère amie, à tout ce que nous devons prévoir pour assurer le bonheur de notre enfant ; et je suis assuré qu'ayant le même désir de bien faire à ce sujet, nous arriverons à nous entendre comme il convient ; nous en reparlerons donc plus tard.

Madame Daurival n'insista plus ; d'ailleurs elle connaissait le jugement très-sûr de son mari, la

haute capacité qu'il déployait en affaires et qui lui
avaient valu cette considération et ce grand état
dont elle était glorieuse. D'autre part, elle appréciait le mérite et le noble cœur de Charles Aubry
qu'elle aimait elle-même comme l'enfant de la maison. Ah! si seulement il avait le plus petit *de* devant son nom, cela eût pu suffire pour Henriette,
anoblie du moins comme sa sœur, sauf le titre,
apanage assez naturel de l'aînée. Mais Charles Aubry
tout court pour honorer cent mille livres de rente,
c'était peu convenable vraiment, et peu juste aussi
à l'égard d'Henriette. Assurément madame de Verceil serait la première à en convenir ; et elle allait
lui en parler, pour qu'à son tour elle le fît entendre
à son père, qui fléchirait peut-être devant une opinion unanimement partagée dans la famille. Ce
moyen d'influence serait d'autant plus efficace que,
providentiellement en quelque sorte, M. de Verceil
lui-même avait depuis peu considérablement grandi
aux yeux de M. Daurival; il l'avait vu sortir résolùment d'une vie dissipée, renoncer à de folles dépenses, lui demander des conseils pour remettre
en valeur son domaine négligé et s'occuper activement de rétablir l'ordre en ses affaires, en même
temps qu'il se montrait plein d'attention pour sa
femme et de vigilance pour ses enfants.

Madame Daurival espérait donc qu'appuyée par
son gendre et sa fille, elle pourrait revenir avec
plus de succès sur sa proposition. Mais quel ne fut
pas son ébahissement lorsque, leur ayant exposé

l'ouverture faite par madame de Beauvent, la réponse négative de leur père et ses intentions à l'égard de Charles Aubry, elle les entendit applaudir vivement au choix de M. Daurival, et la prier elle-même avec instance de ne pas s'y opposer. Elle n'en pouvait croire ses oreilles ; étaient-ce bien le comte et la comtesse de Verceil, très-épris jusque-là de leur blason, qui lui donnaient un si vulgaire conseil ?

— Oh ! ma fille, s'écria-t-elle, et vous, mon cher Marcel, vous me faites de la peine ; non, je ne reconnais plus vos sentiments élevés. Certes, j'ai de l'affection pour ce petit Charles que j'ai vu naître ; mais comment me permettrais-je de le préférer au fils d'un pair de France ?

— D'abord, chère maman, reprit la comtesse, parce que c'est un cœur rare et un esprit distingué ; mieux que tout autre il fera le bonheur d'Henriette, que vous voulez certainement avant tout.

— Et je vous affirme aussi, ajouta le comte, que Charles sera l'honneur de la famille ; ne vous y trompez pas, avec ses rares qualités il doit arriver aux premières distinctions.

— Il arrivera, il arrivera... peut-être dans l'avenir. Mais pour le moment ce n'est encore qu'un mince auditeur au conseil d'Etat, et je puis avoir d'autres prétentions pour ma fille, moi !

— Bonne mère, répéta doucement madame de Verceil, vous voudrez avant tout la rendre heureuse, n'est-ce pas ?

— Il n'y a pas de doute à cela, Amélie ; eh bien ?

— Eh bien, vous penserez comme nous que notre cher père a sérieusement pesé toute chose, et que ce n'est pas à la légère qu'il a distingué Charles, et qu'il l'a toujours intimement rapproché de nous.

Madame Daurival garda le silence, soupira, se laissa embrasser par la comtesse, et, levant les yeux au ciel, se retira sans plus rien ajouter.

— Je crois qu'elle agréera nos désirs, dit la comtesse à son mari.

— Oui, reprit le comte, mais il faut se hâter et prévenir les influences de la baronne ; autrement nous aurons de pénibles tiraillements.

— Aujourd'hui même je vais parler à mon père, répondit madame de Verceil ; et puisque ses intentions sont si arrêtées, nous pouvons espérer une prochaine conclusion.

— Allez, chère amie : j'ai toute confiance en ce que votre bon cœur vous inspire.

Le lendemain soir, on se réunissait chez M. et madame de Verceil : avec la famille s'y trouvaient les Aubry, Florentin, quelques autres amis de la maison d'un monde très-choisi et très-empressé à ces agréables soirées, où la conversation, la musique et quelques parties de whist donnaient à chacun sa distraction préférée. Au moment le plus animé, après un délicieux morceau de Mozart parfaitement rendu par Clotilde et Florentin et très-applaudi par des amateurs, tandis qu'on se groupait

autour des tables ou de la cheminée, madame de
Verceil retint un moment à part Charles Aubry et
eut à voix basse avec lui la conversation suivante :

— Voulez-vous me permettre, monsieur Charles,
de vous faire une question qui serait indiscrète, si
vous ne connaissiez de vieille date notre attachement pour vous?

— Je vous écoute, madame, avec le désir de répondre à tout ce que vous me demanderez.

— Eh bien, sans autre préambule, est-ce que
vous ne songeriez pas à vous marier?

— On y songe toujours plus ou moins à mon
âge, madame, reprit-il en souriant; mais cela ne
suffit pas à décider.

— Je le crois ainsi; et c'est pourquoi j'ose vous
offrir mon amical concours.

— Je vous en suis mille fois reconnaissant, ajouta
Charles de l'air le plus pénétré.

— Vous encouragez donc ma curiosité et je continue, reprit madame de Verceil; car c'est déjà
quelque chose pour moi que vous y pensiez plus ou
moins, comme vous dites, et inutile de vous demander si c'est plus ou si c'est moins. Je me borne
maintenant à cette autre question : y pensez-vous
d'une manière générale et sans parti pris; ou bien
votre pensée incline-t-elle déjà vers une personne
justement préférée?

— Madame, reprit Charles avec un charmant
embarras, je ne vous cacherai rien si vous l'exigez
et je n'aurai nulle peine à me confier en vous. Ce-

pendant j'aimerais mieux voir où me conduit votre bienveillant interrogatoire, et y répondre simplement.

— Je continue alors, reprit en souriant madame de Verceil, et assurée, dans tous les cas, de votre discrétion absolue, je vous demande, simplement aussi, ce que vous penseriez d'une jeune personne d'un peu plus de dix-huit ans, gracieuse de sa personne, d'un esprit et d'un cœur excellents, je puis le dire, qui est de ma famille, ma propre sœur enfin, Henriette?

— Ah! madame, puis-je en penser autrement que vous? s'écria Charles avec une visible émotion.

— Alors que ne la demandez-vous?

— L'oserais-je réellement, madame?

— Mon cher monsieur Charles, rappelez-vous l'accueil empressé que vous a toujours fait mon père; je sais qu'il ne recevra pas moins bien ce que vous pourrez lui dire sur ce sujet.

— Comment vous remercierai-je, madame, des encouragements que vous me donnez avec tant de bienveillance? J'en avais besoin pour une telle démarche de ma part. Maintenant je n'hésite plus, tout heureux de vos bonnes sympathies.

— N'est-ce pas le moins que je puisse faire, ajouta madame de Verceil en se levant, puisque j'ai l'espoir de vous regarder bientôt comme un frère? Ne tardez pas, je vous y engage.

— Vous pouvez le croire, dit Charles; je voudrais être à demain!

14.

Ils se séparèrent et rejoignirent la compagnie.
Charles, sans songer à aucune allusion, avait hâte
de se rapprocher d'Henriette et d'échanger avec
elle au moins quelques paroles, même les plus in-
différentes ; mais il avait l'air si joyeux que mademoiselle Daurival, tout ignorante qu'elle fût de ce
qui venait de se passer, le regarda avec étonnement et lui dit :

— Je serais curieuse de savoir ce que vous venez
de comploter avec ma sœur ; et ce qui vous donne
un visage si rayonnant ?

— C'est un secret, répondit Charles ; et mon
plus grand désir est de vous le faire connaître, si
cela m'est permis.

— Dès qu'il vous faut une permission, je n'insiste
plus, dit Henriette avec une gravité comique ; car
la discrétion convient à un futur conseiller d'État.

— Et cependant, je voudrais bien savoir, reprit
Charles, comment vous recevriez une indiscrétion
sur ce sujet.

— Monsieur, répliqua Henriette sur le même
ton, je recevrais très-mal l'indiscret qui me croi-
rait trop curieuse.

— Alors je me sauve, répondit Charles gaiement, car, n'étant pas encore conseiller d'État, je
n'en aurais peut-être pas la haute prudence.

Et saluant d'un regard affectueux, il alla prendre
sa mère pour se retirer, ayant à cœur de tout lui
raconter et de se concerter avec elle. En effet, les
difficultés étaient alors aplanies : madame de Ver-

ceil avait vu son père qui s'était ouvert à elle avec empressement, puis avait fait appeler sa femme pour prendre de concert un parti définitif. Madame Daurival, se voyant en contradiction avec son mari et avec sa fille la comtesse, par qui elle était autrefois soutenue, résista faiblement, soupira beaucoup et se rendit enfin sans trop de mauvaise grâce :

— Car on savait bien, après tout, dit-elle que Charles ne lui était pas moins cher qu'à toute la famille. Elle se résignerait donc à apprendre cette singulière nouvelle aux de Beauvent.

Et c'est ce qui avait autorisé madame de Verceil à s'expliquer si positivement avec Charles Aubry. Aussi fut-il très-bien accueilli lorsque, au lendemain de la soirée de la comtesse, il vint avec sa mère faire sa demande à M. et madame Daurival. Il est certain qu'en présence de madame Aubry si digne et si réservée, de son fils, aux traits si purs et d'un si noble caractère, madame Daurival elle-même oubliait ses hautaines prétentions et s'avouait qu'elle pourrait être justement fière d'un gendre si distingué.

Or, le soir du même jour M. et madame de Verceil étant venus dîner chez leurs parents, comme on causait gaiement sur la fin du repas, M. Daurival se prit à dire :

— J'ai une nouvelle à vous apprendre qui vous réjouira tous : c'est qu'ayant vu le ministre de la justice cette après-midi, et sachant l'intérêt que

nous portons à notre bon ami Charles, il m'a dit,
en confidence encore et pour nous seulement, que
la prochaine nomination qui se ferait au conseil
d'Etat serait celle de Charles Aubry comme maître
des requêtes; et, m'a-t-il ajouté, il ne vieillira pas
sur ce titre-là, car rarement on a promis au conseil un membre d'un plus beau talent.

— J'ai la conviction, ajouta M. de Verceil, que
Charles peut arriver à tout, et je ne serais nullement étonné de le voir un jour député et ministre
même. Car c'est plus qu'un homme de talent, c'est
un homme de caractère.

En entendant le comte, son gendre, parler de la
sorte, madame Daurival se sentait soulagée et se
dilatait déjà devant cette haute perspective.

— Maintenant, reprit M. Daurival, il ne nous
resterait plus qu'à faire une chose pour ce bon
Charles, nous qui lui sommes si attachés. Voici
son avenir qui se fixe : nous devrions chercher à le
marier comme il faut.

— Oh! père, dit madame de Verceil, c'est une
excellente idée !

— Aidez-moi donc à la réaliser. J'avoue que je
serai assez difficile et ne me contenterai point
d'une demoiselle quelconque. Je ne dis rien d'une
situation honorable, mais je veux encore un aimable esprit et un bon caractère. Le difficile pour moi
est précisément de bien connaître ces jeunes personnes que j'aperçois si brillantes dans le monde.
Voyons, Henriette, c'est toi, ce me semble, qui

pourrais nous aider dans cette tâche délicate, parce que tes rapports familiers avec beaucoup de jeunes filles te mettent à même de les apprécier ; et je suis sûr que tu pourras nous donner d'utiles renseignements.

Dès le début de cette conversation, Henriette avait ouvert de grands yeux et s'était même assez troublée ; mais l'air sérieux de son père bientôt l'inquiéta ; et quand elle se vit interpellée de la sorte, rougissant jusqu'au bout des oreilles, elle répondit vivement :

— Oh ! moi, je ne m'occupe pas de mariage, ce n'est pas mon affaire.

— Sans doute, ma fille, ce n'est pas ton affaire, reprit imperturbablement M. Daurival, et j'en fais sérieusement la mienne, puisqu'il s'agit du fils de celui qui fut mon meilleur ami. Mais je fais appel à ton amitié pour Charles et à ton esprit d'observation qui est très-fin, je le sais ; et je ne te demande que de m'aider un peu à déchiffrer les caractères de telles ou telles que tu connais très-bien.

— Père, je t'assure que je ne vois personne qui convienne à M. Charles, reprit Henriette d'un air très-perplexe, parce que c'est un jeune homme très-sérieux et que je sais bien, moi, ce qu'il lui faut.

— A la bonne heure donc, reprit M. Daurival en souriant malgré lui ; et tu avoues donc que tu peux m'être utile, si l'occasion se présente, bien entendu.

Henriette fit la plus jolie moue du monde, et chacun se retenait de rire. Madame de Verceil, qui était près de sa sœur, se pencha vers elle et lui dit à voix basse :

— Je sais aussi, moi, celle qui lui convient, c'est toi ! et je vais le dire.

Henriette leva son visage empourpré vers sa sœur, du même regard vit les signes joyeux de toute la famille, et aussitôt souriante avec son franc abandon :

— Dis-le ! je me risque, ajouta-t-elle.

— Voici celle que je vous propose, père, reprit madame de Verceil en soulevant Henriette dans ses bras.

M. Daurival s'était levé et, embrassant tendrement sa fille, il lui dit :

— Je n'en voulais pas d'autre ; et je suis heureux, chère enfant, de té donner au jeune homme que j'aime et que j'estime le plus.

Henriette demeura un moment toute saisie, mais joyeuse, au cou de son père ; puis, se tournant vers sa mère qu'elle embrassait de tout cœur :

— Et toi, chère maman, lui dit-elle, penses-tu comme nous (car elle n'ignorait pas ses projets)?

— Puis-je vouloir autre chose que ton bonheur, chère enfant? répondit madame Daurival, non moins émue en ce moment que son mari.

On en était ainsi venu au plus désirable accord qui doublait la joie commune. Mademoiselle Germont était présente à cette scène de famille, et fut

profondément touchée d'une parole qu'Henriette,
en lui serrant la main, lui dit à voix basse :

— C'est vous, chère Clotilde, qui m'avez rendue
digne de lui ; que ne vous devrai-je pas?

Il y avait peu d'instants que l'on venait de passer
au salon, lorsqu'on annonça madame Aubry et son
fils : M. Daurival aussitôt s'avança vers Charles et,
le conduisant à Henriette, il lui dit de l'air le plus
joyeux :

— Elle vous accepte de bon cœur.

Les deux jeunes gens alors se prirent la main et,
silencieux, les regards souriants, eurent peine l'un
et l'autre à retenir les larmes qui brillaient à leurs
yeux. Puis Henriette, se tournant avec vivacité vers
madame Aubry, se laissa aller dans ses bras. Douce
et charmante fut cette soirée, car elle promettait,
avec le bonheur des fiancés, les plus aimables rapports pour toute la famille. Il restait pourtant un
souci dans l'esprit de madame Daurival, c'était de
se dégager avec madame de Beauvent :

— Enfin, se dit-elle, il n'y a qu'un moyen de
lui adoucir ce mécompte, c'est de ramener nos projets, avec prudence pourtant, du côté d'Adrien et
d'Aurélie ; cette compensation d'ailleurs me serait
bien due.

Ce même soir, avant de rentrer dans sa chambre,
Henriette s'était arrêtée dans celle de Clotilde, et
elle lui disait d'une voix émue :

— Une seule chose m'attriste, c'est de penser
que ce mariage pourrait nous séparer ; mais je veux

vous dire que j'ai beaucoup de choses en tête à ce sujet, et vous supplier de ne vous engager nulle autre part, sans vous en concerter avec Amélie et moi.

— Ma chère Henriette, je suis si heureuse du choix de vos parents et de votre aimable adhésion, qu'il me semble n'avoir rien à penser pour moi-même.

— Tant mieux, ne pensez à rien, car c'est ma sœur et moi, et, je l'espère aussi, papa et maman, qui voudront prendre soin de ce qui vous regarde. Amélie m'a déjà promis avec empressement de venir en causer demain ensemble.

— Comment, chère enfant, c'est là votre préoccupation en un tel moment? dit Clotilde tout attendrie.

— Et à qui penserais-je, répliqua Henriette, puisque notre bonheur à nous est fixé?

— Oui, reprit Clotilde, il est fixé, parce que, avec un tel cœur, vous serez toujours l'enfant chérie du bon Dieu.

Le lendemain, en effet, vers dix heures, madame de Verceil entrait dans la chambre d'Henriette, et lui faisait part de ce qu'elle avait déjà décidé avec son mari. Ils pensaient ne pouvoir rien faire de mieux qu'en priant mademoiselle Germont de se charger de l'éducation de leurs enfants, pour s'occuper plus tard uniquement de leur fille Anna.

— Quel bonheur! s'écria Henriette en sautant de joie, elle ne nous quittera plus.

— Et, de ce pas, reprit madame de Verceil toute rayonnante elle-même, nous allons en parler à maman.

Elles se rendirent aussitôt près de leur mère qui, les ayant écoutées, leur dit :

— Mais nous aussi nous avons pensé à mademoiselle Germont avec votre père ; et je vous dirai qu'ayant réfléchi à l'isolement où j'allais me trouver dans mon intérieur, malgré votre voisinage et vos bonnes visites, j'ai vu qu'il y aurait toute tranquillité et tout avantage à conserver mademoiselle Germont près de moi. On n'est pas meilleure que cette jeune personne, plus sûre et plus appliquée. Or, je ne rajeunis pas, et ce sera mon repos de compter sur elle pour les mille détails d'une maison comme la nôtre.

— Chère maman, s'écrièrent à la fois Amélie et Henriette, quelle bonne pensée vous avez eue !

— Et il nous sera facile, ma chère Amélie, de trouver une heure où mademoiselle Germont pourra, chaque jour, s'il le faut, s'occuper de tes enfants.

— Merci, bonne mère, merci de tout cœur, car mon mari et moi serons également heureux de voir nos chers petits, et surtout Anna, recevoir les leçons de celle qui est pour nous tous une véritable amie.

Les deux sœurs, enchantées de cette décision, voulurent sur-le-champ l'apprendre à Clotilde, qui ne fut pas moins charmée de se voir ainsi indéfiniment attachée à une famille qui avait toutes ses affections. Elle s'empressa, à la réunion du déjeuner, de remercier M. et madame Daurival de l'intérêt qu'ils lui montraient, et qu'elle ne pouvait reconnaître que par le plus entier dévouement.

— Ma chère enfant, lui dit madame Daurival avec beaucoup de bonté, je suis moi-même très-satisfaite de cet arrangement, car vous m'inspirez toute confiance et me serez très-utile. C'est à nous de vous prouver combien nous apprécions votre sincère attachement. J'aurai donc à vous communiquer nos intentions sur vos intérêts particuliers; mais je ne veux pas aborder ce sujet maintenant, et je me réjouis de vous garder avec nous.

— Que vous êtes bonne et indulgente, madame! reprit Clotilde, toute confuse de la grande estime qu'on faisait d'elle.

— Mademoiselle, dit alors M. Daurival, je tiens aussi à vous exprimer ma reconnaissance de tout le bien que vous avez fait à ma fille; vous l'avez rendue telle que je la désirais pour l'union qui se prépare, et vous m'avez ainsi aidé à réaliser un projet que j'avais fort à cœur. Je suis on ne peut plus heureux de l'affection que mes filles vous témoignent; et maintenant ma femme et moi vous regardons comme de la famille.

— Oh! monsieur, vous me comblez, répondit Clotilde, et je ne sais ce que je pourrais faire pour reconnaître tant de bontés.

— Vous nous aimerez, lui dit madame de Verceil en l'embrassant.

— Et vous aurez fort à faire, reprit gaiemen
Henriette, car nous nous disputerons à qui vous
aura.

Véritablement, l'assurance de garder Clotilde au
milieu d'eux ajoutait au bonheur de tous ; et ce fut
aussi une grande joie pour madame Aubry et son
fils. Quant à Florentin, il disait à l'abbé Gervais en
lui racontant ces détails :

— Pour moi, je ne me serais étonné que du contraire, car il me paraît impossible qu'on connaisse
cette noble enfant et qu'on puisse songer à s'en
séparer.

— Il faut croire, reprit l'abbé d'un air rêveur,
que sa tâche n'est pas achevée parmi cette excellente famille. Aussi devons-nous laisser agir la
Providence, qui a ses vues plus ou moins cachées
sur les âmes.

CHAPITRE XI

L'accord, si heureusement inspiré, de Charles et d'Henriette répandait une joie charmante par toute la maison ; et, bien que le mariage ne se dût pas faire avant deux à trois mois, c'était déjà comme la pure aurore de ce jour, entrevu et salué avec amour, qui projetait aux yeux et au cœur des deux familles ses rayonnements enchantés. Pourtant il devait y avoir quelques ombres sur cette douce lumière. Madame Daurival d'abord était très-préoccupée de la réponse négative qu'elle avait à donner à la baronne de Beauvent ; non qu'elle manquât de fermeté pour s'expliquer, en se couvrant d'ailleurs des intentions formelles de son mari, mais parce que son amour-propre avait encore à souffrir dans cet aveu de sa défaite. Elle se décida néanmoins promptement à faire cette visite pour se délivrer d'une pensée importune. Son air seul révéla tout à la baronne, qui la recevait intimement dans sa chambre.

— Et qu'avez-vous, très-chère ? lui dit celle-ci en

lui prenant les mains et la faisant asseoir dans un splendide fauteuil.

— J'ai que... je suis dans la désolation, très-chère amie ! et en deux mots je vous dis ce qui m'oppresse : mon mari avait sur Henriette un projet formellement contraire à nos désirs, et j'ai dû me rendre à sa volonté. J'en suis malade !

Madame de Beauvent frémit intérieurement, mais, presque souriante, elle dit aussitôt avec la plus exquise douceur :

— Ce qui me fâcherait le plus, très-chère amie, ce serait de vous voir quelque peine à mon sujet. J'aurais été très-heureuse, sans doute, d'une alliance entre nos familles : il y a un obstacle, n'en parlons plus, et gardons du moins notre solide amitié.

— Elle me devient encore plus précieuse, reprit madame Daurival tout attendrie ; et je ne saurais dire comme j'apprécie votre angélique bonté, et comme je souhaiterais de la reconnaître si d'autres pensaient ainsi que moi.

— Vos bonnes intentions me suffisent, reprit la baronne en lui serrant les mains, et je sais que vous me les garderez fidèlement. Mais, enfin, pour le présent, peut-on connaître les résolutions de M. Daurival ?

— Les voici tout simplement, répondit aussitôt madame Daurival : mon mari, vous ne l'ignorez pas, a eu pour intime ami un camarade d'enfance et de collége, M. Aubry ; c'est son fils Charles qu'il

désire marier avec Henriette. Il ne m'avait jamais
rien dit de ce projet, qui ne me pouvait paraître
au niveau de notre situation, enfin il le veut!
Charles est d'ailleurs un jeune homme de mérite
qui sera tout prochainement maître des requêtes,
et point trop tard, assure-t-on, conseiller d'Etat.
On me ferme ainsi la bouche, et je dois accepter la
décision de mon seigneur et maître.

— Que voulez-vous, chère amie! notre amitié
nous consolera de ce mécompte, et je fais des vœux
pour que Charles Aubry, qui ne manque pas, en
effet, de talent, réalise toutes vos espérances.

— Nos espérances, reprit en soupirant madame
Daurival! Enfin, ils le veulent, je n'ai plus rien à
dire. Adieu, chère amie, ne nous abandonnez pas.

— Dieu m'en garde, ce serait double pénitence.

Elles s'embrassèrent affectueusement et se séparèrent.

— Ah! cette noblesse est incomparable, se disait
madame Daurival en rentrant chez elle; elle a vraiment le secret des bons procédés et des sentiments
délicats.

— Oh! ces bourgeois sont-ils stupides! se disait
la baronne avec dépit; il faut qu'ils se rapetissent
eux-mêmes, tant ils sont méfiants! S'il n'y avait
pas encore quelque chance pour Aurélie, j'aurais
parlé d'un autre air. La pauvre femme, du reste, est
bien contrite et fera tout au monde pour se relever
à nos yeux. Puisque M. de Beauvent ne veut se fâ-
cher à aucun prix, prenons patience.

Cette explication scabreuse ainsi terminée, madame Daurival n'y pensa plus, et se montra bienveillante pour Charles et très-empressée aux soins du trousseau d'Henriette. Mais un autre nuage vint planer sur ces jours si riants d'espérance. On avait écrit à Adrien, et c'était un véritable paquet où chacun avait mis sa lettre avec cette recommandation, unanimement répétée, de demander un long congé, et de venir au plus vite partager les joies et les fêtes de la famille.

Adrien répondit sans retard et dans les termes les plus affectueux :

« Il avait été on ne peut plus heureux de la bonne nouvelle qu'on lui annonçait; il félicitait sa chère petite Henriette d'avoir été recherchée par un jeune homme si excellent et d'un si rare mérite, et, pour lui, il ne pouvait désirer un autre et meilleur frère que Charles Aubry; enfin il remerciait de tout cœur son père et sa mère de s'être réunis dans un choix qui assurait l'union et l'intimité de la famille. Très-certainement il viendrait avec bonheur prendre part à cette charmante fête, car il tenait beaucoup à montrer ses fraternelles sympathies et à se trouver avec les siens devant l'autel où sa chère sœur recevrait une si précieuse bénédiction. Seulement les circonstances étaient si impérieuses en Afrique, il se voyait lui-même si engagé en des expéditions continuelles, qu'il lui était impossible de se dérober à son poste pour plus de quinze à dix-huit jours; en sorte que, comptant

l'aller et le retour, il n'aurait pas plus d'une semaine à passer dans sa famille. Sur ce point, il n'y
avait rien à faire à Paris pour obtenir un plus
large congé ; sa situation était telle, qu'il n'en use-
rait pas, si on le lui accordait en haut lieu. Sitôt
donc le jour bien fixé, il arriverait trois à quatre
jours avant pour repartir trois à quatre jours
après. Et, du reste, il n'en serait que plus empressé
de se donner uniquement à ses chers parents,
qu'il embrassait tous du plus profond de son
cœur. »

Cette lettre contrista singulièrement la famille ;
on avait tant espéré un large dédommagement du
dernier et si brusque départ.

— Mon Dieu, quelle affreuse carrière ! s'écriait
madame Daurival; des transes perpétuelles et si
peu de satisfactions !

— Il me semble aussi qu'Adrien prend les choses trop à cœur, ajoutait M. Daurival.

— Ah ! s'il ne nous défendait pas d'agir ici, reprenait madame de Verceil, nous aurions bientôt
fait de lui obtenir un autre congé. C'eût été si bon
de l'avoir tranquillement au milieu de nous !

— N'importe, dit alors Henriette avec animation,
je n'en aurai que plus de reconnaissance à ce pauvre frère, qui va refaire un si long voyage uniquement à mon occasion et pour si peu de repos. Oh !
mais aussi, Charles et moi nous serons tout à lui
durant ces huit jours, n'est-ce pas ?

— Oui, certes ; vous ne pouvez mieux penser ni

mieux dire, reprit Charles, tout heureux des généreux sentiments de sa chère Henriette.

— Ah! tu es bien la meilleure, dit madame de Verceil à sa sœur. Va, nous ferons comme toi, et nous tâcherons que cette semaine laisse de bons souvenirs à notre cher Adrien.

Clotilde était là, témoin de l'étonnement et du chagrin que causait cette lettre; elle fut vaguement saisie de la pensée que c'était à cause d'elle qu'avait été prise cette pénible résolution. Toute bouleversée de cette idée qui, malgré elle, s'affirmait de plus en plus à son esprit, elle ressentit une amère douleur de se voir désormais comme un obstacle entre des parents si unis. Alors elle se repentit du nouvel engagement qui venait de l'attacher plus étroitement encore à la famille Daurival. En vérité, dans sa candide droiture elle avait tout oublié pour ne plus se souvenir que des regrets si sérieux du jeune commandant et surtout des chrétiennes résolutions qu'il avait si noblement révélées. Absolument tranquille de ce côté, elle avait cru pouvoir accepter les avances si bienveillantes qui lui étaient faites; mais comment y persister aujourd'hui, si sa présence devait tenir éloigné de ses parents un fils qui leur était si cher? Oui, si elle le pouvait sans paraître étrange aux yeux de M. et madame Daurival, elle se retirerait sur-le-champ; et que dire aussi à Henriette et à madame de Verceil?

Comme elle était tout absorbée dans ses irrésolutions, on s'était levé autour d'elle en échangeant

15.

les adieux du soir : et tout à coup elle se vit enla-
cée par madame de Verceil et Henriette qui lui
disaient à l'envi : « Vous, du moins, vous demeurez avec nous, et vous ne nous quitterez pas. »

Clotilde ne put rien répondre, elle sourit pourtant aux deux sœurs en contenant ses soupirs ; mais
elle dut reconnaître que Dieu la retenait encore
dans cette maison. Ce fut aussi l'avis de l'abbé
Gervais à qui elle s'en ouvrit le lendemain et qui
lui dit très-fermement :

— Vos inquiétudes, ma chère enfant, roulent sur
une supposition que vous ne pouvez ni ne devez
approfondir. Vous savez maintenant que toute tranquillité vous est acquise dans la famille Daurival ;
vous savez que tous, par des motifs divers et très-
honorables, tiennent à vous garder ; la Providence
ne peut mieux s'expliquer à votre égard ; demeurez
donc comme toujours humble et confiante dans
l'accomplissement de vos devoirs.

— Ainsi ferai-je, reprit Clotilde, avec l'aide de
Dieu.

Et en effet elle put voir combien il lui eût été difficile de quitter la famille Daurival. Henriette d'a-
bord, malgré les préoccupations de son prochain
mariage, tenait absolument à ses matinées de travail avec elle et lui parlait avec le plus intime abandon de ses projets d'avenir : elle voulait vivre beaucoup dans son intérieur, le moins possible dans le
monde, et n'y paraître jamais qu'avec la modestie
d'une chrétienne. Mais elle comptait toujours sur les

bons conseils de sa chère Clotilde. D'un autre côté, madame Daurival, qui sortait souvent avec ses filles pour les mille détails du trousseau, chargeait Clotilde du soin et de la surveillance de la maison ; et comme , en rentrant, elle trouvait tout au gré de ses désirs, elle répétait avec une effusion qui charmait Henriette et madame de Verceil, que mademoiselle Germont lui était indispensable et qu'elle comptait absolument sur elle pour la suppléer.

Ces divers nuages donc se dissipaient sans trop de peine. Mais les heureux de ce monde ne sont pas non plus exempts des sombres réalités de la vie, et il n'en manque pas qui subitement les atteignent, en leur faisant sentir le vide et l'impuissance de leurs richesses si enviées. Tandis que tout prenait un air de fête à l'hôtel Daurival, un jour, au moment du déjeuner, on attendit quelque temps M. Daurival, qui devait être retenu dans son cabinet. Inquiète de voir son mari tarder plus que d'habitude, madame Daurival dit au valet de chambre de s'enquérir de la cause de ce retard. Le domestique à son tour ne revint pas ; puis un violent coup de sonnette fit tressaillir madame Daurival, Henriette et Clotilde !

— Mon Dieu ! il y a quelque chose, s'écria madame Daurival toute tremblante sur son siége.

— Mère, mère, j'y vais, dit Henriette en se levant.

Et déjà mademoiselle Germont se précipitait avec elle vers le cabinet où madame Daurival, presque défaillante, les suivit. Hélas ! le domestique soute-

nait M. Daurival qu'il avait trouvé, sans connaissance, à terre et qu'il avait relevé et étendu sur un
canapé. Les pauvres femmes s'empressèrent de lui
prodiguer leurs soins, tandis qu'un domestique
courait chercher le docteur, et un autre prévenir
M. et madame de Verceil. Ceux-ci, dont la maison
était peu distante, arrivèrent avant le médecin, et
ne quittèrent plus le cher malade qui respirait cependant, sans donner autre signe de vie. Le docteur survint enfin, et silencieux lui-même, au milieu
de l'anxiété de toute la famille, il saigna rapidement M. Daurival, qui, peu après, s'agita convulsi-
vement et bégaya quelques paroles sans suite.

— Je le crois sauvé, dit le docteur; le mouvement, la parole reviennent : des soins et un peu de
temps feront le reste.

Madame Daurival, incapable encore de parler,
serra les mains du docteur en essuyant ses larmes,
tandis que ses enfants échangeaient un regard de
soulagement sinon encore de joie. Car la figure du
docteur restait toujours sérieuse, et il donnait des
prescriptions qu'il voulait voir appliquer. Il demeura trois à quatre heures près du malade qu'il
avait fait transporter dans sa chambre et sur son
lit. Quand il le quitta, tout en rassurant la famille
contre un danger extrême, il ne savait si la paralysie
serait complétement détournée. La journée et la
nuit se passèrent sans aucun changement bien sensible, mais avec une certaine espérance d'amélio-
ration. Charles et sa mère, prévenus par M. de

Verceil, étaient accourus vers leurs amis, et avaient voulu passer une partie de la nuit près de M. Daurival, en exigeant que madame Daurival et Henriette prissent, autant que possible, quelque repos.

Le lendemain matin, aux premières lueurs du jour, on était alors au mois de mars, la connaissance revenait à M. Daurival et, avec elle, une poignante douleur de l'état où il était réduit; madame Daurival, ses enfants, lui prodiguaient avec leurs soins des paroles d'espérance et de consolation; mais lui, oppressé par le mal, accablé sous l'étreinte de la paralysie qui ne cédait que partiellement, demeurait plongé dans un morne abattement. Cependant une situation plus rassurante se manifestait, et au bout de deux à trois jours, le docteur, fixé sur la maladie, annonçait un rétablissement certain, sauf, hélas! une paralysie du côté gauche probablement définitive; il ne le disait pas ouvertement à madame Daurival et lui donnait même l'espoir d'une guérison plus complète.

Au milieu de ces transes et de la consternation qui pesait sur toute la famille, on avait résolu d'écrire à Adrien, ce que firent madame Daurival et madame de Verceil, en l'engageant à revenir sans retard près de son père qui, même hors de danger, ne pourrait probablement plus donner ses soins aux affaires de la maison. La lettre partit, mais on ne pouvait espérer une réponse avant quinze à dix-huit jours. Du reste, tout en attendant impatiemment quelques lignes d'Adrien, on était toujours si

préoccupé de l'état de M. Daurival que l'on n'avait
plus le loisir de penser à autre chose qu'aux soins
incessants à lui prodiguer. On ne savait surtout
comment détourner l'irritable tristesse qui agitait
le malade et ne permettait pas qu'on le quittât d'un
moment; il ne pouvait croire à ce renversement
instantané de ses forces, et hors de lui alors, il se
débattait avec violence ou s'efforçait de se lever
comme pour secouer le mal dont il se sentait op-
primé, et retombait ensuite dans un marasme ef-
frayant. Madame de Verceil, Henriette et mademoiselle Germont l'exhortaient doucement à se
confier en Dieu et à lui demander secours et allé-
gement; M. Daurival paraissait les écouter et se
calmait au moins quelques moments.

On eut la bonne pensée de réclamer l'abbé Gervais, qui vint avec empressement, et plusieurs fois
par jour, visiter le malade et, peu à peu, réussit à
faire entrer la résignation dans son âme. Ce fut une
de ces admirables transformations que la grâce
divine et la parole du prêtre réalisent si souvent
encore, et qui changent un indifférent ou un incré-
dule en un chrétien fervent, courageusement soumis
à la souffrance et à la céleste volonté. Tel parut
bientôt M. Daurival; il entendit le pieux langage
de l'abbé Gervais lui montrant, en exemple, les
douleurs et les plaies du divin Crucifié; il comprit
que, si Dieu l'éprouvait pour le ramener à ses pieds,
il lui donnait aussi une preuve de sa miséricorde,
en le rappelant des ombres de la mort, pour qu'il

pût réparer ses longs oublis et mériter une vie
meilleure. Aussi, sur ce même lit de douleur, ac-
cueillit-il, avec des larmes de reconnaissance, la
sainte Eucharistie, inépuisable source de consolation et d'espérance, et quand il fut demeuré quelques moments dans le recueillement de l'action de
grâces, avec l'accent d'une foi profonde, il dit à sa
femme et à ses enfants agenouillés autour de lui.

— O mes amis, Dieu est bon plus encore qu'il
n'est juste ; j'accepte tout de sa main, souffrance ou
soulagement ; et tout mon désir est de consacrer ce
qui me reste de vie à reconnaître la grâce qu'il m'a
faite, en affligeant mon corps pour relever et sau-
ver mon âme.

Et en effet, à partir de ce jour, M. Daurival ne
montra plus qu'une constante résignation et un
courage qui souvent dominait les accablements ou
les aiguillons de l'infirmité. Cette bonne disposition réagit heureusement sur sa maladie ; M. Daurival bientôt put se lever, faire quelques pas dans
sa chambre au bras de l'un ou de l'autre de ses
enfants ; puis, appuyé sur une canne, se diriger lui-
même de sa chambre au salon ; entouré cependant
d'une continuelle sollicitude, car il restait paralysé
de la moitié du corps. Néanmoins, on rentrait dans
le calme : et c'est alors qu'on reçut une lettre d'A-
drien, annonçant son prochain retour, avec un
congé définitif du côté de l'Afrique et l'assurance
d'être admis à l'état-major de Paris, où il poursui-
vrait sa carrière militaire sans quitter désormais sa

famille. Cette nouvelle, qui causait à tous une grande joie, fut bientôt suivie de l'arrivée du jeune commandant. Adrien put à peine retenir ses larmes en voyant le triste état de son père ; il voulut pourtant, coûte que coûte, les maîtriser, pour ne pas l'attrister de son émoi. Mais quel ne fut pas son soulagement d'entendre ce pauvre père lui dire d'une voix ferme, encore bien qu'entrecoupée :

— Il y a plus à plaindre que moi, mon cher Adrien ! si Dieu m'éprouve, il me soutient aussi plus que je ne le puis dire ; et je me crois plus heureux que beaucoup d'autres qui s'égarent ou qui souffrent sans espoir.

Adrien prit les mains de son père qu'il tint pressées dans les siennes :

— Dieu peut faire plus encore, mon bon père, et vous rendre force et santé.

— Sans doute il le peut ; mais sa seule volonté me suffit ; et de quelque manière qu'elle se manifeste, je suis content. Je ne dois pourtant pas oublier ce qu'il y a de précaire en mon état ; et maintenant que je vous ai tous près de moi, toi surtout comme tenant ma place, je désire qu'il ne soit plus mis aucun retard au mariage d'Henriette ; c'était le rêve de ma vie, je serai heureux de le voir se réaliser. Adrien, c'est toi qui me supplées ici ; je te dis mes intentions, concerte-toi avec ta mère. J'approuve tout ce que vous ferez.

C'était en effet la préoccupation de M. Daurival ; et devant ses instances réitérées, il n'y avait plus

lieu d'attendre davantage. Il fut entendu que les
parents et quelques intimes amis seraient seuls invités à cette occasion, de manière à ne former
qu'une réunion de famille où le cher malade pren-
drait sa place sans trop de fatigue. Charles et Henriette furent également satisfaits d'un arrangement
qui les laisserait pleinement dans le recueillement
si doux de ce grand jour. On s'occupait donc activement des dispositions les plus essentielles, et
entre autres on avait arrêté une partie d'hôtel qui
se trouvait dans la même rue que l'hôtel Daurival.
Mais, à ce sujet, Henriette avait déjà dit à madame
Aubry avec la grâce la plus affectueuse :

— Puisqu'il faut que je quitte ma chère maman,
ce qui me console, c'est d'en retrouver une autre
qui ne fera qu'un avec nous.

Charles tressaillit de joie ; et madame Aubry,
plus contenue mais non moins touchée, répondit :

— J'avais aussi l'intention, ma chère enfant, de
me tenir fort près de vous, mais en vous laissant
avec Charles sous un toit qui fût tout à fait le vôtre.

— Comment, vous auriez pu penser à nous abandonner, s'écria Henriette ! oh ! pour cela je n'y
consens pas : c'est bien assez d'une séparation inévitable ; et je tiens, autant que Charles, à ce que
nous ne fassions qu'une même famille ; ai-je besoin
de vous dire que ce n'est pas d'aujourd'hui que je
vous connais et que je vous aime, et que rien ne
m'est plus doux que d'avoir à vous regarder comme
une chère maman ?

— Je vous crois, très-chère enfant, et c'est un vrai bonheur pour moi de me rendre à une telle marque d'affection ; souffrez cependant que j'y mette une condition à mes yeux indispensable.

— Dites, dites, chère maman, s'écria Henriette en passant ses bras autour du cou de madame Aubry.

— C'est que, sous ce toit qui nous sera commun, c'est vous qui serez la maîtresse de maison, qui ordonnerez, qui dirigerez toute chose ; moi je prendrai seulement ma part de vos bons soins.

— Mais pourquoi ne pas tout concerter ensemble ?

— Parce que, chère petite Henriette, il faut d'abord que vous vous formiez à votre nouvelle situation, ce qui ne se fait bien qu'en agissant par soi-même ; et ensuite parce que moi j'ai rempli ma tâche et que je dois surtout maintenant m'assurer du repos.

— Oh ! du repos tant que vous voudrez, et je serai heureuse de vous éviter toute peine. Convenez pourtant que ce n'est pas l'âge encore qui vous pèse, chère maman, et que j'aurai bien un peu le droit de réclamer votre concours ?

— Oui, ma chère enfant, je vous aiderai avec bonheur, mais seulement en ce que vous m'indiquerez vous-même ; comme aussi mon expérience sera mise à votre service, seulement, entendez-le bien, lorsque vous la réclamerez.

— Eh bien ! oui, s'écria Henriette en embrassant

tendrement madame Aubry dont elle comprenait
toute la délicatesse, je me mettrai résolûment à
l'œuvre avec vos bons conseils, afin que vous vous
ménagiez autant que je le désire pour notre joie à
tous deux, n'est-ce pas, Charles?

— Chère Henriette, dit celui-ci avec un regard
humide de larmes, je ne vous connaîtrais que par
cet unique entretien que rien ne pourrait me donner une plus haute idée de votre cœur, il était
digne de comprendre celui d'une telle mère. Aussi
suis-je tranquille, car je vois trop que nous n'aurons entre nous qu'une même pensée de prévenante affection.

Toute la famille souscrivit à cet accord parce
qu'on y avait la plus grande estime pour le caractère et les rares vertus de madame Aubry. De son
côté, madame Daurival montrait autant d'activité
que de bonne grâce pour amener la conclusion si
désirée de ce mariage. Non-seulement, comme
nous l'avons dit, elle avait pris son parti de sa dé-
convenue ; mais déjà, durant la maladie de M. Daurival, ayant apprécié le caractère énergique et dévoué de Charles Aubry, elle s'était sentie heureuse
d'un si ferme appui et avait compris ce qu'il pourrait être un jour pour la famille. C'était donc de
bon cœur qu'elle s'appliquait à réaliser les intentions de son mari, en reconnaissant qu'elles devaient assurer le bonheur d'Henriette.

Disons tout cependant : plus madame Daurival
s'exécutait généreusement, et plus aussi il lui sem-

blait qu'elle avait droit à une compensation, d'ailleurs facile et naturelle, puisqu'Adrien revenait à
Paris et allait renouer ses bons rapports avec les de
Beauvent. Ceux-ci s'étaient fort bien montrés dans
les tristes circonstances qu'on venait de traverser ;
et souvent ils venaient visiter leurs amis affligés et
les distraire en d'aimables causeries. Donc le retour
d'Adrien faisait tressaillir Aurélie autant que sa
mère ; car toutes deux avaient mis leur amour-
propre, plus peut-être que leur cœur, à reprendre
le terrain perdu, en amenant Adrien de leur côté
et à leurs fins. Mais à l'heure présente on ne paraissait songer qu'à fêter le mariage d'Henriette.

Adrien, lui, était fort occupé : il avait à s'initier,
au moins d'une manière générale, aux affaires de
la famille, et il passait une partie du jour à s'en
instruire avec son beau-frère, M. de Verceil, qui
s'y était lui-même résolûment employé, en suivant
et liquidant la plupart des grandes entreprises fi-
nancières et industrielles que M. Daurival avait
jusque-là si habilement dirigées. Les deux beaux-
frères, également larges dans leurs vues, s'enten-
daient à merveille, et sans fatiguer aucunement
leur cher malade, ils en obtenaient encore de précieux avis. En même temps Adrien avait voulu faire
sans retard les démarches nécessaires pour son admission à l'état-major de Paris. On était, alors,
dans ces premières années du règne de Louis-Phi-
lippe, si agitées et si troublées par d'incessantes
émeutes ; et la garnison de Paris y vivait sur un

continuel pied de guerre. Aussi, indépendamment
de toute protection, les brillants services d'Adrien,
en Afrique, lui assuraient-ils un accueil empressé
de la part de ses chefs. On le savait instruit et résolu, toujours prêt pour l'action où il savait déployer une bravoure aussi prévoyante qu'indomp-
table. On le reçut donc sans délai dans l'état-major,
et en lui faisant entrevoir, dans un prochain avenir, les épaulettes de colonel.

Sa situation ainsi fixée comme il le souhaitait,
Adrien ne s'était réservé que le temps convenable
pour les paisibles fêtes du mariage d'Henriette. Et
de ces occupations et de ces démarches suivies chaque jour avec régularité, il résultait que, sauf
les moments réservés du matin qu'il passait avec
son père, il avait peu de loisir dans la journée,
donnait fort peu à s'occuper de lui, et laissait à tous
la plus grande liberté dans la maison. Aussi Clotilde, qui n'avait encore pu se défendre de quelque
trouble à l'arrivée du commandant, put-elle bientôt
se rassurer en remarquant ses habitudes sérieuses
de travail et la réserve absolue qu'il témoignait à
son égard. Fort rarement, d'ailleurs, il lui adressait la parole, ou ne le faisait jamais que très-briè-
vement et avec une politesse aussi stricte que respectueuse. Et c'est ce qui pouvait le mieux convenir
à mademoiselle Germont.

Du reste, à l'occasion du mariage d'Henriette,
elle était comblée de prévenances et des marques
du plus bienveillant intérêt. Madame Daurival avait

voulu lui offrir tout ce qui concernait sa toilette,
puis elle lui annonçait que désormais elle recevrait
annuellement deux mille quatre cents francs, et elle
lui remettait dans un petit portefeuille cette même
somme, comme un don que M. Daurival lui imposait d'accepter. Madame de Verceil et madame Aubry lui adressèrent les plus gracieux souvenirs.
Quant à Henriette, elle avait fait son portrait en
miniature, et elle était venue le placer sur la cheminée de Clotilde, qui en fut ravie et très-touchée ;
en même temps elle lui offrait un médaillon contenant de ses cheveux, et lui mettait au doigt, bon
gré mal gré, une bague ornée de brillants.

— Chère Henriette, c'est vraiment trop, lui disait Clotilde, et je ne sais plus ce que je pourrai
faire pour vous tous.

— Ce ne sera jamais assez, ma chère Clotilde ;
car plus je réfléchis et plus je comprends ce que
vous avez été pour moi. Oui, par vous j'ai appris à
connaître et à aimer le bon Dieu ; avec cela on peut
s'engager avec confiance dans le voyage de la vie.
Maintenant si vous saviez comme je suis heureuse
de penser qu'en quittant la maison, je vous laisse
ici près de ce bon père qui vous regarde comme
l'une de nous. Sans doute tous les jours je serai là ;
mais il y a bien des heures dans une journée pour
un pauvre malade, et je sais combien vous lui aiderez à passer celles où d'autres devoirs me retien-
dront.

— Du moins suis-je prête à faire tout ce qui est

en moi pour vous suppléer, s'il se peut, près de votre père ; n'a-t-il pas droit à ma reconnaissance ?

— Je ne vous dis plus qu'une chose, chère Clotilde, c'est que, pour Amélie et pour moi, vous êtes une vraie sœur. Maintenant, adieu ; je vais essayer ma robe blanche, la robe du grand jour !

Il vint alors promptement, ce beau jour qui unissait deux âmes si bien faites l'une pour l'autre. Tout avait été ménagé pour éviter fatigue ou embarras à M. Daurival : il avait pu se rendre à l'église ; il avait vu bénir avec bonheur ses chers enfants ; il s'était assis quelques moments à la table splendide et joyeuse ; après quelque repos, il était revenu prendre part à la soirée tout intime des parents et des amis ayant, tour à tour, ses enfants ou sa femme près de lui, mais surtout Henriette, qui ne le pouvait quitter. Du reste, chacun s'unissait, à cette paisible fête, avec un sentiment d'exquise délicatesse et de cordiale sympathie pour les souffrances du chef vénéré de la famille. Les de Beauvent, en particulier, se montraient aussi aimables qu'affectueux ; et nous devons remarquer qu'Aurélie, ordinairement si resplendissante de parure, s'était, depuis un certain temps, et ce jour-là même, sensiblement modifiée sous ce rapport. Vêtue avec une très-élégante simplicité, plus contenue dans ses manières et dans ses paroles, elle ajoutait à sa rare beauté un effet tout nouveau et plus séduisant encore.

Comme si elle eût voulu se donner aussi un mé-

rite d'aménité qui ne lui était pas habituel, elle
vint gracieusement demander à mademoiselle Germont de chanter avec elle un ancien duo d'un style
très-doux, choisi exprès pour la circonstance. Disons pourtant qu'avec sa voix si brillante et si sou-
ple elle pensait bien se ménager un succès des
mieux réussis. Clotilde joua l'accompagnement, et
chanta sa partie avec ce goût si naturel et expressif qui n'avait pas moins de charme que tout le
talent si étudié et si sûr de mademoiselle de Beauvent ; et, comme elle ne cherchait qu'à s'unir de son
mieux à la voix éclatante d'Aurélie, elle la seconda
parfaitement, et partagea, sans les avoir cherchés,
les applaudissements et les suffrages des connaisseurs.

Parmi les invités se trouvait, par exception, le
général D***, commandant l'état-major et très-dé-
voué aux intérêts d'Adrien : c'était un des vaillants
officiers de l'Empire, fort instruit en tout ce qui
touchait les armes spéciales ; du reste, rond et de
bonne humeur, d'une taille droite et moyenne,
avec un visage coloré et martial, il portait, non
sans aisance, la soixantaine où il entrait. Il avait
écouté avec un vrai plaisir le chant des deux jeunes
filles ; et, prenant alors le bras d'Adrien debout près
de lui :

— Ah ! çà, mon très-cher, lui dit-il à demi-voix,
il me semble que, si vous aviez quelque idée de mariage, vous auriez sous vos yeux tout ce qu'il faut
pour vous décider. Mademoiselle de Beauvent,

par exemple, n'a-t-elle pas les dons désirables?...

— Entre nous, mon général, elle est trop brillante pour mes goûts.

— C'est possible : des goûts et des couleurs on ne discute pas. Mais alors l'autre, si simple et si modeste, vous devrait convenir.

Adrien, avec une certaine contrainte, répondit :

— Cette jeune personne était l'institutrice de ma sœur, et elle reste près de ma mère comme demoiselle de compagnie : son mérite est d'ailleurs rare.

— C'est différent! dit le général; elle est, ma foi, charmante et... très-distinguée.

— Sa famille est fort honorable, ajouta vivement Adrien ; et son père, qui est mort jeune, était un digne officier, précisément de mon grade.

— Ah! et comment le nommez-vous ?

— Le commandant Germont.

— Germont, Germont! répéta le général avec étonnement; mais le commandant Germont était, il y a plus de vingt-cinq ans, mon meilleur ami; nous avons servi plusieurs années aux grades de lieutenant et de capitaine dans le même régiment : il était plus jeune que moi et me suivait dans tous mes avancements; il périt malheureusement en Allemagne. Je vous en prie, présentez-moi tout de suite à mademoiselle Germont.

Et, sans attendre, le général se dirigea vers Clotilde, et, la saluant de l'air le plus affectueux :

— Mademoiselle, lui dit-il, je viens d'apprendre à l'instant votre nom, qui est celui d'un de mes

plus chers camarades de jeunesse, le commandant
Germont ; permettez, je vous prie, que je vous dise
combien je suis heureux de retrouver ici sa fille,
moi qui dans un jour semblable fus son témoin, et
qui, vous voyant, crois presque retrouver celle
qu'il avait si dignement choisie pour compagne.

— Que vous êtes bon, monsieur, dit Clotilde
aussi surprise que touchée à ces paroles, de vous
souvenir de ma famille avec une bienveillance si
précieuse pour moi.

— Me souvenir, mademoiselle ! reprit le général
en élevant la voix. Mais votre père était une de ces
natures d'élite qu'on n'oublie jamais ; et rien ne
peut m'être plus agréable que de vous redire toute
l'affection que je lui portais.

— Quel bonheur, dit Clotilde avec un visage
rayonnant, d'entendre ainsi parler de mon père !
Hélas ! je ne l'ai connu que par les mille récits de
ma bonne mère, qui m'inspirait religieusement le
culte de sa mémoire, et avait su la rendre aussi vivante que vénérée dans mon esprit.

— Non, je n'ai rien rencontré, reprit le général
avec feu, d'aussi parfait que votre père et votre
mère ; c'étaient deux nobles cœurs dignes l'un de
l'autre, mais véritablement trop purs et trop élevés
pour les temps où nous vivons. Je ne puis me les
rappeler sans être ému ; je ne m'étonne pas, mademoiselle, que vous leur soyez si ressemblante : un
tel sang ne pouvait défaillir.

La voix animée du général était entendue de tout

le salon ; et lui-même se tournait vers la compagnie attentive comme pour lui adresser ce chaleureux témoignage. Madame de Verceil et Henriette étaient aussi joyeuses que leur amie ; M. Daurival, qui affectionnait Clotilde, n'était pas moins heureux de ce qu'il entendait ; et madame Daurival paraissait très-flattée d'avoir su s'attacher une jeune personne de cette distinction. Quant à Adrien, qui se tenait les bras croisés derrière le général, il s'imposait une impassibilité complète en apparence, mais qui contrastait pourtant avec l'éclat de son regard. Le baron et la baronne de Beauvent s'agitaient agréablement en murmures approbateurs. Aurélie, toutefois, s'étonnait, et même, sans s'en rendre compte, s'inquiétait des nouvelles sympathies qui se manifestaient si honorablement pour mademoiselle Germont.

— Maintenant, reprit le général avec le même élan, vous ne serez pas surprise, mademoiselle, que je me mette absolument à votre disposition, et que je tienne à honneur de vous rendre tous les services qui peuvent dépendre de moi.

— Mille et mille remerciements, bien cher monsieur ; votre estime et votre affection vont au-delà de ce que je puis désirer et me sont d'un grand prix. Ici, d'ailleurs, on me prodigue toutes les bontés, et j'ai retrouvé presqu'un père dans un ami dévoué de cette admirable mère que j'ai aussi trop tôt perdue.

En prononçant ces mots, elle montrait le digne

Florentin, qui, tout triomphant, ne perdait pas une des paroles du général. Celui-ci lui tendit aussitôt la main en lui disant :

— Je vous envie, monsieur, le titre qui vous est si affectueusement donné, mais je ne vous félicite pas moins d'avoir su le mériter.

— Il n'y eut aucun mérite à moi, je le dis sans fausse modestie, général ; et je ne me suis jamais félicité que d'avoir eu le bonheur de connaître ces dames et d'en être si parfaitement accueilli.

Le général s'était levé en répétant à Clotilde qu'elle pouvait, en toute circonstance, compter sur lui. Il causa d'elle quelques instants encore avec madame Daurival et madame de Verceil, et, de plus en plus charmé de ce qu'il apprenait, il reprit le bras d'Adrien en se retirant :

— Je vous assure, lui dit-il, que le premier et brave garçon qui réclamera mon crédit, je veux l'amener à connaître et à demander mademoiselle Germont.

— Ne faites pas cela, général, dit Adrien d'une voix étouffée.

— Et pourquoi donc, par exemple ?

— Mais parce que vous causeriez une grande peine à notre famille en la privant de mademoiselle Germont.

— Savez-vous, mon très-cher, que vous me donnez là une raison de parfait égoïste, et que ce n'est pas du tout dans votre caractère.

— C'est vrai, général ; mais vous avez pu juger

par vous-même comme on s'attache à cette jeune
personne, et avec quels regrets on s'en séparerait.

— Et diantre, alors, ne la laissez pas partir : je
ne vous dis que ça.

Adrien sourit tristement, tout en serrant chaleureusement les mains du général.

CHAPITRE XII

Les occupations, le mouvement, les réunions occasionnées par le mariage d'Henriette avaient produit une heureuse diversion aux tristesses que la santé de M. Daurival avait fait naître autour de lui. Charles et Henriette n'avaient pas voulu s'éloigner, malgré leur grand désir d'un voyage à Rome; ils se contentaient, comme deux écoliers, de faire quelques excursions aux alentours de Paris, en revenant gaiement le soir au dîner ou à la soirée de famille. Chacun y était exact; et nulle consolation meilleure ne pouvait être donnée à un père infirme que cet empressement et cet accord de ses enfants autour de lui. M. Daurival, souvent abattu ou souffrant, parlait peu; mais il aimait à entendre causer, et surtout à écouter quelques morceaux de musique ou de chant. Aussi madame de Verceil et Henriette, Clotilde et le bon Florentin, tour à tour ou ensemble, s'appliquaient à jouer tout ce qui était dans le goût ou dans le souvenir du cher malade.

Les de Beauveut se montraient aussi très-assi-
dus, et réservaient, plus ou moins complétement
chaque semaine, deux de leurs soirées pour les
passer à l'hôtel Daurival. L'attitude et les manières
plus simples d'Aurélie se maintenaient ; elle avait
le bon goût de vouloir s'harmoniser avec ses amies
et de prouver qu'elle partageait leur délicate sollicitude. Pourtant, il faut le dire, elle ressentait un
inguérissable dépit depuis qu'elle avait vu, non-
seulement Henriette, mais madame de Verceil elle-
même, témoigner à mademoiselle Germont une
confiance et une affection toujours croissantes. Madame de Verceil, jusque-là si fière de son rang,
plus encore que de sa fortune, si difficile pour le
choix de ses relations, si pointilleuse sur l'étiquette, si recherchée en tout ce qui touchait à sa
personne et à la représentation extérieure ! Maintenant elle faisait sa société la plus intime d'une
jeune personne sans situation et sans avenir; elle
entrait dans ses idées et ses goûts vulgaires, et semblait vouloir renoncer à tout ce qui faisait son
prestige et son succès dans le monde.

C'était donc désormais cette petite personne qui
allait donner le ton chez les Daurival, et y faire
dominer son influence exclusive. Où cela s'arrête-
rait-il ? Et l'imagination d'Aurélie, sans rien préci-
ser davantage, ne voyait plus en mademoiselle
Germont qu'un ennemi subtil et caché, dont il fallait à tout prix éventer les ruses et ruiner le pouvoir.

— Vraiment, mère, lui disait-elle à ce sujet, peux-tu comprendre un pareil engouement, surtout chez l'altière comtesse de Verceil ?

— Mon Dieu, chère enfant, reprenait la baronne de Beauvent, c'est un caprice comme tant d'autres, et qui, probablement, ne durera pas.

— Il ne dure que trop ; et je m'impatiente de voir tous les Daurival (hormis le commandant qui heureusement ne la regarde guère) considérer cette jeune fille comme tout ce qu'il y a de plus accompli.

— Ah ! mais, Aurélie, il y aurait quelque chose à dire là-dessus : pour ce qui est d'une perfection, je dis comme toi, c'est risible ! Seulement, quand tu auras le souci d'une maison et l'expérience des années, tu sauras qu'il n'y a rien de plus difficile que de rencontrer une personne sûre, appliquée, qui nous décharge en partie du poids de nos affaires et le fasse avec intelligence et délicatesse. Ces caractères-là, tu le verras un jour, n'ont pas de prix ; et c'est là précisément ce qui fait toute la valeur de mademoiselle Germont dans une maison aussi considérable que celle des Daurival. Je le comprends bien ; car il y a longtemps que ton père est à la recherche d'un homme de confiance, et qu'il subit cent essais plus malheureux les uns que les autres, avec un besoin toujours plus grand d'un aide aussi précieux.

— A la bonne heure, mère, et je n'aurais rien à dire s'il ne s'agissait que d'une telle personne. Mais ici c'est bien autre chose : aux yeux de madame de Verceil et d'Henriette, c'est affaire de sentiment, et pour elles leur Clotilde est comme une sœur.

— Caprice, caprice, chère enfant! Il est vrai que cette petite personne, comme tu dis, ne manque ni de mérite, ni d'une certaine distinction ; tu as aussi entendu ce que le général D*** racontait de ses parents ; ce ne sont pas les premiers venus, et pour les Daurival c'est quelque chose. Crois-moi, ne t'inquiète pas de tout cela ; surtout n'en laisse rien voir, car toute opposition ne fait que prolonger les caprices.

— C'est possible, reprit Aurélie assez songeuse, et je vois qu'il faut compter avec cette demoiselle.

En effet, elle prit l'équivoque résolution de se montrer de plus en plus agréable à mademoiselle Germont et d'obtenir ses bonnes grâces en la flattant, en louant son mérite, en rehaussant toutes ses actions, avec le secret espoir de la mieux deviner, de la démasquer peut-être un jour, ou simplement de la pousser à une folle complaisance d'elle-même et à d'insoutenables prétentions. C'est ainsi que nous la voyons depuis le mariage d'Henriette faire de gracieuses avances à Clotilde, la rechercher pour causer ouvrage, lecture, musique ; se mettre au piano avec elle et s'extasier sur son goût, sa jolie voix ; envier enfin le bonheur de ses amies qui surent deviner et apprécier une si rare perfection ; tout cela, d'ailleurs, assez finement accommodé et sans couleurs trop criardes.

Néanmoins, elle n'obtenait pas grand avantage de toutes ses imaginations. Clotilde, avec une simplicité égale à sa modestie, écoutait assez froidement ces belles choses, n'en éprouvait qu'une grande gêne et une véritable confusion. Car, habituée à se juger sérieusement, à interroger chaque jour sa conscience et à se mettre en face du type divin qui s'offre lui-même à l'imitation des âmes chrétiennes, elle savait tout ce qui lui manquait de ce sublime modèle et le travail qu'elle avait à accomplir pour en refléter seulement quelques traits. Aussi redoublait-elle d'application à ses devoirs, ne se prévalant en rien des égards et des témoignages d'attachement qu'on lui prodiguait. Heureuse d'être utile, c'était avec un empressement toujours égal qu'elle allait au-devant de mille petits services qu'on n'eût pas voulu lui demander. Que de soins, que de prévoyance pour tout ce que réclamait la pénible position de M. Daurival, qui s'était habitué à compter sur elle et aimait à la voir souvent près de lui. Ce n'est pas que madame Daurival n'eût les plus grandes attentions pour son mari, car c'était chaque jour sa première pensée de régler minutieusement tout ce qui le concernait et d'y veiller avec sollicitude en allant et venant. Mais elle avait bien des sorties obligées, ses filles, quoique très-assidues auprès de leur père, n'étaient pas toujours là : ce lui était alors une grande tranquillité de savoir Clotilde près de M. Daurival et attentive à tous ses désirs.

Le manége d'Aurélie ne pouvait donc guère réussir avec l'esprit droit et dévoué de mademoiselle Germont. Celle-ci, d'ailleurs, ne soupçonnant rien des perfides intentions de mademoiselle de Beauvent, en venait à prendre simplement le bon côté de ses avances, et, sans sortir d'une grande réserve, reconnaissait de son mieux les amabilités dont elle était l'objet. Par moments cette candeur et ce tact ne laissaient pas que d'embarrasser ou même de toucher mademoiselle de Beauvent, qui sentait, à la fois et assez vivement, tout l'odieux de sa dissimulation et le vrai mérite de l'âme si pure qu'elle eût voulu ternir. Alors elle cédait à quelques bons mouvements et s'adressait à Clotilde d'un ton réellement sincère et gracieux. Mais ces impressions ne pouvaient être durables dans un cœur aussi vain ; et toujours y revenait un instinct de jalousie au moindre signe d'amitié que donnait Henriette ou madame de Verceil à mademoiselle Germont.

Bien plus, Aurélie ne pouvait se défendre d'une étrange inquiétude à propos d'Adrien lui-même. Certes on ne pouvait se montrer plus froid ou plus indifférent qu'il ne le paraissait pour Clotilde, à laquelle il ne parlait presque jamais ou que le plus brièvement du monde, tandis qu'il causait fréquemment et gaiement avec elle-même. Oui, mais comme elle revenait toujours, malgré elle, à étudier la physionomie, les manières et les paroles du jeune commandant, elle croyait remarquer, quand par hasard un mot d'Adrien s'adressait à mademoiselle

Germont, qu'il était toujours dit avec un singulier accent de respect et de déférence, comme à la personne la plus révérée. Et sans qu'il fût possible de rien supposer d'une attitude si discrète, elle se crispait d'impatience devant les marques d'une si haute considération.

Aussi laissait-elle parfois échapper l'inquiète ou l'ironique expression des âpres mouvements dont elle était agitée : ce qui arriva un jour où toute la famille était réunie dans le salon. On travaillait en devisant; M. Daurival écoutait, paisiblement étendu dans son grand fauteuil; Adrien près de lui dessinait sur un guéridon; les enfants de madame de Verceil, Anna et Armand, se tenaient debout devant mademoiselle Germont, écoutant avec bonheur une charmante histoire qu'elle leur contait, et l'entrecoupant tantôt de rires et tantôt d'exclamations étonnées. Or, quand madame de Verceil annonça aux enfants l'heure du coucher, tous deux coururent lui demander que Clotilde les accompagnât parce qu'elle leur raconterait encore une autre histoire.

— Je le veux bien, mes chéris, si vous ne fatiguez pas mademoiselle Germont.

— Oh! non, maman, dit Anna; d'ailleurs je lui donnerai, de ma boîte, des pastilles de chocolat.

— Oh! alors, c'est différent : qu'en dites-vous, Clotilde? vous voyez qu'on veut avoir soin de vous.

— Aussi me voilà prête, reprit Clotilde en souriant.

— Et moi, maman, je veux lui donner le bras pour revenir, s'écria Armand tout animé.

— Mais alors, cher petit, tu ne te coucheras pas.

— Tiens, mais... fit le petit bonhomme embarrassé; oui, mais quand je serai grand, je veux dire.

On rit à qui mieux mieux; et Clotilde partit avec les enfants et la femme de chambre. On riait encore et on entendait les joyeux rires des enfants dans la cour, lorsqu'Aurélie, d'un certain accent apprêté, s'écria :

— Vraiment, il faut convenir que mademoiselle Germont est une habile magicienne : il n'y a pas de cœur qu'elle ne captive. Je voudrais savoir comment elle s'y prend : j'en ferais mon profit.

— Ma chère Aurélie, dit madame de Verceil, ce n'est pas du moins difficile à dire : mademoiselle Germont ne pense jamais à elle et se donne tout aux autres.

— C'est très-vertueux, j'en conviens; mais cela ne m'explique pas assez cet attrait singulier qu'elle inspire.

— En deux mots, Aurélie, reprit Henriette, elle est essentiellement pieuse et bonne, cela dit tout.

— Peut-être ! Mais vous, monsieur Adrien, dit Aurélie avec un regard interrogateur, que pensez-vous de cette explication ?

— Pourquoi ne l'admettrais-je pas ? répondit gravement Adrien. Je n'en vois nulle autre à donner.

17.

— Oh bien, moi cela ne me satisfait pas complétement ; et, malgré la simplicité de mademoiselle
Germont, je remarque décidément que c'est une
délicieuse personne, dont le prestige, en y réfléchissant, s'explique très-naturellement.

— Pas si naturellement que tu crois, reprit Henriette ; car avec tes mots de prestige, de personne
délicieuse, tu me gâterais absolument, si c'était
possible, l'aimable physionomie de Clotilde, qui ne
peut en aucune façon, par exemple, se comparer à
l'éblouissante Aurélie, ou même à mon Amélie si
noblement charmante, et qui pourtant ne s'efface
pas à côté de vous et sait plaire aux regards délicats.

— Je le crois bien, dit Aurélie avec une certaine
emphase : mademoiselle Germont a une fort jolie
taille, des traits fins et distingués, un teint de rose
et de beaux yeux bleus sous ses longs cheveux
bruns !

— Oui, il y a un peu de tout cela, dit à son tour
madame Daurival ; mais vous flattez beaucoup trop
notre modeste Clotilde, dont nous aimons surtout
l'agréable simplicité.

— Vous voulez savoir, dit alors M. Daurival
très-attentif à cette conversation, ce qui donne un
charme si rare aux traits de mademoiselle Germont,
c'est le reflet d'une belle âme.

— Oh ! père, c'est parfait, s'écrièrent à la fois
madame de Verceil et Henriette.

— N'est-ce pas tout à fait joli ? dit à demi-voix
Aurélie à Adrien.

Celui-ci la regarda fixement et d'un ton bref répondit :

— Décidément, mademoiselle, vous avez des mots heureux ce soir !

Aurélie baissa la tête d'un air humble et repentant, se disant à elle-même :

— Oui, décidément, je m'embrouille ; parlons d'autre chose et plus amicalement.

Madame Daurival, qui avait en ce moment les yeux fixés sur Aurélie en *a parte* avec Adrien, fit signe à madame de Beauvent comme pour lui dire :

— Voyez donc, comme ils s'entendent !

Ce qui fit rayonner aussi les yeux de la baronne.

C'était toujours l'idée de madame Daurival de complaire à ses nobles amis, au moins par le mariage de son fils avec mademoiselle de Beauvent. Il y avait à son estime, outre des avantages de rang et de hautes relations, toutes les convenances d'âge et d'agrément pour les jeunes gens, d'amitié et d'intérêt même pour les deux familles. Car après tout, sur le point essentiel, les de Beauvent avaient de grands domaines qu'ils arrivaient aussi à dégrever par d'heureuses spéculations. Et maintenant que M. Daurival, infirme et souffrant, demeurait dans la retraite, il importait qu'Adrien, fixé à Paris, eût au plus tôt, pour recevoir et représenter, le secours d'une maîtresse de maison. Donc, tout bien considéré, rien de plus naturel que de proposer à son fils la main de la brillante et si belle Aurélie.

Et c'est ce que madame Daurival se proposait de faire sans retard. Néanmoins elle éprouvait quelque gêne à parler ouvertement de ce projet, parce que, devant toutes ses insinuations sur le mariage en général, Adrien coupait court en répondant qu'il n'était pas pressé et changeait de conversation.

— Ce n'est pas raisonnable, se disait madame Daurival ; et à vingt-huit ans, avec un grand avenir, il convient de prendre un parti.

Aussi, ayant repris la question dans une circonstance favorable où elle se trouvait seule dans sa chambre avec Adrien :

— Mon cher enfant, lui dit-elle, j'ai à te parler sérieusement sur un sujet que tu négliges trop, lorsque, enfin, l'heure est venue d'y accorder toutes tes réflexions. Ai-je besoin de te rappeler le triste état de ton père, les lourdes et continuelles préoccupations qu'il me donne, pour que tu comprennes combien nous avons besoin d'être suppléés et un peu rassérénés dans notre intérieur par la présence et l'aide de l'aimable jeune fille qui serait devenue ta femme. Voyons, mon cher Adrien, parlons raison : tu sais si je souhaite ton bonheur et tous les succès que tu as le droit d'attendre ; tu jugeras donc bien naturel que ce soit ta mère qui t'amène à une décision devenue très-nécessaire.

— Je comprends votre sollicitude et je vous en remercie, chère maman, répondit Adrien d'un ton affectueux et ferme ; mais vous savez aussi que je ne me dois décider que tout autant que j'aurai pu sérieusement connaître et apprécier celle qui deviendra la compagne inséparable de ma vie.

— Fort bien, mon cher enfant, je te loue de ces sentiments qui sont les miens ; et précisément je viens te proposer une jeune fille que depuis des années nous voyons et nous aimons ; une jeune fille qui a toutes les grâces, avec une position des plus belles, aimable, spirituelle, applaudie pour ses talents, et qui représentera mieux que personne dans toutes les circonstances où tu pourras être placé.

Et comme Adrien ne se pressait pas de mettre un nom sous ce brillant portrait, elle ajouta avec le même air de satisfaction :

— Certainement tu devines qu'il s'agit de la charmante Aurélie de Beauvent ?

— C'est vrai, mère, j'avais deviné, reprit froidement Adrien ; mais j'ai le regret de te dire que mademoiselle de Beauvent ne me peut aucunement convenir. Permets : j'ai été à même en effet, et depuis longtemps, de juger son caractère, ses idées et ses goûts ; elle est certainement très-agréable à rencontrer dans un salon et nulle, je te l'accorde, n'y déploie plus d'esprit ; mais pour moi ce ne sont pas ces brillantes qualités qui me pourraient suffire en une femme. Je préférerais plus de réserve, de simplicité, des goûts plus modestes et aussi plus sérieux. Il me semble qu'en posant avec tant d'éclat dans le monde, on doit peu se complaire en son intérieur, et qu'en recherchant si fort les regards

et les applaudissements, on se met dans le cas
d'oublier ce qui peut plaire à un mari.

— Ah! par exemple, Adrien, s'écria madame
Daurival, très-affectée de cette réponse négative, tu
te jettes dans un rigorisme qui n'est pas soute-
nable ; certes les de Beauvent, et Aurélie en particulier, nous montrent assez depuis la maladie de
ton père comme ils savent compatir aux peines de
leurs amis, et préférer souvent leur intimité de
famille à d'autres grandes réunions où ils sont si
vivement réclamés. Après cela, n'est-il pas naturel
qu'une jeune fille de vingt ans se plaise dans le
monde où elle réussit si parfaitement? Et avec le
grand avenir, on peut le dire, où tu es appelé, c'est
encore un avantage, que tu apprécieras plus tard,
que d'avoir une femme si capable d'en faire les
honneurs.

— Mère, dit Adrien avec un véritable accent de
tristesse, il m'en coûte de ne pouvoir entrer dans
tes vues sur un tel sujet ; mais outre que j'y suis le
premier intéressé, tu m'exprimais très-vivement
tout à l'heure ton grand désir d'être soutenue et
suppléée au besoin dans les graves sollicitudes que
nous donne l'état de mon père. Or, je puis t'affirmer
que, sous ce rapport si essentiel, mademoiselle de
Beauvent ne nous serait d'aucun secours. Je n'en
veux pas dire davantage. J'ajoute seulement sans
hésiter que, pour beaucoup d'autres raisons très-
décisives, je ne puis consentir à m'engager de ce
côté.

Malgré le profond dépit qu'elle ressentait, madame Daurival comprit qu'elle ne devait pas heurter de front des sentiments si formels, mais s'efforcer d'amener quelques réflexions plus favorables à ses amis.

— J'avoue, mon cher enfant, ajouta-t-elle avec un accent de tristesse, que je ne croyais pas te déplaire si fort en te proposant une jeune fille qui, n'eût-elle que sa rare beauté et son charmant esprit, serait toujours faite pour inspirer à un mari la plus légitime fierté ; mais, joignant à ces dons si enviés un grand nom, de beaux domaines, l'appui très-important d'une famille qui a voix et place partout et dont le dévouement nous est depuis longtemps connu et prouvé : qu'aurais-tu pu désirer de mieux, et pouvais-je moi-même t'offrir un plus digne parti ?

— Je sais, mère, quelle est ton affection pour les de Beauvent, et je conçois ta peine à me voir écarter leur alliance. Cependant crois bien que je n'agis pas à la légère et que mes convictions sur ce point sont aussi justes que réfléchies.

— Tout ce que tu voudras, mon ami, reprit madame Daurival d'un air résigné, et je n'ai pas le moindre désir de contrarier tes goûts, quels qu'ils soient. Seulement, je me persuade malaisément qu'il soit si pénible, avec tant de convenances accessoires, d'accepter la main de la plus belle personne de nos salons.

— La plus belle, soit, répondit Adrien avec plus

d'entraînement qu'il n'eût voulu ; il n'est pourtant
pas impossible qu'une autre plaise davantage.

— Mon Dieu ! se dit alors madame Daurival
toute troublée, aurait-il une autre pensée, quelque
secret engagement ? il faut que je le sache à tout
prix.

Et aussitôt, sous l'inspiration de cet irrésistible
désir, sans réfléchir à ce qui lui conviendrait le
mieux de faire avec le ferme caractère de son fils,
elle prit un air et un accent d'insinuante affection
d'autant plus pénétrants qu'ils lui étaient très-
naturels, n'ayant jamais su jusque-là rien refuser
à son cher Adrien :

— Voyons, mon cher enfant, tu me permettras
bien de te dire ce que je pense et qui me vient à
l'esprit en ce moment même : je l'avoue, je trouve
tes objections si tranchées et pourtant si peu justi-
fiables, que j'en suis à me demander si tu n'aurais
pas tout simplement un motif plus intime et plus
impérieux peut-être pour te refuser à un projet qui
m'était si cher ?

Adrien tressaillit à ces mots et ne put se défendre
d'une visible émotion sous le regard attentif de sa
mère. Celle-ci continua cependant, comme si elle
n'avait pas remarqué l'effet de son adroite insi-
nuation :

— Oui, je me pose cette question, et je me dis
aussitôt qu'en la croyant fondée, mon cher enfant
connaît assez le cœur de sa mère, en a trop éprouvé
le long dévouement, pour qu'il puisse hésiter à se

confier en elle et à lui remettre le soin d'assurer, s'il se peut, son bonheur, qu'elle a toujours mis au-dessus de tout ce qui pourrait la contenter elle-même.

Elle s'arrêta, les mains l'une dans l'autre croisées sur ses genoux, sollicitant une réponse d'un visage et d'un regard également émus. Adrien n'avait jamais pu douter de la tendresse de sa mère. On a pu comprendre aussi, à travers l'inviolable silence qu'il s'était imposé, qu'une préoccupation profonde le tenait tout entier, et qu'il eût été heureux de pouvoir sûrement ouvrir son âme, de sorte qu'en ce moment tout le décidait à parler.

— Eh bien, chère maman, répondit-il avec ce facile abandon qui se retrouve si aisément aux appels du cœur maternel, je te dirai simplement tout ce que je rêve, tout ce que je me cache presque à moi-même, ce qui absorbe pourtant mes pensées sans qu'elles puissent s'arrêter à une espérance certaine, mais en m'éloignant de tous autres projets, si brillants qu'ils puissent être.

Madame Daurival ne respirait plus, attendant anxieusement qu'Adrien, visiblement embarrassé, achevât cet aveu si funeste à ses projets.

— Oui, mère, reprit-il avec un effort pour affermir sa voix, j'ai depuis longtemps remarqué une jeune personne des plus distinguées, dont l'esprit, le cœur, les talents et les sérieuses vertus ont fait sur moi une impression d'autant plus décisive, qu'elle s'attache surtout à un noble caractère qui donne un charme tout particulier à cette douce

physionomie. Mais, si j'ai eu le temps de longuement mûrir les idées qui m'inclinaient de ce côté
et de m'assurer qu'elles étaient à l'épreuve des
circonstances et du temps, je t'avoue, chère maman, que je n'ai pu encore me décider à une démarche positive. Je crains d'être trop au-dessous
d'un cœur si pur, d'une si belle âme, de n'être pas
agréé en un mot ; et j'ai préféré jusqu'ici une incertitude qui peut espérer encore, plutôt qu'un irrémédiable éclaircissement.

— Il faut donc, mon pauvre ami, reprit madame
Daurival avec une sorte d'indulgente compassion,
que tu aies singulièrement élevé tes prétentions
pour que, dans notre état de fortune, tu sois si inquiet des suites d'une demande assez flatteuse pour
tant d'autres. Quant à moi, qui dois encore sacrifier
mes plus chers désirs, il me semble que, quel que
soit le rang de cette personne si distinguée, fût-elle
une duchesse, je pourrai me hasarder à parler pour
te faire plaisir.

— Mère, ce n'est pas cela, dit Adrien en hésitant, et c'est uniquement la distinction morale qui
me préoccupe.

— Alors tu es bien modeste, mon cher enfant,
car, avec les qualités qu'on t'accorde, tu as beaucoup d'autres avantages à offrir... Et quel est enfin
ce nom si mystérieux? ajouta madame Daurival
avec un encourageant sourire.

— C'est mademoiselle Germont, répondit alors
Adrien sans plus hésiter.

— Mademoiselle Germont !... Germont, qui ?...
reprit madame Daurival dans un trouble qu'elle ne
se définissait pas à elle-même.

— Mademoiselle Clotilde Germont, répéta Adrien
avec le même accent résolu, il n'y en a qu'une
pour nous.

— Clotilde Germont, répéta lentement madame
Daurival avec un regard bouleversé, mais je ne sais
si je t'entends bien et si tu me parles sérieusement
toi-même !

— Oui, dit Adrien sans fléchir devant la trop
expressive stupeur de sa mère, j'ai parlé sérieusement, et je te l'ai dit, après de profondes réflexions
qui m'ont conduit à la plus invariable des convictions sur ce qui peut assurer mon bonheur.

Madame Daurival se sentait comme soulevée par
une irritation furieuse, et elle aurait éclaté en terribles transports, si elle n'eût été intérieurement
saisie et contenue par l'attitude impassible d'Adrien
qui, debout devant elle, les bras croisés, la regardait avec une expression tout à la fois ferme et
douloureuse. Elle put voir qu'elle se devait plus
ou moins maîtriser pour ne pas tout pousser aux
extrêmes ; et alors, d'un ton que malheureusement
l'ironie ne pouvait conduire au cœur de son fils, elle
lui dit :

— Je comprends maintenant tes hésitations et tes
perplexités, tu avais en effet singulièrement monté
ton imagination, mon pauvre enfant ! et je crois
pouvoir m'étonner que tes longues et si persévé-

rantes réflexions ne t'aient pas ouvert les yeux sur l'étrange destinée que tu te préparais. Vraiment ! on pourrait dire dans le monde que le jeune commandant Daurival, avec une fortune et un avenir qui se peuvent tout promettre, s'est donné pour compagne, non pas la plus éclatante des héritières entre lesquelles il lui est permis de choisir, mais beaucoup plus raisonnablement, à son sens, l'institutrice de sa sœur, demoiselle de compagnie de sa mère, agréable et vertueuse, d'ailleurs, ce qui devra lui gagner les suffrages de la haute société.

Adrien tressaillit, mais se contint, et avec une certaine lenteur qui imprimait comme le cachet de la réflexion sur toutes ses paroles, il dit :

— Je ne puis m'étonner de ta surprise, mère, mais je te prie de m'écouter un moment, et j'espère te montrer que la raison aussi peut approuver un choix que le cœur a décidé. Tu dis vrai : nous sommes dans une de ces rares situations où l'on peut, sans trop de suffisance, prétendre à tout. Et si j'étais venu te dire, tu en conviens, qu'il s'agissait de m'obtenir la fille d'un duc, tu n'aurais pas reculé devant n'importe quels grands airs ou quels grands noms. Pourtant encore le succès eût pu être douteux, et douteux aussi l'agrément de cette démarche. Mon Dieu, je reconnais sans peine que le rang et la fortune ne gâtent rien aux dons de l'esprit, ni aux avantages personnels, et j'ai assez vu le grand monde, après tout, pour qu'il m'eût été possible d'y trouver, sous tous les rapports, un très-

bon parti. Cependant cette rencontre ne s'est pas
réalisée.

— Il me semble qu'Aurélie de Beauvent...

— Mère, que veux-tu ? ni elle ni les siens ne me
conviennent pour ce qui est de la très-sérieuse
affaire d'un mariage ; et nulle autre ne m'est apparue parmi nos relations. Au contraire, j'ai remarqué depuis longtemps une jeune personne aussi
agréable que modeste, d'honorable famille et d'une
parfaite éducation, unissant des talents sérieux aux
plus rares vertus. La fortune lui manque, il est
vrai ; elle ne m'a pas moins su plaire au-delà de ce
que je puis dire. Eh bien, précisément parce que
je me trouve dans une position très-indépendante,
je suis heureux de me dégager de tout calcul, et de
m'assurer, s'il se peut, la main de la plus charmante jeune fille que je connaisse.

— Et moi, mon cher Adrien, qui suis ta mère
et n'ai que trop l'expérience de la vie, je te déclare
que tu fais là un roman impossible, et que si, ce
qu'à Dieu ne plaise, tu parvenais à le réaliser, tu
irais à la plus triste déconsidération, en regrettant
bientôt ton bel avenir à jamais compromis.

— Je ne comprends plus, mère, que tu t'exagères
à ce point le prestige de l'argent. Il facilite beaucoup de choses, soit ; mais il ne donne pas la vraie
considération. Et quant à mon avenir, je ne serais
pas fier de ne le devoir qu'à ma bourse. Heureusement j'ai déjà pu montrer que je ne portais pas
une épée de parade ; elle saura encore me frayer

le chemin. Et puis, mère, est-ce que notre fortune
a besoin de s'accroître sans mesure? est-ce qu'elle
n'est pas dix fois suffisante pour tout ce qu'on peut
raisonnablement souhaiter? Et qui donc me taxe-
rait de folie parce que j'aurais entouré de ce bien-
être une jeune fille d'un mérite vraiment supérieur? Ah! si je m'étais follement épris, comme
tant d'autres, d'une femme de théâtre, ou même
d'une belle fille sans autre valeur que les grâces de
sa taille et de sa figure, tu aurais cent fois raison
de me prédire des mécomptes et d'amers regrets.
Mais c'est ici tout différent; l'humble jeune fille
que je préfère s'est acquis très-justement déjà
une véritable considération; tout le monde, petits
et grands, l'estime, la respecte et l'aime; mes
sœurs, mon père et toi-même, ne pouvez vous en
passer; la solidité et l'agrément de son esprit ne
sont égalés que par la bonté de son cœur; tout
cela, mère, c'est un de ces rares trésors, je ne
dis pas qui valent, mais qui effacent tous les
autres; et l'ayant pu, près de nous, si bien apprécier, je ne crains plus que de n'avoir pas mérité
de l'obtenir. Mais je ne me reprocherai pas toujours de lui avoir préféré une dot quelconque,
dont je n'ai que faire et que j'ai si peu de mérite à
dédaigner.

Plus Adrien justifiait la force de son attachement,
et plus croissait l'irritation de sa mère, très-décidée
à ne rien entendre et à tout tenter pour ruiner un
tel projet. Aussi, sans s'inquiéter de répondre aux

paroles très-réfléchies de son fils, elle s'écria de l'accent le plus indigné :

— Je vois trop que toutes mes observations seraient inutiles ; aucune raison d'expérience et de bon sens ne touchera ton esprit prévenu, pas plus que l'expression d'un dévouement que tu ne peux méconnaître. Fais donc ce que tu voudras ; foule aux pieds toutes les bienséances ; moi, du moins, j'aurai l'honneur d'avoir jusqu'au bout protesté contre ta folie. Tu ne t'étonneras donc pas que mon consentement te soit absolument refusé ; mais tu n'ignores pas ce que tu as à faire pour y suppléer, au moins légalement.

Adrien frémissait et se faisait les dernières violences pour se maîtriser ; aussi reprit-il d'une voix altérée, mais encore respectueuse :

— Tu dois remarquer, mère, que c'est toi qui as fait appel à ma franchise et sollicité cette confidence dont l'heure ne me semblait pas venue. C'est donc malgré moi que j'ai parlé aujourd'hui, et uniquement pour répondre à la confiance que tu me demandais. Car, très-affermi dans mes sentiments, je ne sais ce que je puis attendre de mademoiselle Germont qui ignore absolument mes projets. Maintenant tu connais tout et tu me refuses ton approbation : j'en souffre cruellement ; mais, sois tranquille, mère, j'attendrai, en restant fidèle à mes résolutions.

— Ce qui veut dire que tu comptes, un jour, avoir raison des miennes, répliqua madame Daurival avec

emportement; jamais, entends-tu bien, jamais, je
ne consentirai à cet avilissement.

— Mère, s'écria Adrien pâle et tremblant, je suis
ton fils et ne veux pas l'oublier; mais n'oublie pas
toi-même, je t'en conjure, que je suis un soldat et
que l'honneur est mon idole. Inutile, d'ailleurs,
d'insister; garde tes convictions qui me déchirent;
tu connais les miennes dont je m'honorerai toujours.
Tout est dit là-dessus et... je n'en serai pas moins
ton fils dévoué.

Ces derniers mots, dans une telle émotion, étaient
méritoires, et seraient allés droit au cœur de madame Daurival, si elle n'avait été dominée par un
intraitable orgueil. Néanmoins elle se sentit très-
soulagée de n'avoir pas à craindre une rupture
qu'elle s'avouait, au fond, avoir trop provoquée.
Elle fit un signe de remerciement, et garda le silence comme si elle avait besoin de recueillement et
de repos.

Adrien sortit : lui aussi avait à penser sur cette
triste explication. Tout y avait été imprévu et il y
avait pris une décision irrévocable! Il ne la regret-
tait pas, tant s'en faut; mais il se sentait saisi d'une
mortelle inquiétude en songeant à ce que pourrait
dire mademoiselle Germont, si elle apprenait brusquement et ses intentions et le méprisant accueil
de sa mère. N'aurait-il pas dû demander un silence
absolu sur un secret qu'il ne voulait pas dévoiler;
et ne pourrait-il encore obtenir cette promesse?
Non, il n'avait plus le courage de reprendre un tel

sujet avec une mère exaspérée. Peut-être ses sœurs
se feraient-elles mieux entendre ? et il n'hésiterait
pas à se confier à leur affection presque aussi vive
pour mademoiselle Germont que pour lui-même.
Mais, en ce moment, sa mère était trop courroucée
et trop engagée par ses véhémentes déclarations,
pour qu'on pût lui faire accepter quelque conseil
de prudence ou de ménagement. Alors une seule
chose s'offrait encore à la pensée d'Adrien comme
capable de conjurer les violentes décisions de sa
mère, et c'était l'humble douceur de celle qui allait
être inévitablement en butte à des affronts immé-
rités. Aurait-on le courage de traiter l'innocente
comme une coupable et de lui faire porter la peine
d'une préférence qu'elle ne soupçonnait même pas?
Il ne le pouvait croire; et même sous le charme si
puissant de cette douce vision, il en venait à espérer un apaisement soudain, comme un hommage
irrésistiblement rendu à l'aimable et candide vertu.
Illusion trop riante, qui s'évanouissait bientôt devant la froide réalité? Et Adrien revenait vite à
comprendre qu'il ne devait compter que sur la force
et la durée des sentiments qui lui étaient si chers.

CHAPITRE XIII

Madame Daurival n'avait, en effet, qu'une pensée, empêcher à tout prix son fils de réaliser ses
étranges intentions : certes, elle souffrait de le contrister si durement, car c'était bien la première fois
qu'elle ne s'empressait pas au devant de ses désirs.
Mais il y avait ici en jeu ce que madame Daurival
estimait l'honneur de la maison, et elle ne pouvait
se faire à l'idée que le principal héritier d'une aussi
belle fortune irait étourdiment la placer aux pieds
d'une jeune fille absolument dépourvue. Et cependant elle s'avouait qu'il n'y avait rien à attendre
d'Adrien qui s'était si énergiquement prononcé, et
aussi parce que le mérite et même le charme de
mademoiselle Germont n'étaient que trop capables
de le captiver.

— Heureusement, se disait madame Daurival,
cette jeune fille a de la conscience, et c'est ce qui
nous tirera d'une si déplorable situation. Il faut que
je lui parle et sans retard. Pourtant n'est-ce pas
risquer beaucoup que de lui révéler les vues d'A-

drien ? Et si cette jeune fille allait s'éblouir d'une si belle perspective ; si son amour-propre ou même son cœur allaient se complaire d'un hommage si séduisant, je n'aurais fait qu'accroître la difficulté ! Je devrais donc la renvoyer sans explication et sans délai. Cela me répugne ; et puis, je crois plus sûr de m'expliquer avec elle, de la déchiffrer complé-tement, de l'effrayer au besoin et de prendre mes garanties.

Elle sonna, et, d'une voix très-calme en appa-rence, elle dit qu'on priât mademoiselle Germont de venir lui parler ; et elle demeura immobile, tout absorbée dans le calcul de ce qu'elle allait dire et faire. Mais, dès qu'elle entendit le pas léger de Clotilde dans l'antichambre, ses regards se fixèrent aussitôt vers la porte, comme pour ne rien perdre de l'air et de la contenance de celle dont elle eût voulu, pour ainsi dire, mettre l'âme dans ses mains. Aussi fut-elle presque déconcertée par le calme souriant de Clotilde, qui venait avec empressement prendre ses ordres : la parole lui manqua un mo-ment, et, silencieuse, s'affermissant en ses résolu-tions, elle fit gravement signe à mademoiselle Germont de s'asseoir. Celle-ci, très-étonnée de ce singulier accueil, s'assit machinalement, sans com-prendre le motif d'une froideur si cérémonieuse.

— Il se passe dans ma maison, dit enfin madame Daurival d'un ton sévère, des choses extrêmement graves, et j'ai le regret de vous dire, mademoiselle, que vous n'y êtes pas étrangère.

— Mon Dieu, madame, qu'y a-t-il donc ? s'écria Clotilde au comble de la surprise. J'ignore entièrement ce qui peut vous alarmer.

— Vous ignorez, je veux le croire, reprit madame Daurival ; mais vous n'en êtes pas moins cause du plus grand malheur qui pût arriver dans notre famille.

— O madame, que me dites-vous là? et comment, sans même le savoir, puis-je être si coupable ?

Le regard si désolé et l'accent si sincère qui accompagnaient ces paroles ne laissaient aucun doute sur la complète innocence de mademoiselle Germont ; et madame Daurival, aussi émue qu'embarrassée, adoucissait ses manières et sa voix, sans renoncer au résultat qu'elle avait à cœur.

— Non, dit-elle, je ne puis soupçonner votre droiture, mademoiselle, et je me hâte de le reconnaître. Mais vous allez voir, néanmoins, si vous n'êtes pas ici, malgré vous, l'occasion du plus triste débat ; et ce que je vais vous dire vous prouvera aussi l'estime que je fais de votre délicatesse et de votre bon jugement. Aujourd'hui même, il n'y a que quelques instants, j'entretenais mon fils Adrien du grand désir que j'avais de le voir marié, comme il convenait à son rang, et je lui proposais en toute confiance un parti des plus distingués : quelle n'a pas été ma stupéfaction de l'entendre me déclarer, d'abord, qu'il refusait absolument la personne dont il était question et, pressé ensuite par mes conseils et mes instantes prières, m'avouer qu'il avait un

attachement invincible pour vous, oui, vous, mademoiselle, et ne songerait jamais à nulle autre? Impossible, malgré toute ma douleur, d'en obtenir
une parole de raison, jugez de mon chagrin! Mais
vous souffrez, mademoiselle, remettez-vous : je suis
convaincue de votre complète innocence.

Au nom d'Adrien le visage de Clotilde s'était
couvert de rougeur, puis aussitôt d'une pâleur in-
quiétante, et elle avait laissé tomber sa tête dans
ses mains tremblantes, comme accablée par une si
étrange révélation. Mais elle se raidit contre sa
défaillance, et s'écria d'une voix pénétrée :

— Soyez remerciée, madame, de votre bonne
opinion! Dieu sait que l'ombre d'une telle pensée
n'a jamais traversé mon esprit.

— Je vous crois, mon enfant, je vous crois, reprit
madame Daurival avec un accent de compassion ;
mais enfin vous comprenez aussi la pénible situation où nous place cette incroyable persistance de
mon fils, et la douleur que je ressens d'une pareille
lutte, moi sur qui pèse maintenant toute la
responsabilité de notre considération dans le
monde.

— Oui, madame, je comprends la cruelle peine
que je vous cause, quoique bien malgré moi, dit
alors Clotilde en se levant avec décision : aussi ne
dois-je pas hésiter un moment dans la seule réparation qui m'est permise, et je vais m'éloigner sans
retard. J'ose croire qu'un peu de temps effacera les
traces de ma présence, et que l'on y oubliera bien-

tôt une pauvre fille qui ne se consolerait pas d'avoir
laissé la désunion parmi vous.

— Vous avez un noble cœur, mademoiselle, et
ce m'est un vif regret de vous perdre, croyez-le
bien !... Aussi, pour tout dire, ajouta madame Daurival, avec une certaine hésitation, je crains encore
que mon fils, qui n'a que trop de caractère, ne per
siste dans ses résolutions et ne nous cause de grands
ennuis, que vous seule pouvez conjurer. Promet-
tez-moi donc, quoi qu'il pût faire, de ne jamais
accepter ni sa main, ni son nom.

— Oh ! je vous le promets, madame, dit Clotilde
avec fermeté ; et grâce à Dieu je me retrouverai
paisible duns mon obscure condition. Daignez
maintenant recevoir mes adieux : je vais me
préparer à partir.

— Comment, tout de suite, aujourd'hui ? dit madame Daurival toute pénétrée de cette courageuse
vertu ; mais je ne l'entendais pas ainsi, et nous aurions plus doucement préparé ce départ qui nous
attristera tous.

— Croyez, madame, que mon cœur saigne en
vous quittant ; mais je ne puis différer même d'un
seul jour : le temps seulement de mes derniers ap
prêts, et soyez mille et mille fois remerciée, ainsi
que tous les vôtres, de vos inépuisables bontés.

— Mon Dieu, que je suis désolée ! et que vais-je
leur dire ? s'écria madame Daurival, plus émue
qu'elle ne le voulait paraître, mais aussi très-satisfaite d'un résultat si décisif : au moins vous m'ac-

corderez le temps, reprit-elle, de préparer à votre
départ mon pauvre mari, si habitué à vos bons soins;
et vous ne refuserez pas de le revoir un moment, en
m'aidant à lui adoucir une séparation qui lui sera
très-amère, je le crains. Allez donc, puisque vous le
voulez ainsi, on vous préviendra quand il en sera
temps. Je ne vous fais pas encore d'adieu.

— Je serai à votre disposition, madame, dit
Clotilde en se retirant.

Elle gagna rapidement sa chambre, mais là,
malgré son désir de ne pas perdre un instant, elle
dut s'asseoir pour reprendre ses esprits et ses
forces : elle était encore toute tremblante de ce
qu'elle avait entendu, et de ce qu'elle avait dit et
fait elle-même si inopinément. La réflexion, heureusement, lui apportait le bon témoignage de sa
conscience : ni pensée, ni parole, ni acte quelconque
qui pût répugner à son souvenir. Elle avait à souffrir pour d'autres qu'elle plaignait encore, et ce
n'était pas sans quelque douceur pour une âme
aussi chrétienne.

— Courage donc, mon cœur, se dit-elle, courage ! puisque Dieu te reste, tu emportes tout avec
toi.

Calme et ranimée alors, elle écrivit aussitôt
quelques lignes à Florentin, lui annonçant de
graves nouvelles, et le priant de venir, avec une
voiture, la chercher sans aucun retard. Elle donna
ce billet à une femme de chambre, qui le porta immédiatement. Et elle se mit activement à tout pré-

parer pour son départ. Une seule pensée l'alarmait encore, c'était la crainte de voir, tout à coup, apparaître Henriette et madame de Verceil : aussi priait-elle Dieu avec ardeur de lui épargner une autre et si douloureuse explication. Elle était très-avancée dans ses apprêts, lorsque Florentin se montra avec un visage tout bouleversé.

— Que vous est-il donc arrivé, grand Dieu ! s'écria-t-il en entrant.

Et voyant dans la chambre les malles ouvertes et remplies, il ajouta d'une voix altérée :

— C'est donc bien vrai, vous allez partir, vous les quittez : il m'est impossible d'en deviner le motif !

Clotilde le fit asseoir, s'efforça de lui montrer bon visage et lui dit :

— Ne vous affligez pas de ce que vous allez entendre ; je ne me l'explique pas à moi-même, et je me sens obligée pourtant de fuir cette maison trop aimée. Vous croyez que je rêve ou que je déraisonne, ajouta-t-elle en affectant de sourire pour soutenir son vieil ami ; non, je suis bien éveillée, j'en suis certaine maintenant, et mon esprit ne s'égare pas. En deux mots, M. Adrien, sa mère me l'a déclaré, j'ose à peine le redire, M. Adrien refuse les plus beaux partis et les refuse à cause de moi, moi pauvre fille ! Est-ce croyable ? M. Adrien devenu si digne, si chrétien, et avoir si peu de raison ! Vous voyez qu'il faut partir et partir au plus vite.

Florentin demeurait les bras croisés, tout pensif,

et beaucoup plus calme que Clotilde ne l'avait
supposé, puis il dit lentement :

— Oui, je le conçois, vous devez partir, noble
enfant; et quant à M. Adrien, je puis le plaindre,
mais, en vérité, non, ce n'est pas moi qui le blâ-
merai.

— Croyez-vous qu'il fasse bien de contrister
ainsi sa mère? Et n'est-ce pas déroger que de
vouloir mettre si bas sa famille et son nom?

— Je ne puis que vous dire une chose qui n'est
pas de moi : Quiconque s'abaisse sera élevé! et il
m'est doux de le croire...

— Elevé! dans une vie meilleure, oui, sans
doute, si nous le méritons; mais autrement, mon
ami, jamais! je l'ai promis, et rien ne me fera manquer à ma promesse.

— Moi qui vous connais, reprit vivement Florentin, je vois qu'il y aura un homme bien malheureux, et d'autant plus qu'il aura mieux su vous
apprécier.

Clotilde rougit, et d'une voix émue dit aussitôt :

— Ah! Dieu sait que je le plains, et que même,
je puis dire cela, je lui suis reconnaissante de ses
intentions. Mais s'il s'est égaré dans ses pensées,
moi, je ne puis plus que prier pour lui.

Florentin garda le silence, se disant à lui-même
avec un triste soupir :

— Faut-il que le plus grand obstacle vienne
justement d'elle, lorsque la Providence semble
avoir tout préparé!

13

Puis jetant sur Clotilde un regard d'admirative affection, il ajouta d'un air plus animé :

— N'importe, vous venez avec moi comme une fille chez son père, j'oublie tout le reste.

En ce moment on vint prévenir Clotilde que M. et madame Daurival la demandaient. Très-embarrassantes et très-pénibles avaient été les explications de madame Daurival à son mari, pour lui faire admettre la nécessité du départ de Clotilde. Dans son long état de malaise et d'inaction, M. Daurival avait de plus en plus apprécié les attentions si délicates et si multipliées de mademoiselle Germont, et c'était pour lui une précieuse distraction de la voir souvent à ses côtés, son ouvrage à la main, ou lui lisant quelques passages intéressants du journal, ou quelques lignes toujours si consolantes de l'Imitation. Quand sa femme lui apprit donc, avec beaucoup de ménagements, ce qui s'était passé, et les résolutions si extrêmes d'Adrien, bien loin de s'en indigner, il dit aussitôt : Que pour lui il n'était plus de ce monde, et qu'il ne pouvait qu'approuver le choix si heureux de son fils. Mais alors madame Daurival s'était tant récriée, lui avait si fortement fait entendre qu'il ne pouvait, dans son triste état, se prendre pour juge des exigences de leur rang, et la condamner elle-même à tous les mépris d'une telle déchéance, que M. Daurival, peiné et accablé, avait été réduit à la laisser agir comme elle souhaitait. Pourtant, cette tristesse de son mari pesait au cœur de madame

Daurival, et elle se hâta d'ajouter que, du reste, n'ayant qu'à se louer de mademoiselle Germont qui, elle-même la première, avait très-sagement déclaré qu'elle était résolue de partir incontinent, c'était justice de récompenser sa belle conduite. M. Daurival ne put qu'approuver, fit prendre un portefeuille dans son secrétaire, mit à part un paquet de billets de banque, et attendit sans plus rien dire que Clotilde, alors prévenue, se montrât.

Dès qu'elle parut, madame Daurival lui dit de très-bonne grâce que son mari avait désiré lui adresser ses adieux, et qu'elle y joignait les siens en la remerciant de ses soins toujours si dévoués.

— Oui, ma chère enfant, reprit M. Daurival d'une voix brève, je tiens à vous dire combien je regrette cette séparation, moi qui vous regardais comme de la famille, et qui espérais vous garder jusqu'à la fin ! Mes sentiments n'ont pas changé et vous emportez toute mon estime et mon affection.

— C'est moi, cher monsieur Daurival, répondit Clotilde en pressant ses mains qu'il lui tendait, qui ne ressentirai jamais assez de reconnaissance pour toutes les bontés dont vous m'avez comblée. Ah ! croyez que tous les jours de ma vie votre souvenir revivra dans mes prières, et là, du moins, je vous serai toujours unie.

— Merci, mon enfant, merci : jamais non plus je ne vous oublierai et c'est Dieu qui nous réunira. Un mot encore, car je souffre beaucoup en ce moment : vous nous quittez bien malgré moi... Je ne puis penser que vous ayez à souffrir loin de nous : veuillez accepter ce qui n'est que le trop faible prix de tout ce que je vous dois.

— Oh! cher monsieur, vous m'avez toujours prodigué vos dons au-delà de ce que je méritais : rien de plus aujourd'hui, je vous en supplie !

— Quoi ! vous refuseriez ce témoignage de ma satisfaction et d'une amitié toute paternelle ?

— Mademoiselle, vous voyez la peine que vous lui causez, reprit alors madame Daurival ; acceptez, je vous prie, ce que nous considérons comme une dette ; au moins, pour ne pas affliger mon pauvre mari.

— Non, vous ne vous affligerez pas, cher monsieur, d'un refus qui ne va pas jusqu'à vous et que je dois à ma conscience, reprit Clotilde en mouillant de ses larmes les mains de M. Daurival.

Celui-ci ne trouvait plus de paroles et de grosses larmes aussi sillonnaient son pâle visage : il tint encore un moment les mains de Clotilde dans les siennes, puis, se penchant vers elle, il put encore lui dire :

— Je vous pleure comme une fille bien-aimée !

— Adieu, adieu ! répéta Clotilde, sans pouvoir rien ajouter.

Madame Daurival les contemplait, il faut le dire, dans une singulière émotion : la douleur de son mari la remuait profondément, et elle n'était pas moins confondue de la dignité si touchante de Clotilde. Elle hésitait, elle se troublait sous les batte-

ments si expressifs de son cœur ; mais elle en appelait encore à sa raison, à son orgueil même, qui
ramenaient aussitôt à son esprit l'image et le sourire de la baronne de Beauvent, et les propos de
tant d'autres si elle avait la faiblesse de se rendre.
Alors, ne sachant comment dissimuler l'attendrisse-
ment qui la gagnait malgré tout, elle se composait
avec violence une attitude de froide dignité, pour
recevoir aussi les adieux de Clotilde qui s'avançait
vers elle d'un air aussi confiant que respectueux.
Mais involontairement elle lui tendit la main et lui
dit d'une voix adoucie :

— Comptez toujours sur nous, mademoiselle ;
nous tiendrons à honneur, quoique séparés, de
vous prouver notre estime. Je regrette beaucoup ce
refus qui a été si pénible à mon mari,

— Veuillez me le pardonner, madame : je n'ai
que cette consolation de mettre mon devoir au-
dessus de tout. Je ne puis déjà vous remercier assez
de ce que vous avez fait si généreusement pour
moi : croyez à mon éternelle reconnaissance !
Veuillez aussi dire à ces dames que leur souvenir
ne me quittera pas.

Clotilde alors s'éloigna, et quelques moments
après elle descendait l'escalier avec Florentin. Les
domestiques qui, sans en connaître le motif, avaient
appris son départ, s'étaient rassemblés sous le vestibule, et s'empressèrent de la saluer avec l'air de
la plus sympathique tristesse. Clotilde, trop émue
pour leur parler, leur tendit la main que tous pres-

sèrent à l'envi. Il était à peu près quatre heures
quand la voiture chargée de tous les bagages
s'éloigna avec Clotilde et Florentin. Or, presque
aussitôt, madame de Verceil et Henriette entraient
dans la cour où les domestiques devisaient encore
entre eux d'un air très-animé.

— Qu'y a-t-il donc ? leur dit Henriette en s'avan-
çant : vous voici tous réunis comme pour un événement.

— Mais, madame, dit une femme de chambre,
nous ne savions pas que mademoiselle Germont
dût partir, et nous en sommes tous très-surpris et
peinés.

— Qu'est-ce que vous dites là ? mademoiselle
Germont, Clotilde partir ! vous rêvez sans doute !

— Nous le voudrions bien rêver ! mais nous
n'avons que trop vu M. Florentin arriver avec une
voiture, et emmener ensuite mademoiselle Germont, et toutes ses affaires.

— C'est incroyable ! s'écria Henriette.

— Viens vite, ma sœur, dit madame de Verceil,
non moins bouleversée, mais voulant se contenir,
c'est maman qui nous expliquera tout.

Elles montèrent rapidement l'escalier et entrèrent dans la chambre de leur mère qui venait de
s'y rendre, pour s'y remettre un peu de ses longs
émois.

— Mère, est-ce possible ! s'écria Henriette la
première ; comment, Clotilde serait partie ? c'est à
ne pas y croire !

Madame Daurival, qui paraissait accablée, ne répondit d'abord que par un signe de la main, comme pour réclamer un instant de répit : puis elle dit d'une voix abattue :

— Je suis à bout : et je viens de passer quelques heures si cruelles que j'ai le plus grand besoin de calme et de repos.

— Pardon, mère, mais nous ignorons tout, reprit madame de Verceil : juge de notre état en apprenant, en bas, ce départ si étrange.

— Etrange seulement en est la cause ; vous allez le voir : aujourd'hui même, votre frère Adrien, à qui je parlais sérieusement d'Aurélie, m'a déclaré qu'il n'aurait jamais d'autre femme que mademoiselle Germont !

Henriette et madame de Verceil ne purent retenir une exclamation de surprise.

— C'est inouï, n'est-ce pas ? reprit madame Daurival ; à ce point que mademoiselle Germont, avec qui j'ai dû m'expliquer, m'a protesté qu'elle ne se prêterait jamais à pareille folie, et a voulu partir aussitôt, ce qui certainement ajoute à l'estime que j'en avais.

— Je la reconnais bien là, dit Henriette avec animation, toujours prête à se compter pour rien, à se sacrifier ; tandis que je n'en sais pas une qui lui soit comparable. Pauvre chère Clotilde !

— Mais enfin, mère, reprit madame de Verceil non moins émue, avez-vous un parti arrêté sur tout cela ? C'est très-grave en effet ; et il y a fort à ré-

fléchir sur ce qui pourra suivre du côté d'Adrien;
je ne parle pas du chagrin qu'en va ressentir mon
père, et nous-mêmes si affectionnées à cette chère
amie.

— Il me semble, ma fille, que si mademoiselle
Germont, avec sa rare sagesse, je lui rends justice,
a jugé nécessaire cette prompte séparation, je dois
aussi, moi, autant que personne, en sentir l'oppor-
tunité. Je dois songer à notre rang dans le monde,
et, sans orgueil excessif, veiller à ce que nous n'y
soyons point trop rabaissés. Le temps adoucira le
reste, et je ne crois pas, ma fille, que tu puisses
penser autrement.

— Pardonne-moi, mère, d'insister, reprit madame de Verceil de cet air doux et sérieux qui la
rendait si persuasive, et de te soumettre les réflexions qui me frappent en ce moment. Je suis convaincue que mon frère, d'un esprit si droit et si
élevé, n'a pas agi à la légère : il se montrait même
si réservé à l'égard de mademoiselle Germont, que
je lui supposais la plus complète indifférence pour
elle ; et je n'étais pas sans m'en étonner quelquefois, je l'avoue. Si donc, avec cette mesure et une
telle circonspection, il a conçu un pareil sentiment
pour Clotilde, nous pouvons croire qu'il y tiendra
énergiquement. Elle a un mérite si vrai, une grâce
si naturelle et une bonté si parfaite, que ni Henriette, ni moi ne nous consolerions de la perte d'une
si incomparable amie : juge de ce qu'il en sera
d'Adrien, si digne et si capable de l'apprécier. Et

puis, que n'était-elle pas dans notre intérieur? Une autre fille, vraiment, pour ce pauvre père qui ne fait, avec raison, aucune différence d'elle à nous· Tu verras, mère, quel vide dans cette chambre et dans la maison! et quelle tristesse désormais pour nous tous!... Tu parles du monde ; mais que de fois nous avons vu les personnes les plus éminentes rechercher la conversation de Clotilde, admirer la culture et la distinction de son esprit, et nous répéter que nous avions là un très-enviable trésor. Crois-nous, ce serait le bonheur d'Adrien que tu aimes tant, le repos et la joie de toute la famille.

Quoique très-impressionnée par ces paroles qui pénétraient sa conscience et son cœur, et avec d'autant plus de force qu'elles lui venaient de sa fille aînée, madame Daurival s'inquiétait encore du jugement au moins d'un certain monde, très-superficiel peut-être, mais celui qui parle le plus haut : elle se préoccupait de ses relations avec les de Beauvent qu'elle eût été très-mortifiée de rompre pour une cause, à leurs yeux, si infime ; et l'amour-propre la dominant avec empire, elle se retrancha froidement dans ses droits et dans sa dignité que, disait-elle, on méconnaissait trop, et qu'elle devait faire respecter, bien qu'elle souffrît beaucoup en suivant le parti de la raison.

Madame de Verceil, voyant qu'elle n'obtiendrait rien de plus, ajouta seulement :

— Et mon père est-il instruit de ce qui se passe?

— Il sait tout, répondit brièvement madame

Daurival; et comme il en a de la peine, je vous prie d'aller le distraire, en laissant ce pénible sujet.

Les deux sœurs se retirèrent tristement; et madame de Verceil dit à Henriette :

— Va près de papa, je t'y rejoins bientôt, je désire voir Adrien.

— Oh! oui, parle-lui, dit Henriette en serrant la main de sa sœur, et dis-lui que je pense absolument comme toi.

Adrien était rentré, vers cinq heures, dans sa chambre, sans parler à personne; et il ignorait ce qui s'était passé depuis la cruelle explication. Pour lui, il s'était affermi dans la résolution d'éviter des discussions déplorables et d'attendre quelque disposition meilleure. Mais ses inquiétudes n'étaient pas moindres à l'égard de mademoiselle Germont, qui allait inévitablement subir les conséquences d'un si profond désaccord. Et ne pouvoir ni rien dire, ni rien faire : c'est ce qui mettait à une rude épreuve la vertueuse patience qu'il s'imposait. Aussi fut-il heureux de voir entrer sa sœur, madame de Verceil, avec laquelle il pourrait au moins s'épancher librement. Celle-ci vint à lui les mains tendues et lui dit du plus tendre accent :

— Avant tout, mon cher Adrien, je veux t'affirmer, pour Henriette comme pour moi-même, que notre unique désir serait de voir tes vœux se réaliser! Nous n'avons pas de plus chère et de plus digne amie que Clotilde, et nous ne pouvons te souhaiter une femme plus accomplie.

— Que vous êtes bonnes, mes chères sœurs, et que vous me faites du bien ! répondit Adrien avec un regard rayonnant ; mais quels tristes obstacles à vaincre !

— Il n'est que trop vrai : car notre pauvre mère s'est incroyablement montée, et ne veut rien entendre.

— Elle a malheureusement les grandeurs en tête, dit Adrien, et les de Beauvent ont su tirer parti de cette faiblesse. Je la plains, malgré la douleur qu'elle me cause, sans pouvoir rien changer à mes convictions.

— C'est bien ta décision qui l'exaspère. Pourtant, ce qui me laisse quelque espérance, reprit madame de Verceil qui voulait de son mieux consoler son frère, c'est qu'elle rend encore justice à Clotilde, et lui sait gré de ce prompt départ qui nous désole.

— Comment, s'écria Adrien, elle est déjà partie, la pauvre enfant ?

— Nous ne l'avons pas même vue.

— Qui eût pu croire à tant de rigueur ?

— Mais ce n'est pas maman, elle nous l'a dit, qui a eu cette dure exigence ; seulement, dès qu'elle a parlé à Clotilde de ce qui s'était passé entre vous, celle-ci a voulu se retirer sur-le-champ.

— Oh ! alors, dit Adrien avec tristesse, je n'ai pas moins à redouter de ce côté-là.

— Je te comprends, dit madame de Verceil : sa

délicatesse est si grande, qu'elle se montrera peut-
être plus inflexible encore que maman. Mais ne
perds pas courage : nous la verrons, nous lui par-
lerons, et cela ce soir même. Car Henriette et moi
ne pouvons accepter une telle séparation, et nous
voulons lui dire et redire combien nous lui demeurons attachées.

— Pour moi, chère Amélie, je ne puis te prier
que d'une seule chose, c'est d'affirmer à mademoiselle Germont que mes sentiments lui ont été di-
vulgués malgré moi. Je ne songeais qu'à écarter
une alliance inadmissible : ma mère a cru deviner
mes préoccupations ; elle a sollicité ma confiance,
elle m'a pressé, et j'ai fini par m'ouvrir à elle. Hélas ! je le dis entre nous, son orgueil a été plus fort
que sa tendresse, et elle s'est fait une arme cruelle
de mes aveux. Que pouvais-je contre une mère toujours aimée? Affirme donc, chère sœur, que je n'ai
rien pu prévenir ; que je suis désolé de cet éclat, et
surtout de ce qu'une autre si digne d'égards souffre
à cause de moi. Et puis ajoute, si c'est possible,
que j'ose la prier de ne pas s'offenser de mes vœux
qu'elle n'aurait peut-être jamais connus, mais que
je garde inaltérables pour me consoler aussi de ce
qui me reste à souffrir.

— Mon pauvre Adrien, que j'ai de peine pour
toi, s'écria madame de Verceil en pressant les mains
de son frère. Mais rassure-toi ; on ne pourra t'en
vouloir de ce qui, malgré tout, nous pénètre, Henriette et moi, d'une joie sans égale ; et, j'ajoute,

d'une espérance à laquelle je ne veux plus renoncer. Courage donc; et maintenant je vais au-devant
de mon mari qui ignore tout, mais qui pensera
comme nous, je puis te l'assurer, car il est des plus
dévoués à mademoiselle Germont. Enfin, faisons
aussi bon visage que possible à cette pauvre mère,
qui croit servir nos intérêts en nous affligeant.

Ils se retrouvèrent tous bientôt réunis au salon,
où madame de Verceil ainsi qu'Henriette apprirent
rapidement à leurs maris les événements de la
journée. M. de Verceil et Charles n'hésitèrent pas
un instant, et sans se préoccuper de la présence
de madame Daurival très-visiblement soucieuse,
vinrent aussitôt serrer les mains d'Adrien. Comme
on peut le penser, malgré tous les efforts de madame de Verceil pour soutenir une apparence de
conversation, le dîner de famille se passa très-
froidement. M. Daurival paraissait très-abattu et
ne prit presque rien, quoique sa femme le pressât
beaucoup et ne cessât de s'occuper de lui. Puis, au
sortir de table, il voulut immédiatement rentrer
dans sa chambre, où madame Daurival le suivit.

— Ce pauvre père, dit Henriette, il aimait Clotilde
comme nous-mêmes; il la regrettera longtemps !

— Oh! nous ferons tout au monde pour la lui
ramener, reprit madame de Verceil, et Dieu nous
aidera, j'en ai la confiance. Maintenant Henriette
et moi, nous courons revoir notre chère Clotilde,
qui doit souffrir autant que nous de cette triste séparation.

M. de Verceil s'empressa pour accompagner sa femme et sa sœur, voulant ainsi montrer toute l'estime qu'il ressentait pour mademoiselle Germont. Adrien, rasséréné par de telles sympathies, se rendit, avec Charles, près de son père, qui avait grand besoin de quelque distraction. Madame Daurival, de son côté, mettait tout en œuvre pour faire oublier à son mari les pénibles émotions de la journée. Mais celui-ci, sans proférer aucune plainte, demeurait triste et abattu ; pourtant, il serra silencieusement la main d'Adrien avec un regard qui semblait dire :

— Je t'approuve du moins, si je ne puis mieux te soutenir.

Et madame Daurival, qui n'avait rien perdu de ces signes expressifs, en ressentit une amère inquiétude.

CHAPITRE XIV

Il était un peu plus de sept heures du soir; le
jour brillait encore, un beau jour du mois de mai,
et ses derniers reflets illuminaient les tourelles et
les pinacles de Saint-Germain-l'Auxerrois. Or, au
cinquième étage de la maison de la rue Chilpéric,
accoudés sur l'appui d'une croisée en mansarde,
Clotilde et Florentin paraissaient prendre quelque
repos; pensifs l'un et l'autre, tantôt ils suivaient
du regard ces belles splendeurs du couchant qui
leur rappelaient une autre lumière et plus haute et
plus pure, plus digne surtout des désirs de leur
âme; et tantôt, ramenés par d'involontaires soupirs
aux impressions si émouvantes de cette journée,
ils échangeaient quelques paroles de tendre intérêt
u de pieuse résignation.

— Malgré tout, ma chère enfant, disait Floren-
in, je suis tranquille; et je suis heureux de vous
voir près de moi, dans cette maison qui n'a pas
essé de vous être si chère.

— La Providence y veille sur nous, que pourrions-nous craindre ? dit Clotilde d'une voix assurée qui contrastait avec l'altération de son visage.

— Oh ! rien, reprit aussitôt Florentin avec une non moindre fermeté ; car j'éprouve une sérénité qui me détache de tous les terrestres soucis. Sans doute, j'étais heureux de vous voir si dignement placée et entourée ; votre avenir s'embellissait au gré de mes vœux ; maintenant notre espoir s'évanouit, nous rentrons dans notre isolement, je suis tenté de le bénir ; avec vous, c'est toujours le calme et la joie de l'âme.

— Que vous dites vrai, mon digne emi, ajouta Clotilde avec un regard rayonnant ; c'est Dieu qui est notre force, notre unique espérance, nous avons tout avec lui ; il nous voit dans notre solitude, et nous sommes aussi chers à ses yeux que les plus grands de ce monde ; un peu plus même, à cause de notre faiblesse. Je m'abandonne donc à lui avec la confiance d'un enfant à son père : si j'ai des peines, il les consolera ; et il me rendra la force du travail, en m'assurant un bonheur sans fin, dont tout autre ici-bas n'est qu'une ombre vaine.

— Qu'il est bon d'espérer ainsi, reprit Florentin ; moi-même, à l'âge du déclin, je me sens affermi et comme rajeuni par ces divines promesses : n'ai-je pas, au fond de l'âme, cette joie vivifiante du voyageur qui oublie toutes les traverses en saisissant du regard la terre désirée ?

— Oui, dit Clotilde, et même il nous est doux

d'avoir souffert, car nous sentons que c'est un titre au repos et à la récompense.

— Vous l'aurez, chère enfant, vous l'aurez, répétait Florentin avec un accent de conviction ; et vous l'aurez aussi dans ce pauvre monde où l'on aime encore la simple vertu.

— J'ai eu déjà plus que je ne mérite, reprit doucement Clotilde, et, en ce moment d'épreuve, combien je suis consolée par votre affection si paternelle ! Vous m'accueillez comme une fille ; vous avez pris soin de tout ce qui m'intéresse, et je me retrouve sous ce toit entourée de mes chers souvenirs comme si je n'avais rien quitté.

Et, en parlant ainsi, Clotilde considérait d'un œil attendri cette chambre modeste où, par la sollicitude de Florentin, tout avait été maintenu dans un ordre parfait ; puis, reportant ses regards au dehors, sur cet horizon de sa rue si paisible où se prolongeait l'église alors dévastée et déserte de Saint-Germain, elle tressaillait d'un généreux élan en s'estimant presque heureuse d'avoir aussi quelque chose à souffrir. Tout à coup elle aperçut un groupe de trois personnes qui traversaient rapidement la place et entraient dans la rue en regardant vers sa fenêtre et saluant amicalement de la main.

— Mon Dieu ! s'écria-t-elle, ce sont eux !

— Qui donc ? dit Florentin.

— Mais Henriette, Amélie, M. de Verceil ! Hélas ! hélas ! devais-je sitôt les revoir !

— En pouviez-vous douter ? s'écria Florentin

d'un air radieux. Ah! ceux-là ce sont des amis! Je
vais au-devant d'eux, et je les fais entrer chez moi :
c'est toujours un étage de moins à monter.

— Je vous suis, dit Clotilde; aussi heureuse que
troublée par la présence de ces amies si chères.

Elle était bientôt dans leurs bras, assise entre
Henriette et Amélie, tenant et pressant une de ses
mains dans les leurs ; mais avant qu'elles pussent
échanger quelques paroles, M. de Verceil, qui avait
aussi chaleureusement serré les mains de Florentin,
s'avançait vers Clotilde et lui disait d'un air pénétré :

— Croyez, mademoiselle, que tous, dans la famille, nous regrettons votre départ, car vous savez
combien nous vous sommes attachés, et permettez-
moi de vous dire que notre plus grand désir est de
vous voir encore et pour toujours réunie à nous.

Clotilde était trop émue pour répondre : son regard seul exprimait sa reconnaissance, mais aussi
le doute qu'un tel vœu pût se réaliser. M. de Verceil, sans vouloir insister en ce moment, prit à part
Florentin et avec lui s'épancha en des termes qui le
comblèrent de joie ; tandis que madame de Verceil
et Henriette donnaient à Clotilde toutes les marques
de la plus tendre affection.

— Oh! pourquoi nous avez-vous quittées sans
nous prévenir? disait Henriette. Nous aurions tant
dit et tant fait auprès de maman, que nous aurions
peut-être obtenu une conciliation qui nous eût tous
rendus si heureux !

— C'était impossible, chère amie, répondit Clotilde, et mon devoir était tout tracé.

— Je vous comprends, ma bien chère Clotilde, dit aussitôt madame de Verceil, et, s'il était possible, mon estime et mon affection s'accroîtraient encore pour vous. Ne vous étonnez donc pas si j'insiste sur ce que mon mari vient de vous dire : oui, tout notre désir est de vous ramener au milieu de nous, et nous ne serons tranquilles et heureuses que lorsque nous pourrons vous appeler véritablement notre sœur bien-aimée.

— Oh! assez, assez, je vous en conjure, reprit Clotilde d'une voix suppliante, je ne veux rien de plus que votre affection : elle fera ma joie dans l'oubli où je dois rester.

—Eh bien! non, ma chère Clotilde, souffrez que je le dise, reprit vivement madame de Verceil, nous ne pouvons nous résigner ainsi. Nous avons maintenant conçu une espérance trop chère à nos cœurs, pour ne pas travailler énergiquement à la réaliser.

— Vous savez si je vous aime, chères et nobles amies, répondit Clotilde sans hésiter, et pourtant je ne puis m'associer à vos intentions ; je vous demande, en grâce, d'y renoncer à tout jamais.

— Combien vous nous affligez, chère Clotilde, et avec nous, pourquoi ne vous le dirais-je pas? une autre personne qui aurait longtemps encore gardé le silence, si elle n'avait été amenée malgré elle à ces tristes explications. Mon frère, et c'est la seule chose qu'il doive vous faire entendre, regrette amè-

rement la révélation si pénible que vous avez dù
subir, il en déplore plus encore les suites cruelles,
et vous prie de croire au profond respect avec lequel
il gardera des souvenirs et des sentiments qu'il ne
lui est plus possible d'effacer. Chère Clotilde, je
vous en prie, ne vous affectez pas de ce que je vous
dis si simplement, ajouta madame de Verceil en la
voyant changer de couleur et s'agiter pour l'interrompre : je veux vous le répéter avec la plus
entière franchise, les pensées de mon frère sont maintenant les nôtres, et vous nous punirez bien durement avec lui si vous vous offensez de nos communes espérances.

Il avait fallu l'accent si digne et si affectueux de
madame de Verceil pour que Clotilde pût se résigner à l'entendre sur un tel sujet. Émue et sérieuse,
elle recueillait ses pensées et ses forces, mais sans
trouver une réponse qui la satisfît pleinement : rien
ne pouvait lui être plus cher que de renouer ses
rapports si intimes et si doux avec de telles amies ;
mais l'autre perspective du côté d'Adrien, elle ne
voulait pas même y donner un regard. Elle avait
sans doute et depuis longtemps apprécié le retour
du jeune commandant ; et, comme chrétienne, elle
avait sincèrement admiré sa foi résolue et sa loyale
conduite ; mais elle n'avait puisé dans ces heureuses circonstances qu'un sentiment plus entier de
calme et de sécurité, et une plus vive reconnaissance pour les égards et les prévenances qui lui
étaient prodigués dans la famille Daurival. Aussi

n'était-ce qu'avec stupeur et même avec effroi qu'elle
voyait si persévéramment se tourner vers elle les
pensées et les vœux d'Adrien. Jamais un tel rêve
ne devait s'offrir à son modeste esprit ; et sa droite
raison, plus encore que sa promesse, l'attachait
aux résolutions de madame Daurival. Hélas ! pourquoi lui fallait-il lutter avec des amies si chères !
Et-ce fut d'une voix aussi douce qu'attristée qu'elle
leur dit enfin :

— Oh ! non, vous ne m'offensez pas en me témoignant une si rare affection : hélas ! j'en demeure
confondue, et ne cherche qu'à me bien reconnaître
pour que ma raison ne désavoue pas les mouvements de mon cœur. Il est trop à vous pour se plaire
dans une séparation qui vous afflige ; mais ne doit-il
pas aussi accepter la justice qui lui est faite ? Je
suis ici à ma place, chères amies, et ne puis en souhaiter une plus haute : vous m'aimez trop généreusement pour vous opposer à un devoir sacré.
N'est-ce pas un assez grand malheur déjà, que j'aie
involontairement causé tant de chagrins dans votre
famille ?

— Que dites-vous, tant de chagrins ! lorsque
vous nous avez fait à tous un bien que nous ne
saurions jamais reconnaître. Aussi n'avons-nous
qu'un même cœur pour vous ; et ma mère elle-
même vous a depuis longtemps donné son estime
et sa confiance. Le temps fera le reste, si vous consentez à attendre avec nous.

— O mes amies, pas d'illusions, je vous en con-

jure : j'ai promis trop justement à votre mère, pour
ne pas me refuser absolument à vos projets trop
généreux.

— Sachez-le bien, Clotilde, mon frère ne chan-
gera pas et nous non plus, quoi que vous fassiez.
Nous voulons toujours espérer.

Clotilde garda le silence, profondément remuée
par une affection qu'elle était si digne de comprendre et qu'il lui était si douloureux de contrister ;
puis elle prit les mains d'Henriette et d'Amélie dans
les siennes, et leur dit avec une expression de recueillement qui les pénétra :

— Confions-nous en Dieu, mes très-chères amies,
et sachons ne vouloir, vous et moi, que sa seule
volonté ; elle se manifestera, soyez-en sûres, pour
notre repos à tous.

— Eh bien ! oui, s'écria Henriette, c'est Dieu
qui décidera entre nous, et nous pourrons au moins
le prier.

Madame de Verceil n'insista pas ; elle remarquait
avec peine l'air de souffrance si visiblement em-
preint sur le visage pâli de sa chère Clotilde ; aussi
ne voulut-elle plus lui parler que de son affection
et du bonheur qu'elle aurait à venir la voir avec
ses enfants et Henriette. Ayant ainsi bien fait entendre que rien ne pouvait altérer leur si douce
intimité, les deux sœurs l'embrassèrent tendrement
en lui répétant : A bientôt, à demain !

Il était environ neuf heures et demie lorsqu'elles
rentrèrent à la maison. Madame Daurival, Adrien,

Charles Aubry et sa mère étaient encore dans la chambre de M. Daurival. Les deux dames, près d'une table ronde et un ouvrage en main ; Charles causait de choses et d'autres pour donner le change aux tristes souvenirs de la journée, et Adrien, qui voulait éviter toute allusion irritante, répondait du mieux possible à son aimable beau-frère, mais sans pouvoir se déprendre d'un air de gravité qui ne lui était pas habituel. M. Daurival, la tête renversée sur son fauteuil, écoutait machinalement. Il avait cependant tout à coup demandé :

— Mais où sont donc Amélie et Henriette?

Et comme personne ne parlait, ce fut madame Daurival qui dit avec une voix composée :

— Elles sont sans doute allées voir mademoiselle Germont.

On n'ajouta rien, et un assez long silence suivit ; pourtant le ton de madame Daurival n'avait eu rien d'amer, et même indiquait une certaine intention de montrer qu'elle ne se formalisait pas de cette visite. Elle avait obtenu l'essentiel de mademoiselle Germont, on devait bien lui adoucir le sacrifice si spontanément accepté. D'ailleurs, elle se gardait de critiquer les démarches de madame de Verceil dont le caractère et les opinions avaient toujours eu de l'empire sur elle. Mais Charles reprit bientôt une conversation quelconque avec Adrien dont les pensées étaient ailleurs.

Quand Henriette, M. et madame de Verceil entrèrent, tout le groupe fit un mouvement d'intérêt

ou d'attention, sans que personne rompît le silence ;
les survenants s'assirent donc avec quelque embarras. Mais M. Daurival, soutenant sa tête alourdie,
s'écria :

— Eh bien, vous avez donc vu cette pauvre enfant ?

— Oui, père, répondit aussitôt madame de Verceil, et je ne puis dire tout ce qu'elle m'inspire
d'estime et d'affection.

Une sympathique adhésion se peignit sur tous
les visages, tandis que madame Daurival, la tête
penchée sur sa tapisserie, s'imposait de ne point
contredire. Madame Aubry, alors, parla de se retirer, et chacun se leva en faisant ses adieux.

Adrien reconduisit ses sœurs vers l'escalier, et,
s'arrêtant, il leur dit :

— Comment l'avez-vous trouvée ?

— Dans un calme admirable, répondit Henriette,
et ne voulant que ce que Dieu veut.

— Oui, de là vient son courage, reprit madame
de Verceil, mais elle a beaucoup souffert, la chère
enfant, et la pâleur de son doux visage me faisait
mal. J'ai voulu cependant lui dire que tes sentiments
étaient les nôtres, et que nous n'aspirions qu'à les
voir réalisés ; je l'ai dit comme je le sentais ; mais
elle n'a qu'une pensée, faire son devoir en se tenant
loin de nous. Dieu seul peut nous la rendre !

— Je ne la demanderai plus qu'à Dieu, dit Adrien.

— C'est ainsi que tu deviens digne d'elle, ajouta
madame de Verceil en le quittant.

Madame Daurival était restée un peu plus long-temps dans la chambre de son mari ; elle le voyait triste et pensif, et ne voulait pas le laisser dans cet affaissement. Elle chercha, sans trop y réussir, quelque sujet de distraction, parlant tour à tour bagatelles et affaires ; elle redoubla d'attentions près de lui, et, quand elle l'eut vu reposant et tranquille, elle se retira elle-même dans sa chambre qui était voisine, non sans pousser aussi quelques soupirs. Le lendemain, elle se retrouvait avec les mêmes prévenances auprès de M. Daurival, et ne le quittait guère de la journée ; car elle souhaitait vivement qu'il ne s'aperçût point trop de l'absence de mademoiselle Germont. Ses filles, il est vrai, vinrent, à leur ordinaire, travailler et causer près de leur père. Mais madame Daurival affecta bien un peu de n'avoir pas besoin d'être suppléée, et, sans vouloir profiter de leur présence pour vaquer à ses nombreuses occupations, elle resta persévéramment à son poste. Néanmoins elle se sentait mal à l'aise, soit qu'elle ne se retrouvât pas avec les siens dans son abandon habituel, soit qu'elle fût préoccupée de tout ce qu'elle aurait dû faire dans le cours de la journée.

Puis, au moment du dîner, il y eut une petite scène qui troubla de nouveau la famille ; on était à table, madame de Verceil ayant ses deux enfants à ses côtés. Anna, qui ne savait rien, on lui avait à dessein dissimulé le départ de Clotilde, dit alors :

— Mais, maman, si mademoiselle Germont est sortie, nous allons l'attendre.

— Non, ma fille, répondit gravement madame de Verceil, elle ne doit pas revenir.

— Plus du tout ! reprit l'enfant ébahie.

— Hélas ! je le crains trop.

Anna baissa la tête et pleura à chaudes larmes ; sa mère ne réussit à la calmer qu'en lui disant tout bas : « Sois bien sage, mon enfant, et nous irons ensemble la voir ; tu m'entends, je te promets de te mener avec moi. »

Madame Daurival, qui était aussi à côté de la petite fille et ordinairement très-empressée pour tous ses désirs, se tint raide et silencieuse. Tout le reste de la soirée se ressentit de cet incident ; on causa peu, on fit, pour la forme, une partie de whist avec un sérieux tout anglais, et on se sépara de bonne heure. Seulement, madame Daurival remarquait qu'à peine sur l'escalier, M. et madame de Verceil, Charles Aubry, Henriette et Adrien qui les reconduisait, échangeaient aussitôt entre eux des paroles très-animées. Ce fut pour elle un vrai chagrin de voir que les cœurs de ses enfants s'ouvraient et s'épanchaient dès qu'elle n'était plus là ; elle allait donc devenir étrangère à leurs désirs, à leurs projets, à toutes ces confidences qu'une mère aime tant à recevoir, et plus encore à seconder de son dévouement ! L'amertume de ces pensées tourmenta madame Daurival une grande partie de la nuit, de sorte qu'ayant fort mal dormi, elle se leva de plus en plus soucieuse le lendemain.

Bien qu'elle fût sollicitée par mille détails d'intérieur, elle ne quitta guère son mari de la matinée : elle le voyait avec peine toujours très-absorbé, ne se plaignant pas, mais ne prenant goût à rien, tout en la remerciant de ses attentions. Elle-même, d'ailleurs, se sentait l'esprit et le cœur trop perplexes pour pouvoir combattre heureusement cette tristesse. L'après-midi on vint lui dire que madame de Beauvent était au salon : elle s'y rendit aussitôt pour la recevoir. Comme elle entrait, la baronne se leva d'abord pour l'embrasser avec effusion, puis, se reculant d'un pas :

— Qu'avez-vous donc, ma chère ? s'écria-t-elle. En vérité, vous êtes méconnaissable : vous souffrez certainement, pauvre amie !

— Il n'y a rien à cacher avec vous, reprit madame Daurival avec un long soupir. Voici le troisième jour que nous sommes tous ici dans un état pitoyable.

— Mais pourquoi, je vous prie? demanda la baronne en joignant les mains.

— Ma chère, j'ai besoin de votre amitié tout entière pour que vous m'entendiez sans ennui et sans peine. Vous saurez donc que mademoiselle Germont n'est plus avec nous : elle nous a résolûment quittés après une explication qui, du reste, nécessitait ce départ. Imaginez, très-chère amie, qu'ayant fait ouverture à mon fils des projets qui nous étaient

à l'une et à l'autre si chers, il m'a sans détour déclaré qu'il n'aurait jamais d'autre femme (est-ce
croyable ?) que mademoiselle Germont. Toutes mes
prières, tous mes conseils et les plus hautes raisons
ont été vaines : il persiste dans ce rêve insensé.
Alors j'ai dû m'ouvrir sans retard avec mademoiselle Germont : je dois le dire, elle ignorait tout,
et, après m'avoir fait la promesse formelle de ne
jamais se rendre à une telle folie, elle est partie
sur l'heure, je l'avoue, avec une abnégation qui
l'honore à mes yeux. Mais quelle étrange situation ! Car vous saurez que tous, à qui mieux mieux,
Henriette et Charles, M. de Verceil et Amélie, mon
mari lui-même, et, c'est ce qui m'affecte le plus,
tous, comme cet incompréhensible Adrien, se sont
épris de cette jeune fille et se désolent de son éloignement. Et moi qui n'ai rempli qu'un grand devoir
et certes bien à temps ; moi qui n'ai jamais voulu
que leur véritable bonheur, je suis maintenant un
épouvantail à leurs yeux : on me redoute, on se
contraint en ma présence, on chuchote ensemble,
et l'on n'a plus pour moi que des banalités. C'est
navrant, je vous assure, et j'en suis obsédée.

— Pauvre amie ! s'écria madame de Beauvent
en lui prenant les mains, vous me confondez, et je
ne me pardonnerais pas de vous voir pour nous en
de tels chagrins. Ah ! certes, s'il s'agissait d'un tout
autre parti, comme vous y devez prétendre, je
vous dirais : Laissez-nous, laissez-nous, et conten-
tez ces chers enfants que j'aime comme les miens.

Mais quelle extrémité, grand Dieu ! et comment se
résigner à une telle chute ! ·

— J'en suis hors de moi, reprit avec force madame Daurival.

— On le serait à moins, ajouta la baronne. Cependant, voyons, vous avez pris le bon parti, et il
ne s'agit peut-être plus que de mettre le temps de
son côté.

— C'était mon espoir. Mais ce qui me tourmente
beaucoup, je vous l'ai dit, c'est la tristesse où ce
départ a plongé mon pauvre mari. Comme son état
me donnait encore plus d'affaires au dehors, mademoiselle Germont me suppléait près de lui en
toute chose : elle était attentive, empressée, et je
pouvais absolument me reposer sur elle. C'était
une grande tranquillité pour moi, et notre cher
malade y trouvait bien des douceurs. Aussi, quoique je ne quitte guère sa chambre à présent, et que
je néglige tout ce qui n'est pas indispensable, il y a
encore des vides pénibles dans une longue journée,
et aussitôt reparaît le souvenir de mademoiselle
Germont, qui aidait si délicatement à les remplir.

— Il ne serait pas impossible de trouver quelqu'un pour vous suppléer, reprit la baronne, et
nous pourrions chercher cela ensemble.

— C'est urgent, chère amie, et je compte sur
vous ; mais nous aurons quelque peine à trouver
un caractère aussi sûr et aussi commode que celui
de cette jeune fille : sous ce rapport, je ne suis pas
sans la regretter.

— Nous chercherons, nous chercherons, chère amie, et je viendrai vous aider et vous soutenir de mon mieux.

— Que vous êtes bonne, chère amie, de compatir ainsi à mes peines, et de vous oublier vous-même si généreusement !

— Oh ! je ne m'oublie pas : et comme j'aime à penser que notre cher commandant réfléchira, et avec le temps finira par ouvrir les yeux, je crois convenable de garder un silence absolu sur ce singulier enfantillage. Je n'en dirai pas un mot chez moi, afin que, les circonstances venant à changer, il n'y ait aucun sujet d'explication ou de taquinerie. Réservons-nous, pauvres mères que nous sommes, les soucis de la famille, et unissons-nous pour les épargner du moins à ceux que nous aimons.

— Vous me rendez le courage, s'écria madame Daurival en embrassant la baronne ; revenez, revenez bientôt, je compte sur vous.

— Vous nous verrez ce soir, adieu.

Madame Daurival, ainsi raffermie dans ses résolutions, fit meilleure contenance durant le reste de ce jour : elle se montra plus expansive, plus riante même, et parut reprendre sa rondeur ordinaire. Mais, quoi qu'elle fît, elle dut voir qu'il ne lui était pas aisé de communiquer son entrain autour d'elle ; ses enfants, comme son mari, répondaient de leur mieux à ses avances, sans rien perdre de leur air sérieux ou attristé. Et il en résultait toujours pour elle un malaise qu'elle supportait

impatiemment. Les de Beauvent vinrent le soir, et
cela fit une heureuse diversion. Madame Daurival
avait eu soin de prévenir ses filles de la réserve à
garder au sujet de Clotilde, et personne assurément ne songeait à s'en départir. Pourtant Aurélie
ne manqua pas d'en discourir aussitôt avec Henriette.

— Je n'en reviens pas ! lui disait-elle ; c'est-à-
dire j'aurais parfaitement compris qu'après ton
mariage on eût remercié mademoiselle Germont
qui ne vous était plus nécessaire; mais qu'elle-
même, au contraire, se soit spontanément retirée,
c'est assez singulier, je l'avoue ; bien qu'elle mon-
tre en cela un tact qui n'est pas commun. C'est
vraiment une fille de caractère et de jugement.

— Nous la regretterons toujours, répondit Henriette en soupirant, et elle nous laisse un vide presque impossible à remplir.

— Oh ! pourquoi cela? fit Aurélie en hochant
la tête.

— Parce que, tous, nous l'aimions comme une
véritable amie, et c'est bien ce qu'il y a de plus
rare au monde.

— Sans doute, dit Aurélie du bout des lèvres,
mais enfin elle ne pouvait aller de pair avec vous,
et on finit toujours par remplacer une demoiselle
de compagnie.

— Je t'ai dit, ma chère, que c'est pour nous une
amie, reprit Henriette en appuyant, et nulle ne
nous la ferait oublier. Quant au rang, il n'y en a

pas dont elle ne soit très-digne et que même elle n'honore.

Aurélie, sans vouloir insister, ne put retenir un imperceptible sourire et changea de conversation. Un instant après, elle se tournait du côté d'Adrien, avec l'espérance de nouer une causerie plus agréable et plus animée ; mais malgré tout ce qu'elle y mit de gentillesse et d'esprit, elle trouva le commandant peu attentif, songeur, et ne lui répondant que par des mots de politesse assez décousus. L'humeur alors la prit à son tour, et elle alla s'asseoir gravement près de la table de whist où se tenaient M. de Beauvent, madame Aubry, Charles et madame de Verceil, tandis que madame de Beauvent et madame Daurival, assises l'une près de l'autre, s'épanchaient en longs discours et se témoignaient le plus tendre intérêt : ce qui, du moins, donnait quelque prix à cette soirée.

Cependant madame de Beauvent ne pouvait être là tous les jours, quoiqu'elle rapprochât beaucoup ses visites ; et les journées qui suivirent ne laissèrent pas que d'être très-pénibles à madame Daurival, qui de plus en plus s'inquiétait et se troublait de la tristesse prolongée de son mari, et aussi souffrait cruellement de cette sorte de séparation qui s'établissait entre elle et les autres membres de la famille. Elle croyait protéger leur intérêt et leur avenir ; mais devait-elle aller jusqu'à les rendre malheureux ? Elle hésitait beaucoup à cette pensée, car la seule épreuve du temps qu'elle voulait tenter était déjà bien lourde à soutenir. Et pourtant il n'y avait pas plus d'une semaine que s'était manifesté ce grave dissentiment.

Or, elle était dans cet état d'anxiété lorsque ce jour même, dans la soirée, M. Daurival, étant entouré de ses enfants, se dressa tout à coup du fond de son fauteuil où il était appuyé, et, d'une voix très-ferme, leur dit :

— Il y a une chose qui me tourmente et que vous devez connaître : J'ai voulu, au départ de mademoiselle Germont, lui témoigner ma reconnaissance, sans pouvoir lui rien faire accepter de ce qui n'était pour moi que l'acquit d'une dette. Eh bien ! je m'inquiète beaucoup de la situation d'une si digne jeune fille ; et je vous déclare à tous que, s'il m'arrivait malheur inopinément, ma volonté très-formelle est qu'on lui remette cent mille francs en mon nom. Du reste, demain, s'il plaît à Dieu, j'arrangerai cela avec mon notaire, non pour vous, mais pour que mademoiselle Germont comprenne bien que c'est une de mes dernières volontés et qu'elle se croie obligée de s'y rendre. Je compte, en tout cas, sur vous tous.

— Très-certainement, s'écria madame Daurival, toute saisie de ce qu'elle venait d'entendre ; mais, mon cher ami, je vous en conjure, ne vous livrez pas à de telles pensées : vous vous faites du mal et vous nous affligez extrêmement.

— Ma chère amie, ces pensées-là ne peuvent paraître extraordinaires dans l'état où je suis ; je m'y dois habituer. Et si je les envisage du moins avec calme, ce ne peut être qu'une consolation réciproque.

— Oui sans doute, s'écria madame Daurival, les yeux mouillés de larmes ; mais prenez garde de vous trop affecter ; pensez aussi combien votre santé nous est chère! Reposez-vous sur nous, et croyez que rien ne nous coûtera pour vous être agréable.

Madame de Verceil avait pris les mains de son père et l'assurait tendrement qu'ils seraient tous heureux de devancer ses désirs, et qu'elle et sa sœur feraient tout au monde pour que leur chère Clotilde se rendît dès à présent à ses intentions.

— Je sais, mes chers enfants, que nous n'avons qu'une même pensée ; mais moi je dois si peu compter sur le temps qu'il me faut songer aux surprises qu'il peut amener.

Ces paroles et cette scène si expressive venaient peser comme un plomb sur le cœur de madame Daurival : son regard ne quittait pas le pâle visage de son mari, et elle entendait comme une voix secrète lui demander si elle aurait bien le courage d'ajouter volontairement une seule goutte d'amertume aux souffrances dont il était accablé? Non, non : elle n'avait jamais voulu que le bonheur de la famille, et elle était loin de se trouver heureuse en s'opposant, même justement, à ses désirs.

Elle suivit M. Daurival dès qu'il se leva pour rentrer dans sa chambre ; elle lui prodigua les soins les plus affectueux jusqu'au moment où il se coucha ; et alors, s'asseyant près du lit, elle demeura un moment silencieuse, agitée, luttant avec elle-même, et avec tous les soulèvements d'un amour-propre peut-être trop écouté. Mais ses yeux, qui en même temps étudiaient, pour ainsi dire, les traits altérés de son mari, y puisèrent, avec d'invincibles regrets, l'énergie d'une subite résolution ; elle se pencha vers son cher malade, et lui baisant douce-ment le front, elle lui dit d'une voix entrecoupée :

— Mon pauvre ami, vous me voyez très-affligée de la peine que je vous cause ; et je tiens à vous dire que rien ne me peut coûter pour assurer votre repos et le bonheur de nos enfants. J'ai trop écouté mon orgueil, je le vois, j'en conviens ; et je recon-nais tout le prix d'un caractère si bon, si pur et si vraiment distingué comme nous est apparu celui de mademoiselle Germont. Non-seulement j'avoue qu'aucune autre n'offrirait à Adrien d'aussi rares et d'aussi aimables vertus, et à toute la famille des gages aussi précieux d'affection tendre et dévouée ; mais je veux affirmer encore que moi-même j'ai toujours eu pour elle une estime et un attachement des plus vrais, et que rien désormais ne me sera plus facile et plus doux que de la regarder et de l'aimer comme une fille chérie.

La joie qui brilla subitement sur le visage de M. Daurival exprimait sa pensée avant qu'il pût proférer une parole : visiblement il oubliait toutes ses peines en voyant renaître ainsi et se fortifier l'intime union de la famille.

— Oui, chère amie, dit-il enfin d'une voix recueillie, vous me rendez heureux, parce que je vois votre bon cœur nous préférer à toutes les exigences du monde. Dieu vous bénira, soyez-en sûre, et vous donnera la meilleure récompense dans le vrai bonheur et l'entière affection de vos enfants.

— Tout est là! reprit madame Daurival, et j'ai trop senti l'amertume de leur tristesse! Oui, c'est aussi ma pensée, nous serons heureux avec eux et avec celle qu'ils aiment à l'envi! Maintenant, mon ami, reposez-vous, dormez bien, tandis que, sans perdre un moment, je vais consoler mon cher Adrien. Il faut que cette nuit soit bonne pour tous. A demain.

Et elle courut aussitôt vers la chambre de son fils : la clef était à la porte, elle entra ; Adrien lisait, il leva la tête :

— C'est vous, mère? dit-il très-étonné.

— Oui, c'est moi qui viens t'embrasser, s'écria-t-elle en se jetant à son cou, et te redire, comme je l'ai dit à ton père, que je n'ai plus avec vous qu'une même pensée ; et ce sera moi qui supplierai notre chère Clotilde de revenir ici, comme une enfant bien-aimée.

— O mère, dit Adrien en la serrant dans ses bras, je ne pouvais être heureux qu'avec toi : maintenant je remets tout entre tes mains.

— Va, cher enfant, j'ai hâte de tout réparer : car je sais à présent quel trésor j'aurais pu perdre.

— Quel bonheur, chère maman, de nous si

bien comprendre ! et quelle joie pour mes sœurs !

— Fais une chose, mon Adrien, il n'est pas trop tard : va leur apprendre cette bonne nouvelle ; et combien je suis impatiente d'être à demain pour me rendre avec elles chez notre chère Clotilde.

— J'y cours, mère. Oh ! que je t'embrasse encore !

Et, madame Daurival, le cœur épanoui et pénétré des plus suaves émotions, vit son fils s'élancer joyeusement aussi et disparaître.

Il est vraiment doux, pensait-elle alors, de se sentir vivre dans l'amour de ce qui est juste et bon.

Elle regagna sa chambre, s'assit et se prit à réfléchir tour à tour sur ses dernières décisions, et sur ce qu'elle avait encore à accomplir :

Que j'ai bien fait, se dit-elle, de me rendre à leurs vœux ! leur joie remplit mon cœur et rarement j'éprouvai une pareille tranquillité. Le monde dira ce qu'il voudra : j'ai l'assurance que cette jeune fille, si parfaitement bonne, nous donnera le plus souhaitable bonheur : impossible d'unir plus de modestie à de plus charmantes et de plus sérieuses qualités. Dieu veuille qu'elle n'ait pas quelque autre pensée ! mon pauvre Adrien ne s'en consolerait pas ; et pour moi quel reproche !

Mais, précisément, survenait Adrien le visage radieux :

— Mère, s'écria-t-il, tous et toutes vous embrassent comme je le fais en ce moment. On sera ici, demain, avant neuf heures. Ah ! quelle bonne nuit nous allons tous passer !

20

CHAPITRE XV

Un beau soleil de printemps dorait la fraîche verdure des grands tilleuls et, pour ainsi dire, enchâssait de ses rayonnements les mille fleurs du parterre : il n'était pas beaucoup plus de huit heures, et déjà madame Daurival se promenait doucement au bras de son fils, écoutant attentivement le long récit qui l'avait si sérieusement attaché à mademoiselle Germont. L'un et l'autre, également charmés de dire et d'entendre, s'arrêtaient parfois, comme pour se mieux pénétrer des nobles sentiments qui leur faisaient battre le cœur, en jetant alors un regard ravi sur ce bel azur du ciel qui les enveloppait de lumière et de sérénité.

— Regardez-les donc ! se dirent à voix basse M. et madame de Verceil, Henriette et Charles, qui arrivaient ensemble, et qui bientôt les entourèrent et les embrassèrent à l'envi.

— Mes chers enfants, mes chers enfants, que je vous aime, répétait madame Daurival !

Et sans autre explication ils se communiquèrent

leurs pensées et leurs projets, comme s'ils n'avaient jamais cessé de n'avoir qu'un même désir.

— Maintenant, reprit madame Daurival, je ne perds plus un instant, car il nous manque ici notre chère Clotilde. Amélie, tu viens avec moi, et je prie Henriette de rester près de son père, qui n'est pas moins impatient que nous tous : allons! ne nous retardons pas.

Elles gagnaient bientôt la rue Chilpéric, montaient allègrement les quatre étages et sonnaient à la porte de Florentin : ce fut Clotilde qui leur ouvrit, car elle était déjà descendue pour le déjeuner du matin. Elle ne put retenir un cri de surprise en apercevant madame Daurival : celle-ci vint à elle, et, lui prenant affectueusement les mains, lui dit avec une humble douceur :

— Vous voulez bien me recevoir, n'est-ce pas ? car j'ai beaucoup à obtenir de vous ; et avant toute chose votre pardon, et l'oubli de tout ce qui s'est passé. Restez, monsieur Florentin, restez, vous devez m'entendre.

— Vous pardonner, madame, reprit Clotilde avec le plus candide et le plus sincère étonnement! Mais vous n'avez fait que votre devoir, comme j'ai voulu suivre le mien; ce que vous avez reconnu avec un esprit de justice qui m'a bien consolée.

Madame Daurival l'écoutait et la regardait avec une véritable admiration.

— Alors, chère enfant, reprit-elle, puisque telle est la généreuse droiture de votre cœur, qu'il ne soit plus question du passé, si ce n'est cependant pour réunir ce qu'il a malheureusement divisé. En un mot, vous me voyez aujourd'hui, et j'en remercie Dieu, avec les mêmes sentiments que tous mes enfants ont pour vous.

— Jugez de notre joie, chère Clotilde, ajouta madame de Verceil ! et comme nous sommes désireuses d'effacer toute trace de nos peines !

— Oh ! chères dames, dit Clotilde avec un accent pénétré, votre présence et vos bonnes paroles vont au-delà de ce que je pouvais attendre ; et je ne pourrai jamais reconnaître tant de bontés.

— Ne dites pas cela, reprit madame Daurival, car, je le répète, j'ai beaucoup à vous demander, et j'ose compter sur toute l'affection de votre cœur pour nous. Voyez : je réfléchissais longuement, cette nuit, aux divers incidents survenus dans notre famille depuis que vous y êtes apparue ; et vraiment j'ai dû reconnaître que la Providence seule vous avait si intimement unie à notre existence pour notre plus grand bien à tous. Laissez-moi achever, ma chère enfant, ajouta madame Daurival en voyant Clotilde se hâter de l'interrompre : oui, vous nous avez pénétrés de vos charmantes vertus ; je ne dis rien d'Henriette si heureusement accomplie par vos soins, vous répondriez que c'était là votre tâche ; mais mon Amélie que voilà ne se plaît-elle pas à répéter qu'elle vous doit le repos et le bonheur de sa vie ! Et mon pauvre mari si affligé, de quelles consolations n'avez-vous pas su remplir son âme! Aussi quelle n'a pas été sa tristesse en se voyant privé de votre douce présence ! Or, je tiens à l'avouer, c'est la profonde douleur de ce bien cher ami qui m'a ouvert les yeux sur mes torts et sur le prix d'un cœur comme le vôtre. Aussi, est-ce pour lui d'abord que je viens vous supplier de revenir parmi nous, et d'y revenir, ainsi que nous le désirons l'un et l'autre, comme une fille tendrement aimée. Ce mot vous dit tout, et vous atteste, s'il faut l'ajouter, comme je m'associe désormais aux vœux de mon cher Adrien.

— Ah! madame, s'écria Clotilde dans un trouble inexprimable, vous savez ce que je vous ai promis! Pourrions-nous oublier une si juste décision ?

— Juste pour l'amour-propre, et peut-être aussi pour votre rare modestie, mon enfant ; mais j'ai trop souffert, et trop fait souffrir par cet étroit orgueil, pour ne pas m'en guérir à tout jamais; et ce n'est pas vous, si chrétienne, qui voudriez me ramener à d'aussi tristes sentiments. Oui, je vous le répète, avec toute la franchise que vous me connaissez, vous seule nous rendrez le charme de cette intime union que rien ne peut suppléer.

— Chère Clotilde, ajouta madame de Verceil, vous savez que vous êtes déjà pour nous une sœur adoptive : Dieu vous veut avec nous.

Clotilde était trop émue pour oser dire une seule parole; mais ses regards suppliants exprimaient assez l'angoisse de son âme : comment se prononcer sans se recueillir et consciencieusement

20.

s'interroger? et comment aussi se montrer indifférente à un si tendre et si généreux intérêt? Elle jeta, du fond du cœur, comme un soupir vers le ciel qu'elle implorait et, serrant les mains qui déjà tenaient les siennes, elle dit avec la plus touchante et la plus humble expression :

— O chères et très-chères amies, il m'est bien impossible de répondre, comme je le sens et comme je le voudrais, à une affection pour moi si précieuse. Ne serais-je pas tout à vous, et pourrais-je m'abandonner entre-vos mains, avec une aveugle confiance, si, pour vous-mêmes, ce ne m'était pas un devoir de vous dire que vous me placez trop au-dessus de ce que je vaux, et que ce serait un malheur pour moi de ne pas justifier votre attente.

— Oh! pour cela, reprit madame Daurival, je n'ai plus rien à apprendre, car vous avez eu toute mon estime avant d'avoir toute mon affection. Ainsi vous nous appartenez sans retour.

— Un mot, de grâce! s'écria Clotilde avec une sorte d'effroi : oh! permettez que je m'éprouve encore dans la réflexion et la prière, et que je demande à Dieu la lumière qui devra me guider : quelques jours seulement, et alors plus de trouble en mon âme.

— Quelques jours, répliqua madame Daurival! mais ce seraient autant de siècles pour tous ceux qui vous attendent avec tant d'anxiété. Si vous saviez comme cette dernière semaine a pesé tristement sur mon pauvre mari, et comme il aurait besoin de votre présence au plus tôt, lui qui ose à peine espérer de voir le jour qui suivra. Et mon fils, enfin, je lui ai causé tant de peine, que je voudrais lui épargner même une minute de tourment. Vous voyez ce que nous souffririons encore d'une telle incertitude !

— Oh ! non, vous ne devez pas m'attendre, reprit Clotilde d'une voix éteinte ; je ne vous demande plus que quelques heures pour me recueillir devant Dieu, et ce soir vous saurez ce qu'il m'a fait comprendre.

— Eh bien, chère enfant, pour vous complaire, à ce soir, s'empressa d'ajouter madame Daurival, qui se troublait de l'air défaillant de Clotilde ; et vous nous reverrez toutes deux, je l'espère, pour ne plus nous séparer.

Elles s'embrassèrent alors avec une égale tendresse, car Clotilde demeurait tout au moins pénétrée d'une inexprimable reconnaissance. Mais avant de se retirer, madame Daurival se tourna vers Florentin, qui avait tout entendu avec des mouvements de joie qu'il comprimait à grand'peine et lui dit du ton le plus amical :

— Cher monsieur Florentin, nous comptons aussi sur vous ; vous avez été un père pour notre chère enfant, et assurément vous ne voudriez plus la quitter ; nous l'entendons bien ainsi, et vous êtes déjà pour nous de la famille.

— Ah ! ne pensez pas à moi, chère dame, répondit Florentin avec transport, tous mes vœux sont comblés; et j'ose dire que vos nobles sentiments ne pouvaient souhaiter plus digne récompense.

Clotilde rougissante lui mit vivement un doigt sur la bouche.

— Adieu donc, à bientôt! répétèrent madame Daurival et madame de Verceil en se retirant.

Elles avaient hâte de regagner la maison pour y communiquer leurs impressions et leurs espérances à ceux qui les attendaient avec une soucieuse impatience; et ce fut déjà un coup pour eux en les voyant revenir seules. Adrien pâlissait; et sa mère, le remarquant, lui dit aussitôt quelques paroles. Mais tous se réunirent dans la chambre de M. Daurival et écoutèrent silencieusement les détails de l'entrevue.

— Ah! oui, dit en finissant madame Daurival, c'est une belle âme, et un esprit qui ne s'éblouit pas. Elle s'inspire à la bonne source, et Dieu qui nous a fait tant de bien par elle nous la laissera pour achever son œuvre.

Alors les questions et les réflexions commencèrent et se poursuivirent longtemps; et bien qu'on ne se quittât pas du reste de la journée, elle parut à tous interminable.

Pour Clotilde, au contraire, le temps fuyait à toute vitesse; mais du moins voulut-elle le mettre à profit. Elle pria d'abord Florentin d'oublier ses trop indulgentes préventions et de lui donner son avis le plus consciencieux. Le digne homme y mit certainement toute la gravité désirable sans être le moins du monde tenté de se déjuger, et il lui dit ces dernières paroles qui étaient en effet la plus solennelle confirmation de ses pensées :

— Je vous parle comme si votre mère était là, et c'est parce que vous êtes la digne enfant de cette femme éminente que je vous vois sans crainte appelée à un rang que vous honorerez.

— Merci, mon digne ami, merci, dit Clotilde d'un air pensif; je vais porter devant Dieu vos conseils avec ceux qu'il me reste à demander au bon abbé Gervais, et j'espère que la grâce d'en haut daignera éclairer ma conscience.

Ce ne fut pas sans une certaine appréhension que Florentin la vit sortir; il se rassura pourtant en songeant que les circonstances étaient assez significatives pour devenir l'indice de la divine volonté. Clotilde, sans perdre un moment, se rendit chez l'abbé Gervais et lui exposa avec la plus véridique candeur tous les doutes dont elle était assaillie devant une destinée trop au-dessus de ce qu'elle devait attendre. Celui-ci l'écouta sans l'interrompre, puis, sans aucune hésitation, lui dit simplement :

— Dieu se plaît à élever les humbles; c'est donc lui qui vous soutiendra dans cette élévation que vous redoutez justement. Priez donc, mon enfant, et vos dernières craintes feront place à la confiance. Celui qui vous adresse ses vœux vous a donné une

preuve aussi rare que méritoire de la noblesse de
son âme. Allez maintenant aux pieds de Jésus et
faites ce qu'il vous inspirera.

Clotilde, ayant ainsi recueilli les conseils qui
pouvaient la diriger, entra dans l'église qui était
voisine et s'y prosterna devant l'autel. Longtemps
elle pria avec une indicible ferveur ; puis, en présence de Dieu, elle repassa dans son esprit tout ce
qui se rattachait à une situation si exceptionnelle ;
elle s'interrogea soigneusement sur les intentions
qui l'avaient guidée dans ses rapports avec la famille Daurival, et un doux témoignage de sa conscience lui attestait invariablement la plus délicate
droiture. Elle dut aller plus loin, sonder son
cœur... Alors, avec une joie digne des anges, en
le trouvant dégagé de tout vil intérêt, pur de toute
vaine imagination, elle le voyait aussi pénétré de
la plus profonde affection pour cette famille où elle
était tant aimée. Mais celui qui désirait si fortement unir sa destinée à la sienne, qu'en dirait-
elle ?... Une seule pensée lui venait alors du fond
de son âme : il est chrétien ! il est chrétien ! Oui,
en vérité, cette jeune fille, qui n'avait que sa grâce
modeste et ses humbles vertus, ne regardait en ce
moment ni l'éclat de la fortune et du rang, ni même
les dons heureux de celui qui venait au-devant
d'elle : elle ne considérait que la noblesse de son
âme, et cette unique pensée lui arrachait l'assenti-
ment de son cœur : il est chrétien ! c'est-à-dire, il
aura la même foi, les mêmes respects, les mêmes

dévouements, les mêmes espérances. Il est chrétien ! avec confiance donc j'unirai ma destinée à la sienne.

Elle redoubla ses ferventes prières qui prenaient, comme d'instinct sur les lèvres, l'accent de la reconnaissance et de l'action de grâces ! Puis elle se leva, rassurée, tranquille et même doucement souriante. Aussi lorsque vers cinq heures elle rentra, Florentin, qui s'empressait au-devant d'elle, lut sa décision dans ses yeux rayonnants.

— Eh bien ! lui dit-il, c'est fini, n'est-ce pas, vous consentez?

— Oui, répondit-elle sans hésiter, et je crois maintenant suivre la volonté de Dieu.

— Et moi, mon rêve est accompli, s'écria Florentin tout joyeux ; certes il avait tourné plus d'une fois en cauchemar, mais la Providence était là qui n'abandonne jamais les siens et fait tout arriver à son heure.

— Louons Dieu, mon digne ami, et à lui notre éternelle confiance !

— C'est aussi et pour jamais ma devise ! Mais savez-vous, chère enfant, qu'il n'est pas loin de six heures ; ces dames vont bientôt arriver ; je mets ici un peu d'ordre, je fais un bout de toilette, et vous, sans retard, vous allez vous préparer à les recevoir.

Clotilde sourit, et se retira quelques instants ; quand elle revint modestement parée et d'une bonne grâce charmante, Florentin, la contemplant avec une admiration toute paternelle, lui dit aussitôt :

— Bien, très-bien, je vous souhaite toujours ainsi : car tout l'éclat des grandes parures ne vous donnera jamais rien de mieux, et... On sonne ! les voici !

Clotilde courut ouvrir : madame Daurival et madame de Verceil l'entourèrent, l'embrassèrent tour à tour : on s'était compris avant d'échanger une parole.

— Vous êtes vraiment ma fille, s'écria madame Daurival !

— Oui, de tout mon cœur, dit Clotilde d'une voix étouffée.

— O chère, chère sœur ! dirent à la fois madame de Verceil et Henriette.

Clotilde demeurait sans voix, mais elle avait pris leurs mains et les tenait étroitement dans les siennes : un moment ainsi toutes également émues ne se parlaient plus que par l'expressive tendresse de leurs regards. Florentin ne se montrait pas plus ferme : bien que charmé de ce qu'il voyait, il se détournait à la dérobée pour essuyer ses yeux.

— Mes enfants, reprit enfin madame Daurival, pensons à ceux qui nous attendent avec tant d'anxiété : allons leur donner un bonheur qu'ils apprécieront dignement. Mon cher Florentin, je prends votre bras.

Madame de Verceil et Henriette tenaient entre

elles leur chère Clotilde : la voiture en grande livrée attendait à la porte. Aux fenêtres des maisons
voisines bon nombre de personnes regardaient avec
plus d'intérêt encore que de curiosité : « Les voici!
entendit-on : c'est mademoiselle Germont et les
grandes dames du faubourg Saint-Germain! On dit
qu'elle épouse le fils de la maison, un colonel ou
général et riche à millions. N'importe! elle mérite
d'être heureuse; il n'y a vraiment pas meilleure
créature sous le ciel! » Et plusieurs saluaient et
applaudissaient en quelque sorte de la tête et de la
main. Clotilde avait levé les yeux et, sans rien
entendre, comprit leurs bons souhaits et les remercia d'un geste affectueux. N'étaient-ce pas les bons
voisins de sa chère petite rue Chilpéric?

La voiture partit, et en quelques minutes d'une
course rapide elle entrait dans la cour de l'hôtel :
Adrien et M. de Verceil accoururent et ouvrirent
la portière.

— Elle est là, mon cher enfant, dit madame Daurival à son fils qu'elle embrassait. Adrien, ravi et
tremblant, offrit son bras à la pauvre Clotilde toute
tremblante aussi, en lui disant :

— Vous voulez bien que je vous mène à mon
père qui va être si heureux de vous revoir?

— Oh! oui, allons, répondit vivement Clotilde,
j'ai tant à le remercier de toutes ses bontés.

Quand ils traversèrent ainsi le vestibule, les domestiques, qui s'y étaient réunis en hâte, les accueillirent avec les plus joyeuses acclamations.

21

— Vous voyez, dit Adrien, comme tous vous aiment ici !

Clotilde était si émue qu'elle ne trouvait aucune parole pour répondre, en effet, à tant d'affection. Mais, lorsqu'elle vit le bon M. Daurival venir, avec un pénible empressement, au devant d'elle et la recevoir comme une fille chérie, ses larmes seules purent parler pour elle, et firent bien voir ce qu'il y avait de reconnaissance au fond de son cœur.

— Très-chère enfant, lui dit M. Daurival d'une voix attendrie, soyez mille fois remerciée de ce que vous avez fait et de ce que vous faites encore pour nous : vous nous apportez ce qui surpasse tout autre bien, l'union des cœurs dans une même foi. Le dévouement d'Adrien paiera notre dette à tous, et vous serez la douceur de mes derniers jours.

— Ah! vous me confondez, dit enfin la pauvre Clotilde, qui ne pouvait se reconnaître à de telles louanges. Vous m'avez tous comblée de la plus généreuse affection; et que puis-je faire, maintenant, si ce n'est de vous consacrer ma vie? tâche bien douce près de vous qui me voulez pour fille, et que je nomme, avec tant de bonheur, mon père !

Ce dernier mot résonna sans doute joyeusement au cœur d'Adrien; mais à vrai dire ce fut pour tous une joie égale : Clotilde leur apparaissait comme un idéal de grâce, de vertu et de bonté qui assurait à la famille la plus rare et la plus souhaitable félicité; et c'était à qui lui témoignerait le plus sympathique accueil. Adrien alors vint dire un mot à sa mère qui lui répondit :

— Oui, va vite, nous vous attendons pour dîner.

Environ vingt minutes après, Adrien reparaissait avec le général D*** dont la figure était triomphante ; il serra tour à tour les mains de M. et de madame Daurival, de M. de Verceil et de Charles Aubry, adressa un salut cordial aux jeunes dames, et venant à Clotilde, il lui dit qu'un de ses meilleurs souhaits était réalisé, et que son jeune ami le commandant lui devenait mille fois plus cher, par ce noble désir de la replacer au rang qui l'attendait si son père eût vécu. Le dîner qu'on annonçait fut loin d'interrompre les épanchements du bon général, qui étaient d'autant plus animés qu'il les voyait si chaleureusement accueillis par tous les convives. Aussi quand vint le dessert, l'antique *santé*, forme expressive des vœux de la famille et des intimes amis, fut-elle portée et rendue d'une voix unanime, avec les plus aimables paroles que le cœur puisse inspirer.

Comme on passait au salon, en faisant cercle autour de M. Daurival qui avait Clotilde à ses côtés, le général reprit son discours avec le même entrain : Jugez, mesdames, si j'ai sujet d'être content : je puis vous dire aujourd'hui que j'avais moi-même, il y a un certain temps, insinué ce charmant projet à mon jeune ami le commandant, qui parut, alors, à peine me comprendre. Et savez-vous ce que ce vaillant homme m'a répondu tout à l'heure, quand je lui ai rappelé mes insinuations et son impassible réserve : Je n'osais pas ! Il n'osait pas : en vérité, commandant, vous si heureux aujourd'hui, vous me direz pourquoi alors vous n'osiez pas.

— Mon général, répondit aussitôt Adrien avec un accent des plus expressifs, la vérité est que je ne me croyais pas digne d'un tel bonheur.

Ces mots firent du moins comprendre à tous quel profond attachement l'unissait à mademoiselle Germont ; et celle-ci, plus touchée qu'on ne peut le dire, se pencha vers lui, et lui dit à demi-voix :

— O monsieur Adrien, quand vous vous abaissez de la sorte, comment ne vous élèverais-je pas bien haut dans mes pensées !

Adrien la remercia d'un regard qui signifiait : vous êtes le plus noble cœur qu'on puisse souhaiter.

En ce moment on annonça les de Beauvent : ils ignoraient tout. Bien que ce ne fût pas la soirée de réception, par privilége d'intimes, ils venaient passer quelques instants avec leurs bons amis. Madame Daurival n'eut que le temps de dire :

— Je vais causer avec la baronne, plus tard nous les instruirons officiellement.

En effet, après les premiers compliments, elle prit à part madame de Beauvent, et, avec sa rondeur habituelle quand rien ne la préoccupait, elle lui dit :

— J'ai une grande nouvelle à vous annoncer, ma chère baronne, il s'agit décidément du mariage d'Adrien.

La baronne tressaillit et ne put se tenir de jeter un regard sur tout ce cercle joyeux qui environnait mademoiselle Germont, dont la présence déjà l'avait saisie en entrant.

— Peut-être devinez-vous, reprit madame Daurival, ce que signifie le retour de mademoiselle Germont, après ce que je vous ai confié ; je me hâte de vous dire que c'est moi-même qui l'ai suppliée de revenir parmi nous et de se rendre aux vœux de mon fils. Les réflexions les plus sérieuses m'ont convaincue que c'était pour notre bonheur à tous. Je vous le dis comme je le pense, la jeune fille qui a su mériter l'estime et l'amitié que nous lui avons unanimement vouées dans la famille, est très-digne d'en faire partie. Et j'ajoute que son rare mérite nous fera grand honneur.

L'accent de madame Daurival était trop ferme et trop significatif pour que madame de Beauvent pût rien tenter pour ébranler sa résolution.

— Fort bien, reprit-elle avec un air pincé quoique souriant ; je n'ai plus alors qu'à vous adresser des félicitations, et je reste avec cette espérance que nous serons toujours bonnes amies.

— N'en doutez pas, dit madame Daurival en lui tendant la main.

La baronne avait assez repris son habituel aplomb pour la serrer avec toute l'apparence de la cordialité. Mais, terminant alors cet *aparté*, elle se rapprocha de la compagnie et se mêla à la conversation générale. Aurélie cependant avait ouvert aussi de

21.

grands yeux à la vue de mademoiselle Germont,
dont elle savait le départ sans qu'on lui en eût dit
la cause : elle remarquait avec une sorte de stupeur
comme elle était entourée entre M. Daurival et madame de Verceil, le général D*** assis auprès d'elle
et causant, et Adrien, tout radieux, debout derrière
son fauteuil. Le commandant, il est vrai, était venu
saluer les dames de Beauvent avec courtoisie, mais
il avait aussitôt repris sa place dont il ne bougeait
plus. Aussi, tout en causant à bâtons rompus avec
Henriette, Aurélie ne pouvait détacher ses regards
de ce groupe si expressif. Elle n'ignorait pas la
grande affection que toute la famille portait à mademoiselle Germont ; mais, si heureux qu'on fût
de son retour, il lui semblait que toutes ces physio-
nomies si animées lui révélaient quelque extraordinaire événement. Elle allait même jusqu'à soupçonner toute la réalité, si elle ne lui eût paru trop
étrange pour y arrêter ses pensées. Cependant elle
était, malgré elle, inquiète, troublée et certainement interdite de l'oubli où la laissait le jeune commandant. Heureusement, sa mère témoigna bientôt
le désir de rentrer, et ce lui fut un véritable soulagement de n'avoir pas à prolonger cette situation.
Toutefois, la baronne, après avoir pris congé
des Daurival, s'approcha poliment de mademoiselle Germont, et d'une voix très-caressante
lui dit :

— Je viens d'apprendre, seule encore, mademoiselle, la grande nouvelle, et croyez que je m'en ré-

jouis sincèrement avec toutes vos amies. Vous nous reverrez bientôt pour vous féliciter.

Clotilde la remercia de tout cœur et sans ombre de méfiance ; puis elle s'approcha d'Aurélie, en lui tendant amicalement une main que celle-ci toucha du bout des doigts, comme si elle en eût craint une atteinte mortelle. Quand les de Beauvent furent dehors, la baronne dit aussitôt :

— Il paraît qu'Adrien songe à se marier ; mais vous ne devineriez jamais quel peut être l'objet de ses vœux ?

— Bah ! fit Aurélie avec une feinte indifférence, quelque générale ou maréchale.

— Adrien ne recherche pas les protections, reprit madame de Beauvent ; tu n'y es guère.

— Je ne tiens pas à deviner, dit Aurélie, trop dépitée de ce qui s'annonçait assez clairement.

— Eh bien ! croyez-le si vous voulez, c'est mademoiselle Germont !

— Il n'est pas fier le commandant, dit le baron en ricanant.

— Moi, je ne suis point étonné, s'écria son fils Edouard.

— Et pourquoi ? demanda dédaigneusement Aurélie.

— Parce que qui se ressemble s'assemble.

— Ah ! tu les trouves faits l'un pour l'autre ? ajouta la baronne.

— Mon Dieu, oui, répondit Edouard : ils sont l'un et l'autre d'assez rares caractères que j'envierais si... j'en avais le goût. Mais je dis ce que j'en pense.

Deux mois environ après cette journée si émouvante pour nos amis, ce mariage, qui fit alors sensation dans le grand monde parisien, fut célébré au milieu d'une nombreuse et brillante assistance et béni par le digne abbé Gervais. L'humble Clotilde était ainsi devenue une grande dame, qui ne se fit jamais remarquer que par la gracieuse distinction de sa modestie, et par la générosité d'une âme toujours empressée à répandre autour d'elle les biens dont elle était comblée.

Si l'on voulait savoir cependant comment elle prit place dans ce grand monde où elle avait parfois à paraître, il nous suffirait d'ajouter quelques détails sur une magnifique réception des de Beauvent, à l'occasion même de ce mariage qui ne les avait pas ravis. Ils donnaient donc un grand dîner, avec les plus hauts personnages pour convives. Un bon nombre des plus intimes remplissaient déjà le salon, et naturellement on causait beaucoup des Daurival qui n'étaient pas encore arrivés. Il va sans dire qu'avec toutes les formes de la politesse les critiques et les fines railleries allaient bon train, malgré les graves affirmations des maîtres de la maison, qui se plaisaient à répéter que le mérite exceptionnel de la jeune dame pouvait faire comprendre cette alliance, d'ailleurs assez extraordinaire. Le général D***, qui survint bientôt, n'hésita pas non plus, avec son énergique accent, à louer le choix d'Adrien, en faisant connaître son an-

cienne liaison avec le père de mademoiselle Germont, brave officier qui eût été certainement, disait-il, son supérieur s'il eût vécu. Il résulta, de
ces divers propos, une grande curiosité pour ceux
qui n'étaient pas liés avec la famille Daurival.

— Eh bien! dit à Aurélie une jeune marquise
dont le cœur valait mieux que la langue, nous
allons donc voir une petite merveille. Pour moi, je
suis assurée d'avance que ses nouveaux diamants
vont infailliblement nous éblouir.

— Je ne sais, répondit tristement Aurélie; elle
ne brillait pas par la parure, et elle avait la franchise de sa modeste situation; après cela, une si
grande fortune peut donner d'autres goûts.

— Il est rare, ma chère, que les parvenus n'éta-
lent pas leur écrin.

— Les voici, dit vivement Aurélie, en se levant
pour aller au devant des Daurival qu'on annonçait.

Adrien présenta courtoisement sa femme à divers personnages, puis Clotilde s'assit entre madame de Beauvent et madame de Verceil, qui se
montra très-empressée à la mettre en rapport avec
ses amies. Clotilde parut à toutes ce qu'elle était,
pleine de naturel, d'aimable prévenance et d'oubli
d'elle-même. Nous n'avons pas besoin de dire que,
si, dans cette circonstance, elle était parée avec
une élégance qui devait plaire à son mari, elle
avait précisément écarté de sa toilette tout ce qui
aurait affecté la recherche et l'éclat. Telle quelle,
elle réunit les vrais suffrages des esprits distin-

gués : aussi Adrien était-il ravi des justes compliments qui lui venaient de si bonne part.

Dans le courant de la soirée, Aurélie, se retrouvant près de la jeune marquise, lui dit :

— Vous avez fait connaissance avec madame Adrien ; j'ai vu cela.

— Oui, outre un peu de curiosité, répondit la marquise, j'y ai été amenée par la comtesse de Verceil que j'aime infiniment ; et nous avons beaucoup causé, la jeune dame et moi.

— Comment la trouvez-vous ?

— Sérieusement, charmante ! Elle est simple, elle est douce, elle est attentive, et, avec cela, d'un esprit très-cultivé et d'une grande justesse.

— Vous voilà sous le charme.

— Complétement. Il y a plus : j'ai fait mes petites épreuves : je lui ai parlé de nos œuvres du faubourg, de notre ouvroir, des malades, de la bibliothèque, etc., et j'ai mis aussitôt en avant mes terribles billets de loterie, c'est ma pierre de touche ! Impossible de mieux accueillir mes requêtes, et d'ouvrir sa bourse de meilleure grâce et plus généreusement : j'en suis enchantée !

— Elle est maintenant assez riche pour faire bien les choses, dit Aurélie avec quelque embarras.

— Ma chère, reprit nettement la marquise, ce n'est pas la fortune qui fait les grands cœurs, je vois cela tous les jours ; et mes petits billets apparaissent, comme des têtes de Méduse, à une foule de richards. Quant à la jeune dame Daurival, non-

seulement elle m'a donné son or d'une façon charmante, mais elle m'a promis avec empressement
de s'associer à nous. Voyez-vous, Aurélie, pour
moi, assez vive de tête, un bon cœur me fait rendre
les armes. C'est maintenant une amie, je lui suis
dévouée.

— Fort bien, dit froidement Aurélie. Et en elle-
même elle ajoutait : Elle a décidément la chance
heureuse, la petite personne !

Mais Clotilde ne faisait que se prêter au grand
monde qu'Adrien lui-même goûtait peu. Ce fut surtout dans le cercle d'une famille où elle était si tendrement aimée, qu'elle sut constamment se montrer avec une douceur et une aménité de caractère
qui la faisaient toujours rechercher comme l'âme de
la maison. M. Daurival la voyait sans cesse à ses
côtés et bénissait Dieu de lui accorder une telle
consolation dans ses souffrances ; madame Daurival
ne pouvait se passer en rien de sa belle-fille qu'elle
n'appelait que sa chère enfant. Le bon Florentin,
comme on le pense, n'avait pas été oublié, et il avait
dû venir occuper, à l'hôtel Daurival, l'ancien appartement d'Adrien : c'est dire que la musique
avait encore sa place choisie dans les réunions de
la famille et des amis. Ceux-ci étaient, de plus en
plus, attirés par le charme d'un intérieur qui réunissait, dans une même pensée, trois femmes aussi
accomplies que l'étaient madame de Verceil, Henriette et leur chère Clotilde. Aussi leur influence
devint-elle grande pour le bien : on était heureux

de leur gracieux accueil, on aimait leur bienveillant esprit ; et volontiers on suivait la douce et
forte impulsion qu'elles imprimaient, sans y prétendre, vers tout ce qui élève les âmes et les porte
aux nobles sacrifices. Mais souvent quand on adressait des éloges à madame de Verceil et à Henriette,
elles répondaient :

— Si nous faisons quelque bien, après Dieu,
nous le devons à notre chère Clotilde. Pour elle,
tout lui est venu d'un cœur doux et pur, toujours
ouvert à Dieu, réalisant ainsi la parole divine :
« Bienheureux ceux qui sont doux, et bienheureux
les cœurs purs, ils posséderont la terre » et Dieu
lui-même.

FIN.

1604. Paris. — Imprimé par Charles Noblet, rue Soufflot, 18.